THÉATRE

ALLEMAND.

TOME QUATRIEME.

THÉATRE
ALLEMAND,
OU
RECUEIL
DES MEILLEURES
PIECES DRAMATIQUES,

Tant anciennes que modernes, qui ont paru en langue Allemande; précédé d'une Disser-tation sur l'Origine, les Progrès & l'état actuel de la Poésie Théâtrale en Allemagne.

Par MM. JUNKER & LIEBAULT.

TOME QUATRIEME.

A PARIS,

Chez M. JUNKER, premier Professeur de Droit public, à l'Ecole Royale Militaire.

Et chez COUTURIER, Imprimeur-Libraire, Quai & près l'Eglise des Augustins.

M. DCC. LXXXV.

Avec Approbation & Privilege du Roi.

THAMOS,

ROI D'EGYPTE,

DRAME HÉROIQUE

EN CINQ ACTES.

De M. le BARON DE GEBLER.

ACTEURS.

THAMOS, Roi d'Egypte.

PHÉRON, Prince du Sang Royal.

MIRZA, Supérieure des Vierges confacrées au Soleil.

SÉTHOS, Grand-Prêtre du Temple du Soleil.

SAIS } Jeunes Filles d'une naiffance illuftre, élevées chez les
MYRIS } Vierges du Soleil.

PHANÈS, Chef des Troupes.

HAMMON, Prêtre du Soleil, Confident de Séthos.

CHŒUR de Prêtres.

CHŒUR des Vierges du Soleil.

PRINCES & GRANDS du Royaume.

GUERRIERS Egyptiens.

Le Théâtre repréfente, aux 1, 3, 4 & 5e. Actes, le Temple du Soleil d'Héliopolis, alors Capitale de l'Egypte. Au fecond Acte, on voit une Galerie de l'habitation des Vierges du Soleil. On fuppofe le Temple du Soleil fitué entre cette habitation & le Palais des Rois. Derriere le Temple font les habitations des Prêtres. Le tout communique enfemble. L'action commence de grand matin, & dure jufqu'au coucher du Soleil.

PRÉFACE
DE L'AUTEUR.

ON chercheroit en vain dans les *Dynasties* des Rois d'Egypte les noms de *Menès, Ramesès,* & *Thamos* ou *Thetmos,* se suivant immédiatement. Mais quel est le Lecteur qui ignore qu'il regne dans les anciennes annales de cet Empire une confusion extrême, & que presque chaque Historien donne une autre suite des Monarques Egyptiens? Dans plus d'une *Dynastie* on voit des lacunes. Tout est couvert de rofondes ténebres. Ainsi l'Auteur u présent Drame a pû choisir à son ré, & l'époque des événemens, les noms des personnes. Son lan exigeoit que l'action fût placée dans les temps les plus éloignés, où la superstition n'avoit pas encore avili la raison humaine jusqu'au point de prendre des Crocodiles, des Chats & des Oignons pour l'objet d'un culte religieux, & où l'idolatrie, moins éloignée de son origine, n'adoroit encore que des Astres bienfaisans & des Héros. En remontant aussi haut, il pouvoit introduire sur la Scene des Prêtres ornés d'une barbe vénérable, quoiqu'il fût que, suivant le récit d'Hérodote, les Prêtres Egyptiens se rasoient jusqu'aux sourcils. Il pouvoit imaginer des Communautés de Vierges consacrées au Soleil, & chargées de l'éducation d'une brillante jeunesse. Il pouvoit aussi faire chanter au sacrifice des hymnes, usage de

l'exiftence duquel il eft d'ailleurs
très-perfuadé, par des raifons qu'il
feroit inutile de détailler ici. Et
quand même il auroit péché contre
le *Coftume*, quel Auteur drama-
tique l'a jamais obfervé à la rigueur ?
A l'égard du lieu où fe paffe l'action qu'il place à *Héliopolis*, Ville
de la Baffe-Egypte, le *Syncelle* eft
fon garant, cet Ecrivain faifant
mention d'une *Dynaftie* de Rois
d'Egypte, qui y avoit réfidé ;
quoique les autres Hiftoriens ne
parlent que des Rois *Tanites*,
Memphites, *Diofpolites* & *Saïtes*.

Puiffe d'ailleurs cet effai drama-
tique, & les nouveautés que l'Auteur y a hafardées, particulierement
les Chœurs du premier & du cinquieme Acte, trouver des juges

indulgens! Comme ce chant, tantôt majeſtueux, tantôt touchant
& lugubre, faiſoit une des grandes
beautés de la Tragédie ancienne,
l'Auteur ſouhaite depuis long-
temps d'en voir l'uſage rétabli. Il
y a voulu encourager ceux de ſes
confreres qui, aux dons de Melpo-
mène, joignent le feu d'un génie
poëtique. Qu'on lui ſache au moins
gré de ſes bonnes intentions!

Fin de l'Avertiſſement.

THAMOS,
DRAME.

ACTE PREMIER.

SCENE PREMIERE.

Le Grand-Prêtre SÉTHOS *avec sa suite, parmi laquelle se trouve* HAMMON, MIRZA *& les autres Vierges sacrées.*

(*Le Théâtre représente l'intérieur du Temple du Soleil. Dans le fond on apperçoit l'image de la Divinité. C'est la figure de cet Astre bienfaisant, travaillée en or, & resplendissante. Sur un autel portatif brûle le feu sacré, dans lequel Séthos, assisté de deux Prêtres, jette de l'encens. Le côté droit du Théâtre est occupé par*

les *Vierges du Soleil. Vis-à-vis d'elles
sont rangés les Prêtres. Les uns & les
autres sont habillés de blanc. Sur le voile
des Vierges on voit la figure du Soleil,
brodée en or. Les deux Chœurs chantent
alternativement l'hymne suivant.*)

CHŒUR

Des Prêtres et des Vierges.

Soleil dans ta carriere
Déjà ta brillante lumiere
A chaffé l'ombre de la nuit.
De l'Egypte déjà le commun facrifice
Pour t'honorer fe reproduit.
A nos vœux fois propice
Et que Thamos, par tes bontés,
Ne coule que des jours fereins & fortunés.

Les Prêtres, *feuls.*

Ah! fur cette jeuneffe
Répands, Être éternel & pur,
L'obéiffance & la fageffe:
Donne la force à l'homme mûr,
Et qu'après les honneurs que la gloire difpenfe,
Il ferve encor l'Etat par fa prudence.

Le Chœur.

A nos vœux fois propice, &c.

L es V i e r g e s, *seules.*

Que de l'Egypte les filles,
Ornement de leurs familles,
Soient un jour le bonheur de leurs tendres époux :
Que goûtant le fort le plus doux,
Dans le fein de la modeftie,
Elles paffent, ainfi que nous,
Une paifible vie.

T o u s.

A nos vœux fois propice, &c.

L es P r ê t r e s.

Que couronné par la Victoire,
Thamos des ennemis devienne la terreur.

L es P r ê t r e s s e s.

Qu'il foit de l'Egypte la gloire,
Et que, Pere & Monarque, il en foit le bonheur.

L'Hymne terminé, tous fe proſternent &
adorent en filence la Divinité. Au bout
de quelques momens le Grand-Prêtre fe
leve, ainfi que tous les autres, & dit,
en fe tournant vers l'affemblée :

S é t h o s.

Quel eft le moment où des Mortels
puiffent fe paffer de l'affiftance des Dieux?
Elle ne nous fut jamais plus néceffaire,

A v

que dans ce jour, qui va décider du fort
de tout un Empire. Thamos, notre jeune
Roi, prend en ses mains les rênes du
gouvernement, & ceint son front du sacré
Diadême. Des Peuples innombrables vont
obéir désormais à ses loix; ils trouveront
par lui ou leur salut, ou leur perte.....
Ils seront heureux, je vous en suis garant,
Egyptiens! car Thamos honore les Dieux
& aime les hommes. (*aux Prêtres*) Vous,
Prêtres du Soleil! préparez tout pour la
solemnité de ce soir. Que le temple reste
fermé, & que ses portes ne soient ouvertes
qu'au Roi seul, & à ceux qui viendront
de sa part. (*aux Vierges*) Et vous,
Vierges sacrées, redoublez aujourd'hui
dans le Temple, & dans vos retraites
paisibles, vos vœux pour le bonheur de
l'Empire. Prononcez par des levres pures,
ils seront exaucés, & nous en verrons
l'accomplissement.

(*Les Prêtres & les Vierges se retirent,
chacun de leur côté. Séthos & Hammon
restent seuls dans le Temple*).

SCENE II.

SÉTHOS, HAMMON.

SÉTHOS.

Nous sommes feuls... Tu fais, Hammon, que l'efprit de révolte s'eft manifefté dans plus d'un endroit du Royaume. Le danger croît; peut-être en ce jour même verrons-nous éclater un feu qui brûloit depuis long-temps fous la cendre... Lis ces billets ! on les a trouvés affichés aux portes du Temple.

HAMMON (lit)

« La fille de notre grand Roi Menès,
» Tharfis vit encore. C'eft à elle, & à
» l'époux qu'elle choifira, que l'Empire
» appartient. Thamos, fils du rebelle
» Rameſsès, n'eft qu'un ufurpateur ».

SÉTHOS.

Tu t'étonnes ? Tu as raifon. Que le plan des Rebelles eft bien imaginé! Cette voie feule peut faire réuffir les vues am-

bitieufes de leur chef... Thamos eft aimé;
les vertus du fils ont fait oublier les crimes
du pere. D'ailleurs, ma race paffant pour
éteinte, le fceptre lui appartient de droit.
Ce n'eft qu'à moi, ou à ma fille, fi l'un
de nous deux reparoiffoit, qu'il devroit
le céder... Une fauffe Tharfis jouera le
rôle de ma malheureufe fille. (*en foupirant*) Ah, Hammon ! tu fais quel funefte événement me l'a ravie.

HAMMON.

Oui, Seigneur, le fouvenir de cette
terrible nuit refte toujours préfent à ma
mémoire... Il me femble voir encore
l'ennemi entrer par trahifon dans la ville,
une partie de la garnifon gagnée fe joindre à lui, & le refte, demeuré fidele à
fon Roi, périr par le fer & par les flammes. Je crois entendre encore les cris
des combattans & des mourans, le fracas
de la chûte des Temples & des Palais.
Le feu gagne jufqu'à l'ancienne habitation
de nos Rois; elle eft réduite en cendres.
Quel fouvenir affreux ! notre jeune Prin-

cesse périt sous les ruines. A peine, Seigneur, échappas-tu avec moi à la destruction générale.

SÉTHOS.

Ne rouvrons point des plaies à peine cicatrisées au bout de dix-sept ans......
Grands Dieux ! que l'Egypte ne revoie plus ces temps terribles. Châtiez-nous, si nos fautes nous ont attiré votre colere; mais ne permettez pas que le citoyen sévisse contre le citoyen, que l'épée du frere, du fils, déchire les entrailles du frere, du pere, que le malheureux habitant de la campagne voie détruire ses espérances par son voisin, que les Egyptiens renversent les autels des Dieux tutélaires de leur patrie !.. Ah, Hammon! nous avons été témoins de toutes ces horreurs, fruits des guerres civiles. Pour y mettre fin, je fis répandre le bruit de ma mort.

HAMMON.

Oui, Seigneur, il n'y avoit que Menès, que le Pere de son Peuple, capable de

facrifier ainfi fes juftes droits. La Nubie
& l'Ethiopie t'offroient leurs fecours.

S É T H O S.

Quoi ! j'aurois ouvert l'entrée de mon
Royaume à des Barbares ? expofé à leur
fureur des citoyens, rebelles à la vérité,
mais toujours enfans de la patrie ?.. Non,
Hammon ! mille fois plutôt j'euffe pré-
fenté à l'ufurpateur mon fein, en lui
criant : Frappe, c'eft moi feul dont la
vie met obftacle à tes deffeins ambitieux. Regne, mais épargne ceux que
tu veux ranger fous tes loix.... Et à
quelle fin, ayant perdu ma fille unique,
aurois je dû prolonger la guerre civile ?
Ramefsès étoit, fon ambition exceptée,
digne de gouverner.

H A M M O N.

Il eft vrai, qu'à beaucoup de vices
il joignoit de grandes qualités. Il étoit
guerrier, politique, fage légiflateur ;
mais tout cela juftifioit-il fon ufurpation?
Ramefsès le favoit, & ce reproche intérieur le rendoit foupçonneux, & même

cruel. Infortunée patrie ! que de maux t'ont envoyés les Dieux , pour châtier tes forfaits !

S É T H O S.

As-tu lu dans les décrets éternels ? Tous ces maux auroient peut-être également affligé l'Egypte , fi j'étois remonté fur le Trône. Souvent les regnes des meilleurs Princes ont été malheureux !.. Non, Hammon ! le fang d'un feul citoyen eft d'un trop grand prix , pour le facrifier à des efpérances vaines. Toi-même, tu demeuras enfin perfuadé de la folidité de ces raifons , & tu me fuivis à Elephantine , pour t'y confacrer avec moi au culte du Soleil.

H A M M O N.

J'aurois fuivi mon Roi jufqu'à l'extrémité du Monde. Auffi long-temps que Hammon refpirera , il demeurera inféparablement attaché à Menès. Que je te remercie de m'avoir permis de t'accompagner ici , lorfque l'âge , en changeant

les traits de nos vifages , nous eut rendus méconnoiffables.

S É T H O S.

Porte maintenant ces billets à Phanès,
chef des Troupes. Dis-lui que je fouhaite
avoir un entretien avec lui , avant que le
Roi le faffe appeller.

(*Hammon rentre dans l'habitation des
Prêtres.*)

SCENE III.
SÉTHOS *feul.*

Quel fouvenir me rappelle le bruit
artificieufement femé par les Rebelles!..
Oh, Tharfis ! gage unique & précieux
d'une époufe tendrement chérie ! devois-
je auffi être privé de toi ! (*fe tournant
vers l'image du Soleil*) Divinité que je
fers ! rends-la à un pere infortuné ! s'il
te faut le facrifice d'une vie, il te voue
la fienne en échange. Que feulement fes
yeux revoient encore une fois Tharfis,

l'image de fa chere Nicoris ! (*revenant à lui*) Infenfé ! que dis-tu ? où t'emporte l'ardeur qui te fait fouhaiter une chofe impofiible ?

S C E N E I V.

SÉTHOS, PHANÈS (*Sortant de la demeure des Prêtres*)

P H A N È S.

J'ÉTOIS en chemin pour me rendre près de toi, lorfque j'ai rencontré Hammon. Tu vois, Seigneur, l'audace des Rebelles, & leur plan dangereux. D'un feul mot tu peux les détruire. Que Menès fe montre : il verra l'Egypte entiere à fes pieds. Thamos même, ce vertueux fils d'un pere injufte, en donnera l'exemple ; il rentrera avec joie dans la claffe de tes fujets.

S É T H O S.

Phanès me donne ce confeil ! il veut que je remonte fur le Trône ! Lui, qui

fait avec quelle répugnance je pris le
sceptre entre mes mains, après la mort
d'un frere aîné; non que je préféraſſe
mon repos aux ſoins du gouvernement,
mais parce que je tremblois de ne pas
remplir des devoirs auſſi difficiles.

P H A N È S.

C'eſt préciſément parce que tu en connoiſſois ſi bien l'importance, que tu as
acquis une gloire immortelle en les rem-
pliſſant. Ecoute le témoignage de ton
Royaume & celui des voiſins. Conſulte
l'hiſtoire, elle ne flatte point un Roi
détrôné & cru mort. Il n'y a qu'une
voix : Menès fut le plus grand des Rois,
un ſage, le pere de ſes peuples.

S É T H O S.

Cependant Rameſsès trouvera des par-
tiſans.

P H A N È S.

Par des artifices déteſtables, par la
corruption. Quand il y auroit même eu
des mécontens parmi tes ſujets, où n'en

eſt-il pas ? les ingrats mortels oſent mur-
murer contre les Dieux mêmes.

SÉTHOS.

Tout ce que tu dis, ne me fera point
reprendre un fardeau dont les Dieux
m'ont délivré. Il n'y auroit que le cas
d'une extrême néceſſité, lorſqu'il ne reſ-
teroit plus d'autre moyen de ſauver l'Empire, où je croirois entendre leur voix.
Mais les choſes n'en viendront point là.
Thamos, aidé de tes conſeils, réuſſira
à éteindre le feu de la ſédition, avant
que tout ſoit embraſé... A-t-on fait quelques découvertes ?

PHAMÈS.

Aucune, tant les Rebelles ſavent cacher leurs noirs complots. Cependant le
bruit qu'ils viennent de répandre, donne
des indices. C'eſt aſſurément un de nos
Princes qui aſpire au Trône. Mais don-
nera-t-il la main à la fourbe qu'il fera
paroître ſous le nom de Tharſis ?

SÉTHOS.

Il s'en débarraſſera facilement, après

avoir atteint fon but. (*réfléchiſſant*) Tu
foupçonnes un de nos Princes... Amoſis?..
Horus?.. Athos?.. Ce n'eſt aucun d'eux...
Phéron?.. Encore moins. Lui favori de
Thamos !

P H A N È s.

Phéron eſt dévoré en ſecret d'une ambition demeſurée. Ce qu'il en a laiſſé
tranſpirer pendant la derniere campagne,
doit nous le rendre ſuſpect.

S É T H O s.

Sous un Roi jeune & courageux,
chacun aſpire à la gloire.

P H A N È s.

J'en conviens, mais par des voies lé-
gitimes. Et pourquoi Phéron faiſoit-il
tant de careſſes aux Officiers ? A quelle
fin répandoit-il de l'argent parmi les
Troupes ?

S É T H O s.

Il eſpéroit de te ſuccéder un jour dans
le commandement; il tâchoit de ſe conci-
lier d'avance l'affection des Troupes... Je
l'avoue cependant, le caractere de Phéron

me déplaît aussi : sous le masque d'une fran-
chise apparente , qui lui gagne le cœur
vertueux de Thamos , il cache une dissi-
mulation profonde. Il n'y a que des yeux
comme les nôtres, qu'une longue expé-
rience a rendus plus clairvoyans, qui per-
cent à travers ce voile... Mais, Phanès ! cela
ne suffit pas pour lui imputer des crimes.
On se défie avec raison d'un homme
faux, on oppose la ruse à la ruse ; mais
l'accuser sans preuve , c'est passer les bornes d'une juste défiance.

P H A N È S.

Je veillerai cependant sur toutes ses
démarches,

S É T H O S.

Tu feras bien ; mais garde-toi de
communiquer tes soupçons à Thamos.
Son cœur incapable de feinte éclateroit
en reproches contre un ami infidele. Ces
reproches affligeroient Phéron , s'il est
innocent ; ou le rendroient plus circons-
pect, s'il est traître : & tu aurois aug-
menté le danger.

P H A N È S.

Mais, Seigneur, pourquoi ne te fais-
tu pas connoître aux Princes, aux peuples ? Le feul nom de Menès...

S É T H O S.

Je t'en ai déjà communiqué les raifons.

P H A N È S.

Falloit-il que j'appriffe fi tard que mon
Roi vivoit encore, qu'une robe de Prêtre
le cachoit ? Ne me tirer de mon erreur,
que lorfqu'après la mort de Ramefsès,
nous fûmes affociés tous deux aux Régens
du Royaume !

S É T H O S.

C'eft parce que je connoiffois toute
l'ardeur de ton zele. Sans la perfuafion
où tu étois, avec le refte du Royaume,
que le fer de l'ennemi avoit tranché mes
jours, tu ne te ferois jamais foumis à
l'ufurpateur. Et combien de fang auroit
encore coulé ! (*en prenant le ton de
Maître*) Attends, Phanès, le temps
que ton Roi, (car tu me reconnois encore pour tel) attends, dis-je, le

temps qu'il a fixé pour l'exécution de
fes deffeins. Contente-toi , jufques-là ,
d'être avec Hammon , le feul à qui il a
confié fon fecret.

SCENE V.

LES ACTEURS PRÉCÉDENS, THAMOS, *fuivi de* PHÉRON.

(Tous les deux entrent par la porte qui communique avec le Palais Royal)

THAMOS *(à Phanès)*

JE fuis ravi de te rencontrer. On étoit
allé te chercher de ma part... Phanès ,
Séthos, Phéron ! les plus chers de mes
amis enfemble ! (*à Séthos*) Que dis-tu,
vénérable Chef des Miniftres de la Divinité , du bruit artificieux répandu par
les Rebelles ? Phanès t'aura conté le nouvel événement de cette nuit ?

SÉTHOS.

Oui , Seigneur ! les audacieux n'ont pas même respecté les portes du Temple.

PHANÈS (à *Thamos*)

Des ténebres épaisses couvrent encore leur perfide trame ; mais souvent une étincelle suffit pour répandre la lumiere. Déjà le plan de la révolte commence à se développer ; il peut nous servir à en découvrir aussi les auteurs. Une fausse Tharsis...

THAMOS.

Tu dis bien ; une fausse Tharsis. La véritable auroit-elle besoin contre moi d'autres armes que des preuves de sa naissance ? Toute l'Egypte a été témoin de l'aveu que je fis dans le temps devant le Tribunal des Morts : j'y reconnus, que Menès avoit été injustement détrôné ; j'y reconnus publiquement ses droits ; je pleurai ses malheurs, & la mort funeste de sa fille unique. Thamos n'a pas changé de sentiment ; il pensera toujours de même , aussi long-temps que les Dieux lui conserveront leur don le plus précieux ;

cieux, un cœur droit. (*vivement*) Ne me soupçonnez point de pusillanimité, mes amis ! Non contre tout autre ; Thamos saura, jusqu'à la derniere goutte de son sang, défendre des droits que lui ont donné les loix du Royaume, & le consentement des peuples à l'extinction de la race de Menès.

P H É R O N.

Tes amis t'aideront. Et quand méme Tharlis vivroit, nous ne te laisserions jamais descendre du Trône. La fille de Menès y monteroit, mais en te donnant la main.

T H A M O S.

Pourrois-je la recevoir ? As-tu oublié ce que je t'ai confié ?.. Non, Tharsis auroit toute liberté de se choisir un époux, pourvu que ce fût, comme nos loix l'ordonnent, un des Princes du sang royal ; Thamos s'opposeroit aussi peu à son choix qu'à ses droits.

S É T H O S.

Vaine dispute ! la fille de Menès ne

revivra pas. Penfons plutôt aux moyens
de faire échouer les deſſeins des traîtres.
Je vais charger les Prêtres d'avertir le
peuple de la fourberie, & de l'exhorter
à la fidélité envers toi.

P H A N è s.

Les Troupes de leur côté ſe tiennent
prêtes à tout événement.

T н а м о s.

Nous volerons, les Princes & moi,
où le danger éclatera.

P н é r o n,

Seigneur! ſi quelqu'un de nous t'eſt
ſuſpeét, aſſure-toi de nos perſonnes, en
commençant par moi, puiſqu'après toi
je ſuis le plus proche du Trône. Phéron
ſacrifiera avec joie à ſon Roi juſqu'à ſa
liberté.

T н а м о s,

Quel conſeil! moi prévenir un danger
imaginaire par une injuſtice manifeſte?
Non, Phéron : un Roi, qui ne peut ha-
ſarder de repoſer ſa tête ſur les genoux
du dernier de ſes ſujets, doit craindre

encore , étant environné de cent mu-
railles. Eh bien , c'est à toi-même que
je confie aujourd'hui le commandement
de la garnifon & la garde de ma perfonne. Phanès , inftruis-en les Troupes.

PHÉRON (*embarraffé*)

Seigneur... tu me vois confus...

THAMOS.

Que cela te ferve de châtiment , pour
avoir pu te former d'autres idées de Thamos. (*à Séthos & à Phanès*) Vous, amis,
fuivez-moi.

PHÉRON.

Je refte dans ce Temple pour implorer
le fecours des Dieux en faveur du meilleur des Rois.

SCENE VI.

PHÉRON, *feul.*

(Après avoir regardé de tous côtés, il va vers la porte qui conduit à l'habitation des Vierges, & y frappe trois fois)

Mirza aura attendu le fignal. (*il rêve*) Mais trahir la confiance d'un Roi, d'un ami !.. Le pere de Thamos étoit l'ami de Menès ; l'en détrôna-t-il moins ?

SCENE VII.

PHÉRON, MIRZA.

(Sortant de l'habitation des Vierges)

MIRZA.

Pourquoi si tard?

PHÉRON.

Je n'ai pu quitter Thamos plutôt...
Ecoute, Mirza, on m'a donné le commandement des Troupes de la garnison. Tout
obéit à mes ordres.

MIRZA.

Quel bonheur inattendu ! Thamos se
livre lui-même en tes mains.

PHÉRON.

Tu sais combien il est aisé de le tromper par une feinte sincérité. Nous parlions
des billets affichés : Phanès & Séthos
étoïent présens. Leur œil est pénétrant,
ils ont d'abord dévoilé les vues secretes
de ceux qui font courir le bruit que Thar-

fis eft vivante ; leur foupçon devoit tomber naturellement fur un des Princes ,
peut-être fur moi. Il étoit poffible que
Thamos pensât de même... Qu'ai-je fait !
Je l'ai prié de s'affurer de ma perfonne...
Le crédule ! pour me punir de ce que je
le croyois capable d'un foupçon , m'a
chargé du commandement.

M I R Z A.

Les Dieux mêmes nous protegent,
Tes adhérens fe tiennent-ils prêts ?

P H É R O N

Tout attend mes ordres. Ce foir , au
moment même où Thamos voudra ceindre le Diadéme , la fille de Menès doit
paroître.

M I R Z A.

Effaie encore de gagner Phanès & le
grand Prêtre.

P H É R O N.

A l'égard du premier, je balance. Il
eft vrai que Phanès n'eft pas moins zélé
partifan de Menès que le grand Prêtre.
Je fuis fûr qu'il fe déclarera pour la fille

de fon ancien Roi. Mais Phanès n'eft pas mon ami. Il voudra empécher que Tharfis me choififfe pour époux.

MIRZA.

Ne t'en inquiete point. Il faut que la fille de Menès choififfe un de nos Princes. Qui fera ce, fi ce n'eft pas toi?.. Amofis, déjà marié?.. Horus? Athos? qui tous deux, par leur âge, pourroient être le pere de Tharfis? fera-ce peut-être Thamos, l'ennemi de fa maifon? lui qui, comme il te l'a avoué, porte d'autres chaînes?.. N'eft-ce pas Phéron, qui éleve la fille de Menès fur le Trône de fon pere? Ne rifque-t-il pas tout pour elle?

PHÉRON.

Et toi, Mirza, tu fais tout pour moi.

MIRZA.

Oui, Phéron, dès le jour que Ramefsès me déclara fon deffein d'unir la fille de Menès à Thamos, je formai le plan de placer par la même voie le fils de ma fœur fur le Trône. La mort fubite de Ramefsès vint à mon fecours.

B iv

P H É R O N.

Si Thamos avoit vu Tharfis fous le nom
de Saïs ! s'il l'eût aimée ! s'il eût trouvé
du retour !

M I R Z A.

. La jeunefle de tous deux y a mis obftacle tandis que Ramefsès a vécu. Après
fa mort, Thamos vint, pendant affez long-
temps , fort rarement chez nous. Même
alors il ne demandoit pas toujours de voir
les jeunes Egyptiennes confiées à nos
foins. Je fis auffi de maniere que Saïs
ne parût point. Elle lui feroit encore
inconnue à l'heure qu'il eft , fi je n'eufle
pas voulu te la faire voir. Cela ne fe
pouvoit fans que Thamos la vît auffi.
Il parut à peine la remarquer. Et quoiqu'à préfent il vienne avec plus d'affi-
duité, il parle cependant très-peu à Saïs,
& beaucoup plus à fa compagne Myris...
Je foupçonne prefque que c'eft de celle-
ci qu'il eft épris... Thamos ne s'eft-il pas
ouvert là-deffus à toi ?

PHÉRON.

J'ai ofé le queſtionner. Il m'a promis
de ſatisfaire ma curioſité lorſqu'il ſe ſeroit
aſſuré des ſentimens de celle dont il vouloit
recevoir en même temps le cœur & la main.

MIRZA.

Ce ſera donc à moi à lui arracher ſon
ſecret. Je l'attends ce matin.

PHÉRON.

Quand découvriras-tu à Saïs ſa naiſſance ?

MIRZA.

Un peu avant le commencement du
ſacrifice. Elle apprendra en même temps
ce que tu fais en ſa faveur. Tu auras auſſi
un entretien avec elle, je t'en procurerai
l'occaſion... Le moment déciſif eſt arrivé,
il faut tout riſquer.

PHÉRON.

Je te l'avoue, Mirza, ce n'eſt pas ſans
crainte que je vois approcher ce moment
redoutable. Un pas, qui conduit, ou au
Trône, ou au précipice !..

B v

MIRZA *(l'interrompt)*

Mais un pas qui eſt fait !.. Déjà tu gravis le rocher , bientôt tu en auras atteint la cime. Devant toi ſont le ſceptre & le diadême ; l'abîme eſt ſous tes pieds. Porte tes regards en haut ſans plus regarder en arriere , ou tu es perdu !.. Mirza eſt d'un ſexe foible , & elle ne tremble pas. Tu es homme : regne ou meurs !

(Mirza retourne à l'habitation des Vierges, & Phéron au Palais Royal).

Fin du premier Acte.

ACTE II.

Le Théâtre repréſente une Galerie de l'habitation des Vierges du Soleil.

SCENE PREMIERE.

SAIS, MYRIS.

(Vêtues en Vierges du Soleil, avec cette différence que la figure du Soleil n'eſt pas brodée ſur leur voile)

MYRIS.

QUEL changement ! La vive Saïs, dont le jeune cœur ne connoiſſoit que les ris & les jeux, dont les regards ſereins diſſipoient autour d'elle tout nuage ; Saïs, depuis trois lunes, eſt devenue ſombre, réſervée avec ſes meilleures amies, & cherche la ſolitude.

S A ï s.

Tu te trompes, Myris ! Ton amie
eſt telle que tu l'as toujours vue. Quel
ſujet aurois-je de m'affliger ? quel ſecret
à garder ?.. Et pourquoi tout cela depuis
trois lunes ?

M Y R I S.

C'eſt à toi à répondre à ces queſtions.
La choſe même peux-tu la nier ? (ſouriant)
Eh bien ! je devinerai... Thamos...

S A ï s.

Quoi ! crois-tu peut-être ?..

M Y R I S.

Trois fois la lune s'eſt renouvellée,
depuis que les viſites du Roi ſont deve-
nues plus fréquentes chez nous. Et c'eſt
depuis cette époque que Saïs a perdu ſa
gaieté.

S A ï s.

Je t'entends. Dis plutôt, Myris ! que
c'eſt toi qui as des ſecrets. Saïs ne veut
point les pénétrer : mais au moins qu'on
l'épargne... Parle ; quel objet attire ic

Thamos ? Sur qui porte-t-il fon attention ? avec qui s'entretient-il ?

M y r i s.

Et tu nies encore que tu l'aimes ?

S a ï s (*vivement*)

Aimerois-je celui qui t'adore ?

M y r i s.

Pour te punir , je devrois te laiſſer
dans ton erreur. Mais non , ton état me
touche. Sache donc, que Thamos fent
pour toi ce que tu fens pour lui... Tu
rougis !.. Plus de diſſimulation , chere
Saïs ! J'ai démélé dès le premier jour
l'impreſſion que les qualités du jeune
héros avoient faite fur toi. J'ai vu les
progrès de cette paſſion. J'ai remarqué
ton inquiétude , lorfque Thamos com-
mença à rechercher mon entretien. Que
j'aurois pu aifément la diſſiper ! mais
j'attendois de toi le premier pas.

S a ï s.

Quel aveu me demandes-tu ?.. d'une
foibleſſe, que ton amie voudroit fe cacher à elle-même ?

MYRIS (*embraſſe Saïs*)

Epanche ton cœur dans mon ſein ;
il a beſoin de ſoulagement.

SAÏS.

Aurois-je cru que Thamos, que le fils
de celui contre lequel mon pere perdit
la vie, me dût un jour inſpirer d'autres
ſentimens que ceux de la haine ?.....
O Mirza ! que ſa vue effaça bientôt l'affreuſe peinture que tu m'en avois faite !

MYRIS.

A toi ſeule Mirza découvre ſon averſion contre le ſang de Rameſsès. Quel
peut être ſon deſſein ?

SAÏS.

Si elle a voulu me faire partager ſes
ſentimens, ſon eſpoir l'a bien trompée.
Thamos paroît ; je trouve en lui, non
l'héritier de la fierté, de l'ambition &
de la cruauté de ſon pere, tel que Mirza
me l'avoit dépeint ; mais la bonté, l'affa-
bilité & la douceur mêmes, relevées
par l'éclat de la majeſté : un Roi enfin,
comme étoit ce Menès toujours adoré

de l'Egypte. Ah, Myris ! & ce jeune héros, couronné de lauriers, jette fur Saïs
des regards où elle croit lire plus que
de la bonté... de la tendreffe. D'autres
marques encore femblent confirmer cette
opinion... Hélas! que l'on croit facilement
ce que l'on fouhaite ! Ton amie fut trompée par fon cœur, elle fe flatta trop lé-
gèrement.

M y r i s.

Ton cœur t'a dit vrai, Saïs ! Tu as
touché Thamos, & l'impreffion que tu
as faite fur lui dure encore.

S a ï s.

Eft-ce à toi à m'en perfuader ?

M y r i s.

Injufte amie ! fi tu favois fur quoi
roulent les entretiens qui te caufent tant
d'inquiétude!.. Toi feule en es l'objet;
Thamos connoît notre amitié ; c'eft elle
qui m'attire fon attention.

S a ï s.

Je vais te faire une demande, Myris ! ta
réponfe terminera notre différend......

Thamos te confia-t-il ſes ſentimens pour moi ?

MYRIS.

Non, quoique je lui en donnaſſe ſouvent l'occaſion.

SAïs (*vivement*)

Il ne m'aima donc jamais ! ou il a ceſſé de m'aimer ! Ah, Myris, ma crainte n'étoit que trop fondée.

MYRIS.

Mirza s'approche de nous.

SCENE II.

MIRZA, MYRIS, SAIS.

MIRZA.

Vous paroîtrez ce ſoir dans le Temple avec les Vierges du Soleil. (*à Saïs*) Va en avertir tes compagnes. (*à Myris*) Demeure. (*Saïs ſort.*)

SCENE III.

MIRZA, MYRIS.

MIRZA.

JE m'apperçois, depuis long-temps, qu'il regne entre Saïs & toi une étroite amitié.

MYRIS.

L'habitude depuis l'enfance, le même âge, des inclinations conformes l'ont fait naître.

MIRZA.

Ce que je vais te dire, doit être encore ignoré de Saïs. Jure que tu ne lui en découvriras rien.

MYRIS.

Pourvu que ce secret ne tourne point au préjudice de mon amie.

MIRZA.

Nullement.

MYRIS.

Je le jure donc.

M i r z a.

Connois-tu les fentimens de Saïs pour
Thamos ?

M y r i s *(furprife)*

Pour le Roi?.. Quels autres fentimens
peut-elle avoir, que ceux qui nous font
communs à toutes, ceux du refpect & de
l'obéiffance.

M i r z a.

N'élude point ma queftion. Thamos
eft Roi, il eft jeune & aimable. A-t-il fait
impreffion fur fon cœur ?

M y r i s.

Tu fais, Mirza, qu'il eft des chofes
fur lefquelles des amies même ne fe font
point de confidence.

M i r z a.

Oui. Mais je fais auffi que les yeux des
compagnes font pénétrans... Parle, Myris ! tu n'as rien à craindre pour ton
amie.

M y r i s.

Et fi Thamos ne lui étoit point indifférent ?

MIRZA (*cherchant à cacher son trouble*)

Le crois-tu ? Quelles preuves en as-tu ?

M Y R I S.

Je crois quelque chofe de plus, je crois qu'elle eft aimée de Thamos.

M I R Z A.

Un amour réciproque !.. Myris ! ou tu es toi même dans l'erreur, ou tu veux me tromper... Thamos aimeroit Saïs ! lui, qui porte tes chaînes !.. Point de déguifement, Myris ! prends de la confiance. Ce ne feroit point la premiere fois, qu'un Roi d'Egypte auroit, au défaut du fang Royal, choifi une époufe parmi les filles nobles élevées dans cette Maifon.

M Y R I S (*étonnée*)

Saïs ne fe feroit donc point trompé ?

M I R Z A.

Quoi ! la chofe n'eft pas échappée à ton amie même... & tu doutes encore ?

MYRIS.

Parce que Thamos ne m'a jamais déclaré les fentimens qu'on lui fuppofe. Des matieres indifférentes, ou des queftions qui regardoient Saïs, ont été l'objet de nos entretiens.

MIRZA.

T"a-t-il découvert fon amour pour Saïs ?

MYRIS.

Tout auffi peu.

MIRZA.

Preuve qu'il n'en a point. Crois moi, Myris, crois tes compagnes. Nous voyons toutes ce que toi feule n'apperçois pas. C'eft toi que le Roi aime; c'eft ta converfation qu'il recherché, quand il te parle de ton amie.

MYRIS.

Pourquoi tous ces détours, ce myftere ?

MIRZA.

Par des raifons fecretes peut-être...

Je tâcherai de les découvrir. Je veux que Myris soit notre Reine.

MYRIS.

Mais si le Roi choisit Saïs, garde-toi de l'en détourner. Ce n'est pas aux dépens de son amie, que Myris veut être heureuse.

MIRZA.

Saïs est-elle effectivement éprise de Thamos ?

MYRIS.

Tu m'arraches son secret... Oui, Mirza! Saïs aime Thamos. Elle se flatte d'un amour mutuel. Depuis quelque temps, j'ai commencé à lui donner de l'ombrage. Elle m'a caché ses soupçons. Aujourd'hui seulement, dans le moment où tu entrois, son cœur oppressé s'est répandu dans mon sein.

MIRZA.

Ecoute, Myris ! Saïs ne peut être l'épouse de Thamos. Tu en apprendras dans peu les raisons. C'est-là le secret que je voulois te confier. Depuis long-temps

j'ai craint ce qui eſt arrivé : c'eſt pour
cela que j'ai tâché d'inſpirer à Saïs de
l'averſion contre la maiſon de Rameſsès...
Si ton amie t'eſt chere, Myris, aide à
étouffer une paſſion qui la rendroit malheureuſe.

MYRIS.

Mais Saïs, que penſera-t-elle de moi?..
A peine l'ai-je raſſurée ſur les ſentimens
de Thamos; & maintenant je lui ravirai
toute eſpérance ! Si elle me demande la
cauſe d'un changement ſi ſubit, que lui
répondrai-je ?

MIRZA.

Dis-lui, que tu as appris de moi, que
le Roi en aime une autre. Tu ne lui
diras que la vérité; car le choix de Thamos eſt fait. Il eſt tombé ſur toi ; Mirza
t'en répond... Veux-tu maintenant laiſſer
plus long-temps ton amie dans l'erreur?
Ne vaut-il pas mieux la préparer de loin
à ce qui arrivera infailliblement ? Quels
reproches n'aurois-tu pas alors à attendre
de ſa part ?

MYRIS,

Tu me jettes dans un embarras...

MIRZA.

Saïs revient. N'oublie pas ton ferment. (*Mirza sort*)

SCENE IV.

MYRIS, SAIS.

SAïs (*gaiement*)

C'EST par ordre du Roi que nous devons affifter à la cérémonie du Sacre. Qui fait, Myris ! fi Thamos ne veut pas faire en même temps le choix d'une Reine ?

MYRIS,

Sur quoi fondez-vous cette conjecture ?

SAïs,

Sur ce qu'ordinairement les Vierges du Soleil feules interviennent aux facrifices folemnels... Ah, chere amie, je n'ai plus rien de caché pour toi. Comme

le cœur me bat ! Thamos me choifira t‑il ?
en choifira‑t‑il une autre ?.. Dans peu
d'heures, mon fort fera décidé.

MYRIS.

Attendons l'événement.

SAÏS.

C'eft toi qui as fait renaître mes efpérances. En effet, plus j'y penfe, plus je
fens qu'elles fe raniment. Thamos connoît mes fentimens pour lui... (*furprife
du filence & de l'air rêveur de Myris*)
Mais tu gardes le filence, Myris ! tu
détournes les yeux ! Qu'en dois-je augu-
rer?.. Dieux ! mon amie me tromperoit-
elle ?

MYRIS.

Ah, Saïs ! fi mes vœux pouvoient
donner une Reine à l'Egypte, tu ferois
dès cet inftant affife fur le Trône. Mais
où eft l'affurance qu'ils feront accomplis?..
Ne voit-on pas fouvent s'évanouir des
efpérances qui paroiffoient infaillibles ?

SAÏS.

Quoi ! Myris, qui tantôt me raffuroit,

forme

forme à préfent des doutes?.. (*avec fen-
fibilité*) Ah ! je le favois bien , il n'y a
rien à efpérer pour m ji. Parle , avoue
ce qui en eft... Mais, cruelle ! pourquoi
jouer ton amie ?

M Y R I S.

Que tu es injufte ! Si tu me trouves
changée, c'eft parce que j'ai appris des
chofes que j'ignorois il y a peu de momens... Chere Saïs ! je vais te percer le
cœur, mais je dois parler. Mirza vient
de me dire que Thamos a fait un autre
choix... Vois toute ma franchife... C'eft
moi qui en dois être l'objet.

S A Ï S.

Toi?.. mon amie deftinée à être Reine?..
(*vivement*) Oui , tu mérites de l'être. Saïs
te fait volontiers le facrifice de fes vœux
les plus chers... (*foupirant*) des vœux
qui n'avoient point pour objet le Trône!..
Elle va fe confacrer au fervice du Soleil.
C'eft un deffein formé depuis long-temps,
& que feulement.... N'y penfons plus.
Une grâce encore , Myris ! tu ne me la

refuferas pas. Enfevelis dans ton fein le
fecret d'une amie malheureufe, & ne la
haïs point.

M Y R I S. (*l'embraſſe*)

Moi! te haïr ?.. Chere Saïs ! garde-
toi d'une démarche précipitée. Peu de
mots prononcés devant l'Autel lient à
jamais. Peut-être Mirza fe trompe-t-elle,
peut-être eſt-ce une rufe de fa part.

(*On apperçoit dans le fond Thamos*)

S A ï s.

Voilà Thamos. Je me fauve.

(*Elle fort précipitamment de l'autre côté*)

S C E N E   V.
THAMOS, MYRIS,

T H A M O S.

Ou court Saïs ?

M Y R I S.

Elle retourne chez elle. Nous avons

toutes ordre de nous préparer pour ce
foir.

THAMOS.

Cet ordre vous aura étonnées ?

MYRIS.

Nous joignons avec joie nos vœux
de l'Egypte entiere.

THAMOS.

N'en devinez-vous pas les raifons ?

MYRIS.

Il ne nous appartient point de pénétrer
les fecrets de notre Roi.

THAMOS.

Il eft jeune. Les loix lui prefcrivent
de donner une Reine à l'Empire. Si fon
choix alloit tomber fur une de vous ?

MYRIS.

Heureufe celle qu'attend un fort aufli
brillant !

THAMOS.

Et cette conjecture ne fe feroit point
préfentée à votre efprit ?

M Y R I S.

Je l'avoue, Seigneur, nous en parlions,
Saïs & moi.

T H A M O S.

Vous cherchiez apparemment fur qui
mes vues pourroient fe fixer ?

M Y R I S.

Comment deviner un fecret que Thamos garde encore dans fon cœur ?

T H A M O S.

Il choifira celle dont il eſt sûr d'être
aimé,

M Y R I S.

Son choix eſt donc déjà fait.

T H A M O S (*vivement*)

De qui parles-tu ?

M Y R I S.

Seigneur, j'en ai peut-être trop dit...
(*voyant venir Mirza*) Permets que je
fuive Saïs,

SCENE VI.

THAMOS, MIRZA.

MIRZA.

J'APPRENDS dans le moment que tu es ici, Seigneur... Mais, quoi ! Thamos n'eſt pas accompagné de Phéron ?

THAMOS.

C'eſt pour une affaire qui regarde ton neveu, que je ſuis venu te parler.

MIRZA.

Mirza attend les ordres de ſon Roi.

THAMOS.

Tu auras remarqué qu'entre les jeunes Egyptiennes, confiées à tes ſoins, je préfere Myris & Saïs à leurs compagnes.

MIRZA.

Oui, Seigneur ; & ſi Mirza oſe former des conjectures, l'une des deux ſera notre Reine.

THAMOS.

Et l'autre l'épouſe de Phéron.

MIRZA (*vivement*)

Laquelle ? Seigneur ! pardonne à mon audace.

THAMOS.

J'attends ton confeil.

MIRZA.

Il viendra peut-être trop tard.

THAMOS.

Suppofe que je balance encore.

MIRZA.

Tu fais, Seigneur ! que le pere de Saïs a été un des plus zélés partifans de Menès, & qu'il a même facrifié fa vie pour la défenfe de ce Roi.

THAMOS.

Saïs auroit elle hérité de la haine de fon pere contre la maifon de Ramefsès ?

MIRZA.

J'ai tâché de lui infpirer des fentimens contraires. Si j'y fuis abfolument parvenue...

THAMOS (*l'interrompt*)

Quoi ! Saïs auroit pour moi de la haine ?

M I R Z A.

Non, Seigneur ! je ne l'accuse point
de pareille injustice. Mais Thamos se
contente-t-il de n'être pas haï ? Ne de-
mande-t-il pas de l'amour ?

T H A M O S.

Oui, Mirza, celle qui sera assise avec
moi sur le Trône, doit fixer ses regards
sur celui qui est à côté d'elle ; voir en
lui, non le Roi, mais Thamos, redes-
cendre en sa compagnie du Trône avec
autant de satisfaction qu'elle en ressentit
en y montant.

M I R Z A.

Ces sentimens, tu les trouveras dans
Myris.

T H A M O S (vivement)

Et point dans Saïs?

M I R Z A.

Seigneur,....je devois me taire.

T H A M O S.

Saïs seroit-elle prévenue pour un
autre?.. Phéron seul m'accompagne ici.

M I R Z A.

Elle ne m'a pas confié son secret :
mais Phéron semble avoir fait impression
sur son jeune cœur. Je ne m'en étonne
point. Elle, & toutes tant que nous
sommes, nous la tenions pour la mortelle fortunée à qui Thamos destinoit sa
main.

T H A M O S.

Phéron aime-t-il Saïs?

M I R Z A.

Je l'ignore également, Seigneur ;
mais quand ses yeux eussent été pénétrans, quand même les charmes de Saïs
l'auroient touché à son tour, il sait trop
ce qu'il doit à son Roi.

T H A M O S.

Je te crois dans l'erreur, Mirza,
comme tu l'étois à mon égard. Je n'ai
jamais aimé Myris. Ce fut Saïs qui m'en-
chaîna au premier moment que je la vis.
Quels traits frappans, quel air de grandeur, quel charme inexprimable répandu
sur toute sa personne! Et que les qualités

de fon cœur y répondent! Elle me parut née pour le Trône. Mon choix fut, dès ce jour, décidé: mais je voulus auparavant m'affurer de fes fentimens à mon égard. Je me fuis flatté qu'ils me feroient favorables. Saïs me paroiſſoit inquiete lorſque je parlois à fes compagnes. Pour l'éprouver davantage, je redoublai mes entretiens avec Myris. Voilà ce qui vous a induites en erreur... Après tout ce que je viens de dire, juge de mon étonnement, Mirza, quand j'apprends de toi, le jour même où je voulois offrir ma main à Saïs, qu'elle eſt éprife d'un autre. Si cela eſt, ſi Phéron l'aime à fon tour], je fais à l'amitié le facrifice de l'amour, je ferre moi-même les nœuds qui les uniront.

M I R Z A.

Que ces fentimens font dignes de Thamos!

T H A M O S.

Parle encore à Saïs! mais cache lui que c'eſt par mon ordre. Si fon cœur eſt

C v

prévenu pour un autre, elle ne m'entendra pas prononcer le mot d'amour. Mais si tu t'es trompée, si elle répond à mes sentimens, je me hâterai de lui offrir ma main & le Trône.

SCENE VII.

THAMOS, MIRZA, PHANÈS.

PHANÈS.

Tu m'as permis de te suivre ici.

THAMOS.

Va, Mirza! acquite-toi de ta commission.

(Mirza part)

S C E N E V I I I.
T H A M O S, P H A N È S.

P H A N È S.

JE n'oſois parler en préſence de Mirza.
Il s'agit de ſon neveu... Seigneur! ce
Phéron, à qui tu as conſié aujourd'hui la
garde de la ville & de ta perſonne,eſt peut-
étre lui-même le chef de la rébellion.

T H A M O S.

Quoi!.. Phéron, mon Parent, le
plus cher de mes amis!

P H A N È S.

Je ne veux pas encore le condamner
abſolument, mais ſes démarches le rendent très-ſuſpect.

T H A M O S.

Ce n'eſt donc qu'un ſimple ſoupçon?
Et ſur un ſoupçon, Phanès, tu troubles
le repos de ton Roi, tu lui inſpires de
la défiance contre ſon ami!... Y as-tu
bien penſé? Si je m'étois laiſſé entraîner

C vj

à quelque réfolution violente , comment aurions-nous pu réparer nos torts?

P H A N È S.

Ecoute-moi, & fais ce que tu voudras. On a intercepté des lettres de Phéron, elles font écrites en caracteres inconnus, & adreffées à des mécontens.

T H A M O S.

Eft-il certain qu'elles font de lui? Des méchans ne peuvent-ils point s'être fervis de fon nom, & avoir contrefait fon feing?

P H A N È S.

Il fe tient auffi chez Phéron des affemblées fecretes.

T H A M O S.

Sait-on qui y intervient?

P H A N È S.

Des inconnus entrent & fortent pendant l'obfcurité de la nuit.

T H A M O S.

Phéron eft jeune, il aime les plaifirs de fon âge. Peut-être ne s'agit-il d'autre chofe. Faut-il chercher du crime dans les actions les plus indifférentes!

P H A N È S.

Seigneur , tu pouffes la confiance trop loin. Parce que ton cœur droit abhorre jufqu'à l'ombre de l'intrigue & de la fraude, tu juges des autres par tes propres fentimens. Phanès a penfé autrefois comme toi, mais de cruelles expériences l'ont rendu plus défiant. Le mafque d'un ami cachoit fouvent un perfide , & celui dont les dehors annonçoient une divinité bienfaifante portoit dans fon fein le cœur d'un tigre.

T H A M O S.

Que Thamos ceffe plutôt de vivre, que de fe voir détrompé !

P H A N È S.

Crois-moi, Seigneur ! Phéron cache des deffeins dangereux. On lui a entendu dire que ton Trône chanceloit. Ces mots lui font échappés. Il en a frémi, il a cherché à leur donner une tournure innocente. Voilà précifément ce qui l'a rendu fufpect.

T H A M O S.

Peut-être avoient-ils auffi un fens innocent. Le germe de la rébellion ne fe manifefte-t-il pas en beaucoup d'endroits?

P H A N È S.

Si tu négliges ta propre fûreté, fouviens-toi de ce que tu dois à l'Empire. Veux-tu laiffer allumer une nouvelle guerre civile?.. Seigneur, devant toi il eft permis de parler de chofes qu'auprès de tout autre Prince on couvriroit du voile du filence... Si Menès s'étoit moins fié à Ramefsès, il feroit encore affis fur le Trône.

T H A M O S.

Que faut-il donc que je faffe?

P H A N È S.

Je te confeille de t'affurer, fans délai, de la perfonne de Pheron. Si tu balances, fais-le au moins environner de perfonnes qui obfervent toutes fes démarches.

T H A M O S.

Et ces perſonnes-là ne donneront-elles
point, à tout ce qu'elles verront, une
interprétation conforme à nos ſoupçons?
Ne s'y croiront-elles pas obligées par
leurs inſtructions?.. Non, je veux moi-
même avertir Phéron. En l'aſſurant que
je le crois innocent, je ne demanderai,
ni ne recevrai de lui aucune juſtification...
Si Phéron eſt tel que je le déſire, il ſera
touché de ma confiance, & ſera encore
plus mon ami. Si malheureuſement....
Dieux! que cela n'arrive pas!...il cache
dans ſon cœur des projets perfides, la
crainte en empêchera l'exécution.

P H A N È S.

Seigneur, ton plan me paroît dangé-
reux.

T H A M O S.

Qu'il le ſoit! Thamos riſque tout pour
ſauver un ami.

Fin du ſecond Acte.

ACTE III.

Le Théâtre repréfente toujours le Temple.

SCENE PREMIERE.

THAMOS, PHÉRON.

THAMOS.

SEUL avec toi dans ce Temple, devant la Divinité que nous adorons, ton Roi t'ouvre fon cœur... On veut m'infpirer de la défiance contre toi. On t'accufe d'être le chef fecret des rebelles, davoir mis le pied fur les marches du Trône pour y monter... Ne t'en affliges pas, Phéron; Thamos n'ajoute pas foi à cette accufation, il eft toujours ton ami. Tu auras peut-être fait quelque démarche inconfidérée, & l'inimitié y aura donné une interprétation maligne.

PHÉRON.

Que n'ont-ils plutôt affouvi leur rage
dans mon fang, ces cruels ennemis!..
Phéron en danger de paroître aux yeux
de Thamos pour un Perfide! cette idée
eft plus cruelle pour moi que la mort
même!.. Seigneur, rends-toi à la priere
que je t'ai faite ce matin, affure-toi de
ma perfonne!

THAMOS.

Qu'il n'en foit plus parlé!.. Quoi!
Thamos manifefteroit à tout l'Empire un
foupçon dont il a lui-même horreur, &
une crainte qu'il ne fentit jamais?.. Apprends, Phéron! que fi je te croyois
coupable, je ne te craindrois pas; non,
je te mépriferois. C'eft au traître lui-
même à trembler. A chaque pas, fon
imagination, troublée par les remords,
lui retrace la vengeance prête à fondre
fur lui. Et ce malheureux pourroit infpirer de la terreur?

PHÉRON.

Mais, Seigneur, ceux qui ont juré

ma perte, imagineront toujours de nouvelles imputations, ils forgeront des
preuves... ah, s'ils parvenoient enfin à
leur but!

THAMOS.

Ne crains rien; fi tu es innocent,
Thamos écoutera tes défenfes.

PHÉRON. (*étendant les mains vers
l'image du Soleil*)

Seigneur! fi je te fuis infidele, puiffe
la Divinité de l'Egypte...

THAMOS (*l'interrompt*)

Arrête!.. fi je ne te croyois pas fur ta
parole, je me fierois encore moins à tes
fermens. Qui ne craint point le crime,
ne craint point les Dieux... C'eft affez.
Paffons à un autre objet!.. Aimes-tu,
Phéron?

PHÉRON (*étonné*)

Si j'aime?

THAMOS.

Réponds.

PHÉRON.

Que veux-tu que je te dife?

T H A M O S.

Ce que Mirza fait & que tu me caches.

P H É R O N.

Mirza!.. à qui je n'ai rien confié?

T H A M O S.

Tu vois avec moi les Vierges qu'on éleve ici. N'en eſt-il point qui ait fait impreſſion ſur le cœur de Phéron?

P H É R O N.

Les regards d'un ſujet doivent ne point ſe porter témérairement ſur des objets parmi leſquels ſon maître veut faire un choix. Mais ſi Phéron ne ſe trompe pas, ce choix eſt déjà fait. L'heureuſe Myris...

T H A M O S.

Je t'entends... Ainſi, ſi je choiſiſſois Myris, tu me prierois de t'accorder Saïs?

P H É R O N.

J'ai déjà dit que mes yeux...

T H A M O S.

Enfin. . ... Crois-tu être aimé de
Saïs?

P H É R O N.

Je ne lui ai jamais parlé d'amour !

T H A M O S.

Si elle t'aime, je te la donne.

P H É R O N (*embarraſſé*)

Seigneur !.. Comment puis-je..

T H A M O S.

Point de remercîmens ! Thamos eſt
ton ami. Il te croit le ſien, & c'eſt pour
cela qu'il t'a confié le commandement
des Troupes. As-tu déjà donné les ordres
néceſſaires pour la tranquillité publique?

P H É R O N.

Oui, Seigneur; les poſtes ſont ren-
forcés , & les troupes s'aſſemblent ſur
les places.

T H A M O S.

O douleur amere ! prêt à me conſacrer
tout entier au bonheur de l'Egypte, je
vois des Egyptiens conjurés contre moi!

P H É R O N.

Les ingrats rentreront en eux-mêmes,
ou mon bras les punira.

T H A M O S.

Grands Dieux ! que le sceptre de cet
Empire passe en d'autres mains, plutôt
que de le voir dans les miennes, teint du
sang des citoyens.

(*Il retourne au Palais*)

———————————————

S C E N E I I.
PHÉRON *seul.*

LACHE !... Tu connois peu le prix
du Diadême ! Aquis par les armes & par
la violence, ou donné par les mains des
peuples, le Trône est toujours Trône...
Sondons Séthos... Mais voyons auparavant Mirza.

(*Il veut s'avancer vers la porte de
l'habitation des Vierges, & s'arrête
en appercevant Séthos*)

SCENE III.
PHÉRON, SÉTHOS.

SÉTHOS (*venant de l'habitation des Prêtres*)

Tu es seul, Phéron? On m'avoit dit que le Roi étoit avec toi.

PHÉRON.

Il vient de rentrer, je suis demeuré ici pour te reveler un secret.

SÉTHOS.

Quoi?

PHÉRON.

Il t'étonnera & te ravira en même temps... La mémoire du grand Menès te fut toujours chere.

SÉTHOS.

Je ne l'oublirai jamais.

PHÉRON.

Tu sais que Tharsis, sa fille unique, passe pour morte.

SÉTHOS.

Dans l'affreufe nuit où la capitale fut
furprife par les Rebelles, elle périt dans
les flammes.

PHÉRON.

Les Dieux l'ont confervée!

SÉTHOS.

Peux-tu croire à des bruits que ré-
pandent des Rebelles?

PHÉRON.

Ce ne font pas de fimples bruits;
c'eft une vérité certaine.

SÉTHOS.

Quoi, Tharfis vivroit? Menès auroit
encore une fille?... Tu te trompes,
Phéron, ou tu es l'auteur fecret de ces
bruits.

PHÉRON.

Oui, je le fuis, je fuis plus, je fuis
celui qui placera la fille de Menès fur le
Trône de fes Peres. Tharfis vit. Rien
n'eft plus certain, ces murs la ren-
ferment.

S É T H O S (*avec sensibilité*)

Ces mûrs? l'habitation des Vierges sacrées?.. Ah, Phéron, parle, fais la moi connoître.

P H É R O N.

C'est Saïs.

S É T H O S.

Quoi! Saïs?.. Saïs?.. Oui, c'est elle. Mon cœur me le confirme. Ses traits m'ont toujours frappé. Ils me rappelloient ceux de la Divine Nicoris..... Mais, Phéron! dois-je me livrer à toute ma joie? Comment la fille de Menès est-elle échappée à une mort infaillible? Qui l'a arrachée des flammes?

P H É R O N.

Le Palais en feu, la Gouvernante de la Princesse se précipita avec elle des fenêtres, elle paya sa fidélité de sa vie, & la jeune Princesse fut sauvée. Un soldat ennemi la reçut des mains de la mourante, & la porta à Ramessès, qui ordonna au soldat de garder le secret, & le fit ensuite tuer. Tharsis fut confiée à

Mirza,

Mirza, & élevée fous le nom de la fille d'un des chefs des Troupes. Rameffès l'avoit deftinée à Thamos, mais il mourut avant l'exécution de fon projet.... En veux-tu des preuves? Mirza les a entre les mains, ainfi que l'ornement que Tharfis portoit au col lorfqu'on la garantit de la mort.

S é t h o s (*pénetré d'une joie tendre*)

Dieux immortels! elle vivroit, ces yeux reverroient Tharfis, la fille de ma Reine!.. Ah, Phéron! de quelle joie tu pénetres mon cœur!

P h é r o n.

J'ai prévu l'impreffion qu'une nouvelle auffi imprévue feroit fur toi; je connoiffois ton zele pour la maifon de Ienès.

S é t h o s (*s'efforçant de modérer les transports de fa joie*)

Quand Mirza t'a-t-elle découvert le ecret de la naiffance de Saïs?

P H É R O N.

Depuis fept lunes, lorfque nous mar-
chions contre les Nubiens.

S É T H O S.

Et Saïs elle-méme, connoît-elle fon
état véritable.

P H É R O N.

Pas encore, mais on va le lui apprendre. Maintenant, Séthos, le myftere
des billets affichés & des mouvemens
dans les Provinces fe développe à tes
yeux. Dans ce jour même la fille de
Menès s'offrira aux regards des Peuples.
Aide-nous.

S É T H O S.

Je le ferai, fans doute. Tharfis doit
régner. Mais, Phéron, pourquoi ne
m'as-tu pas plutôt découvert ce fecret?
Etoit-ce défiance?

P H É R O N.

Ton amitié pour Phanès m'a retenu.
Il devoit tout ignorer jufqu'au moment
de l'exécution. Maintenant ni lui, ni
qui que ce foit n'eft plus en état

d'y mettre obstacle; cependant il vaut
mieux que le secret soit encore gardé.
Quand ce soir Tharsis se montrera,
quand toi, Mirza & moi confirmerons
que Saïs est la fille de Menès crue
morte : Phanès & Thamos frappés
d'étonnement , ne feront aucune résistance; & s'ils l'osoient, ils se trouve-
roient enveloppés de toutes parts.

S É T H O S.

Je ne conçois rien à cette défiance
en Phanès! Tout le monde connoît son
zele pour les intérêts de Menès, & les
preuves qu'il en a données. Il se soumit
le dernier à Ramessès; & ce pas, il ne
le fit qu'après la mort de son ancien
Maître, dont il est toujours demeuré
partisan déclaré.

P H É R O N.

Je le sais, mais Phanès n'est pas mon
ami.

S É T H O S.

En soutiendra-t-il moins les droits de
la fille de Menès?

P H É R O N.

Mais il voudra empêcher qu'elle me donne la main.

S É T H O S (*furpris*)

Es-tu donc certain que Saïs t'époufe? T'aime-t-elle?

P H É R O N.

Quand fon cœur feroit fans tendreffe pour moi, je puis tout attendre de fa reconnoiffance... Tu vois, Séthos, la confiance que nous avons en toi, Mirza & moi. Elle m'attend dans la galerie voifine. Je vais la chercher.

(*Phéron entre dans l'habitation des Vierges*)

SCENE IV.

SÉTHOS, *seul.*

QUEL jour pour moi & pour cet Empire !.. j'implore votre aide, Dieux de l'Egypte !.. Que Menès perde plutôt une seconde fois fa fille, que de la voir partager le Thrône avec un perfide !

SCENE V.

SÉTHOS, PHÉRON, MIRZA.

MIRZA. (*Elle tient un rouleau de parchemin, des lettres & un bijou*)

VOICI les preuves dont Phéron t'a parlé : l'image d'Ifis, que la Princeffe portoit au col ; le témoignage du foldat qui la reçut des mains de fa Gouvernante, confirmé par Ramefsès même ; des billets de ce Prince,

SÉTHOS. (*Il prend le bijou, le regarde*
& le baise avec transport)

Oui, je la reconnois ; voilà les caracteres sacrés que Nicoris, la plus pieuse
des Reines, y avoit fait graver. (*Il dé-*
roule le parchemin, & parcourt quelques-
unes des lettres) Il n'y a plus de doute,
Saïs est notre Princesse, & moi-même
je le confirmerai en face de tout le
Peuple.

MIRZA.

Peut-on se fier à l'ami de Thamos?

SÉTHOS.

Thamos lui-même avouera les droits
de la fille de Menès ; s'il le refuse, il
n'est pas digne de mon amitié.

PHÉRON.

Et Tharsis, sera-t-elle à moi?

SÉTHOS.

Les loix ordonnent aux Princesses hé-
ritieres du Trône de choisir un époux
entre les Princes du sang royal. Tu es de
ce nombre, si Tharsis te donne la main,
tout fléchira devant toi.

PʜÉʀᴏɴ.

Tremble quiconque ofera l'empêcher! L'armée eft pour moi. J'ai par-tout
des partifans, & au premier fignal on
prend les armes.

Séᴛʜᴏs.

Il fuffit que la fille de Menès fe déclare. Je vais de ce pas préparer les plus
affidés de mes Prétres à ce grand événement.

Mɪʀᴢᴀ.

Nous nous fions en toi, & il n'eft
point de récompenfe que tu ne puiffes
te promettre.

PʜÉʀᴏɴ.

Mais fi tu nous trahis, tremble pour
toi & pour tes amis!

Séᴛʜᴏs.

Séthos exécute ce qu'il promet, &
ne craint point les menaces.

SCENE VI.

PHÉRON, MIRZA.

MIRZA.

Nous sommes affurés de lui. C'eft le partifan le plus zélé de Menès, mais il eft aufli, à la vérité, ami de Thamos & de Phanès : cependant cette amitié même l'engagera à garder le fecret, pour ne point expofer leur vie.

PHÉRON.

Prudence inutile! Tous les deux, & Séthos même, doivent être facrifiés à ma fûreté.

MIRZA.

Epargne le Grand-Prêtre. Le Peuple le révere. Il croit que les Dieux parlent par fa bouche. Mais Phanès & Thamos ne doivent pas vivre. Tu ignores encore que Thamos eft ton rival.

PHÉRON.

Lui, qui croit que Saïs m'aime?

M I R Z A.

Cette erreur eſt mon ouvrage. En me découvrant ſon amour pour Saïs, il m'a chargée de ſonder ſes ſentimens, & je me ſuis ſervie de l'occaſion pour lui inſpirer adoitement du ſoupçon.

P H É R O N.

Quelles ſont les diſpoſitions de Saïs à l'égard du Roi?

M I R Z A.

Elle l'aime auſſi, à ce que Myris m'a dit.

P H É R O N.

Quel obſtacle à nos deſſeins!

M I R Z A.

Qu'il ne t'épouvante pas. Saïs ſe croyant aimée de Thamos, le payoit de retour. Peut-être auſſi l'éclat du Diadême l'éblouiſſoit-il. Perſuadée maintenant que le choix de Thamos eſt tombé ſur une autre, ſon amour ſe changera en haine ; l'horreur que je lui ai inſpirée contre la Maiſon de Rameſsès ſe réveillera.

P H É R O N.

Découvre-lui sa naissance sans plus
de délai : il n'y a pas un moment à
perdre.

M I R Z A.

Elle m'attend à l'entrée de la galerie.
Je vais l'appeller. Cache-toi , & ne paroîs
que lorsqu'il en sera temps.

(*Phéron se cache , & Mirza appelle Saïs*)

SCENE VII.

MIRZA, SAIS.

S A ï s.

QUE me veut Mirza?

M I R Z A.

J'ai à te parler d'objets importans. Le
moment approche, où ton sort & celui
de toute l'Egypte vont être décidés. Tu
sais que je t'ai toujours chérie préférable-
ment à tes compagnes. Tu vas apprendre
les motifs qui m'y portoient.

Saïs.

Quels qu'ils ayent été, ma reconnoiffance a égalé tes bontés pour moi.

Mirza. (*elle la regarde*)

Eft-il poffible que tant de brillantes
qualités n'ayent pas, à la premiere vue,
déterminé le choix de Thamos?

Saïs.

Quand même je pofféderois ces avantages dont ton amitié me flatte, je n'aurois jamais des vues auffi ambitieufes.

Mirza.

Je l'ai cru pendant quelque temps
épris de tes charmes. Toi-même tu y
auras été trompée. Et maintenant il fe
déclare pour Myris!

Saïs.

Mon amie eft digne du Trône.

Mirza.

Thamos te deftine auffi un époux.

Saïs.

'A moi!

Mirza.

Il te donne à Phéron.

SAÏS (*avec vivacité*)

Dis-lui que, pour unique grâce, je lui demande de me laiſſer ma liberté.

MIRZA.

Quoi! tu abhorres Phéron?

SAÏS.

Non, Mirza; je reſpecte en lui ton neveu.

MIRZA.

Je vais te confier un ſecret, & le bonheur de l'Egypte dépend du ſilence que je t'impoſe. Bientôt il éclatera. Jure par le Soleil, qu'en attendant tu ne le découvriras à qui que ce ſoit.

SAÏS.

Puiſque le bonheur de l'Egypte y eſt intéreſſé, je le jure.

MIRZA.

Je reçois ton ſerment, Saïs! C'eſt pour la derniere fois que je te donne ce nom; bientôt tu en porteras un autre... La mémoire de notre grand Menès t'eſt-elle toujours chere?

SAÏS.

Si elle me l'eft? Elle m'eft précieufe,
facrée comme celle d'une Divinité bienfaifante. Quand je n'euffe pas entendu
fans ceffe de ta bouche l'éloge de ce
grand Roi, toute l'Egypte m'eût annoncé fa gloire. Jamais le nom de Menès
ne retentit à mes oreilles que je ne m'en
fente l'ame pénétrée, qu'il n'y excite
des mouvemens dont je ne puis moi-
même me rendre compte.

MIRZA.

Tout va fe dévoiler à tes yeux....
Menès avoit une fille unique...

SAÏS.

Elle périt dans les flammes à la prife
de la capitale.

MIRZA.

On fe trompe, elle fut fauvée. Tharfis,
l'héritiere de Menès, vit encore.

SAÏS.

Que dis-tu? où eft-elle?

MIRZA.

Ici, devant moi. C'eft toi.

SAÏS (*étonnée*)

Moi !.. Moi fille de Menès ?

MIRZA.

Oui, tu l'es ; avant que le jour finiſſe,
tu verras toute l'Egypte à tes pieds.

SAÏS.

Puis-je croire un événement de cette
nature ! je m'y perds. Quelles ſont les
preuves de ma naiſſance ?

MIRZA.

Elles paroîtront ce ſoir aux yeux du
peuple, & Séthos les lui confirmera par
ſon témoignage.

SAÏS.

Quoi ! Séthos me connoît auſſi !....
O Menès ! divin Menès ! toi que je ré-
vérois comme on révere les Immortels,
tu ſerois mon pere !

MIRZA.

N'en doute pas. Tu monteras ſur ſon
Trône ; Phéron t'y place.

(*Phéron avance*).

SCENE VIII.

MIRZA, SAIS, PHÉRON.

PHÉRON.

Oui, Saïs ; il n'a pas craint d'expofer fa vie pour la défenfe de tes droits.

SAÏS.

Quoi ! Phéron conjuré contre Thamos ?

PHÉRON.

Je n'ai plus rien à craindre de lui. Son fort eft entre mes mains.

SAÏS.

Malheureux Thamos !

MIRZA.

Tu plains l'ennemi de ta famille ?

SAÏS.

Son pere le fut, mais lui jamais.

MIRZA.

Aimerois-tu Thamos ? lui donnerois-tu la main ?

S A ï s.

Non, Mirza ; celui qui a pu préférer une autre à Saïs, crue fille d'un particulier, ne sera jamais l'époux de Tharsis Princesse.

P É R O N.

Phéron peut donc espérer ?

M I R Z A.

Oui, je réponds de la reconnoissance de la fille de Menès. Pourroit-elle oublier ce que tu fais pour elle ?

S A ï s.

Je reconnois, Phéron, tout ce que je te dois. Mais un changement si grand, si subit, me laisse-t-il la liberté d'esprit pour penser à une autre chose ? De Saïs que j'étois, il n'y a qu'un moment, me voilà transformée en héritiere de l'Empire ! Attends que je revienne de mon premier étonnement.

M I R Z A.

Le peuple va te demander un époux, ton choix doit être fait ce soir même.

PÉRON.

Qui peut t'arrêter ?

SAÏS.

De grâce, laiſſez-moi le temps de réfléchir.

MIRZA.

Il faut ſe déclarer ſur-le-champ.

SAÏS.

Ah ! c'eſt trop me preſſer.

MIRZA.

Que devons - nous penſer de ces délais ? Nous voulons de la certitude.

SAÏS (*avec dignité*)

Si je ſuis ce que vous dites ; ſi je ſuis
votre Reine, attendez mes ordres.

(*Elle rentre dans l'habitation des Vierges*).

SCENE IX.
PHÉRON, MIRZA.

(Tous deux, étonnés, gardent pendant quelque temps le silence)

MIRZA.

ELLE commande déjà en Souveraine !

PHÉRON.

Nous avons trop infifté... Si par dépit elle alloit donner la main à Thamos !

MIRZA.

Non. Elle eft trop fiere pour choifir celui dont elle fe croit méprifée.

PHÉRON.

Mais, fi elle apprenoit que tu l'as trompée ?

MIRZA.

D'ici à ce foir le temps ne lui fuffira pas ; ne crains rien.

PHÉRON.

Thamos t'a chargée de sonder les sentimens de Saïs. Il viendra t'en parler. Que
lui diras tu ?

MIRZA.

Que Saïs t'aime.

PHÉRON.

Il peut chercher à avoir un entretien·
avec elle.

MIRZA.

Il ne le fera point. Quel sujet auroit-il
de se défier de moi ?

PHÉRON.

Mais s'il apprenoit la naissance de Saïs?

MIRZA.

Par qui ? Séthos nous a promis de garder le secret. Saïs elle-même est liée par
un serment. Elle craint trop les Dieux
pour l'enfreindre.

PHÉRON.

Quoi qu'il en puisse étre , Phéron est

préparé à tout. Si le flambeau de l'hymen
ne le conduit pas au Trône, ce fer lui en
frayera le chemin.

(*Mirza, en lui donnant la main, marque
qu'elle penfe de même. Ils fe féparent.
Mirza rentre dans l'habitation des
Vierges, Phéron dans le Palais*).

Fin du troifieme Acte.

ACTE IV.

Le Théâtre repréſente le Temple du Soleil,
comme dans l'Aĉte précédent.

SCENE PREMIERE.

SAIS *ſeule.*

(Venant de l'habitation des Vierges du
Soleil, elle regarde par-tout pour
s'aſſurer qu'elle eſt ſeule)

Personne n'eſt ici ; les portes du
Temples ſont fermées ; rien ne s'oppoſe
à mon deſſein... Mais dois-je l'exécuter?..
Tharſis eſt-elle maîtreſſe de ſes actions?..
O Menès ! s'il eſt vrai que ton ſang coule
dans ces veines, de la demeure des Immortels jette un regard ſur ta fille ! diſſipe
l'obſcurité qui l'environne ! montre-lui

ce que le bien de l'Egypte exige d'elle!,,
Oui, déjà tu m'écoutes, déjà ma réfolution fe renouvelle. Toi-même, oui, toi-
même me l'infpiras... Ta fille inftrument
des Rebelles perfides? Le fceptre arraché
par elle au meilleur des Princes?.. Non,
qu'il refte dans les mains qui le tiennent.
Si Tharfis ne peut être affife avec Thamos
fur le Trône de fes peres, que nul autre
ne l'y faffe monter. (*à genoux devant*
l'image du Soleil) Oui, ç'en eft fait ; je
vais prononcer un vœu irrévocable. Divinité de l'Egypte ! reçois-le. (*étendant*
fes mains & à haute voix) Soleil, je me
voue à ton culte !

(*Thamos entre au moment où Saïs pro-*
nonce ces derniers mots. La furprife
& la douleur l'empêchent d'abord de
parler).

SCENE II.

THAMOS, SAIS.

THAMOS (*courant vers Saïs*)

Saïs ! Saïs ! qu'as-tu fait ?

SAÏS (*se levant précipitamment*)
Seigneur !..

THAMOS (*l'interrompant*)

Quoi ! plutôt que de donner la main à Thamos , tu prononces ce vœu funeſte !

SAÏS (*étonnée*)
Ma main à toi ?

THAMOS (*l'interrompant encore*)
Craignois-tu de la violence de ſa part? Ah ! quand ton cœur eût donné la préférence à un autre , falloit-il pouſſer auſſi loin ton averſion pour moi ?

SAÏS.
De l'averſion pour toi !

THAMOS.

N'étois-je pas prêt à faire le sacrifice
d'un amour dédaigné?

(*Tout ce dialogue est prononcé rapide-
ment ; Thamos, pénétré de la plus
vive douleur, écoutant à peine Saïs*).

SAÏS.

Ciel ! qu'entends-je ?

THAMOS.

Mirza ne t'a-t-elle pas parlé?

SAÏS.

Elle m'a dit... Seigneur, ne m'en demande pas davantage.

THAMOS.

Non, parle ! acheve !

SAÏS.

Que tu avois choisi Myris, que tu voulois me donner à Phéron.

THAMOS.

Grands Dieux ! Mirza ? Elle, à qui
j'avois confié mon dessein de m'unir à
toi ? que j'avois chargée de sonder ton
cœur?.. Ah, Saïs ! trop crédule Saïs !

falloit-il

falloit-il auſſi légerement ajouter ſoi à l'impoſture la plus noire?

S A ï s.

Puiſſions-nous toujours l'avoir ignorée!

T h a m o s.

Mes regards, mes diſcours, toute ma conduite, ne t'ont-ils pas manifeſté la vive impreſſion que tu avois faite ſur mon ame? N'ai-je pas cru lire dans tes yeux un tendre retour?

S A ï s.

Plains la malheureuſe Saïs.

T h a m o s.

O Dieux! pour ſeul adouciſſement des ſoins qui environnent le Thrône, pour unique récompenſe des travaux que j'allois entreprendre pour la félicité de mes peuples, je vous demandois Saïs, & vous me la refuſez!

S A ï s.

Ils te donneront une autre épouſe auſſi digne de toi.

THAMOS.

Où la trouver? Où eſt-elle? Sera-ce Saïs?..

SAÏS.

Thamos ! c'en eſt fait ; mon ſort eſt irrévocablemenr décidé. Si je ne puis être à toi , au moins tous mes jours feront conſacrés à invoquer les Dieux pour ta proſpérité. *(ſe proſternant ſoudain devant l'Image du Soleil)* Puiſſante Divinité, à qui j'appartiens ! ah, protege-le, protege le meilleur des Princes ! Fais échouer les deſſeins des traîtres ! Punis-les! Si ta colere demande une victime à l'Egypte, que ce ſoit Saïs !

THAMOS *(la releve, extrêmement touché)*

O Saïs ! tu me perces le cœur. Toi victime pour Thamos!.. Grands Dieux! pourquoi me montrer la plus parfaite des mortelles, ſi vous vouliez me la ra-vir ? *(après un moment de ſilence)* Mais, dis-moi, d'où vient cette crainte pour mes jours ? L'audace des Rebelles t'épou-

varte-t-elle ? Sois tranquille, on lui op-
posera des digues qui l'arréteront.

SAÏS.

Ah, Thamos ! le danger eſt plus grand
que tu ne le crois. Ne te fie à perſonne.

THAMOS.

Quoi, Saïs ! ſais-tu des particularités ?

SAÏS.

Pourquoi ſuis-je liée par un ſerment !

THAMOS.

Un ſerment ! Qui l'a exigé de toi ?..
Dieux ! quelle affreuſe lumiere ! quel noir
ſoupçon !.. Phéron, Mirza !.. N'étoit-ce
pas aſſez de nous avoir rendus malheureux par une fourbe déteſtable ? Comment notre union pouvoit - elle nuire à
vos deſſeins ambitieux ? Saïs m'eût-elle
ſoutenu ſur le Thrône ? Peut-elle en ap-
planir le chemin à un autre ?

SAÏS.

Ah ! bientôt tu ſeras éclairci de tout
ce myſtere... C'eſt moins un ſerment in-
diſcret qui me retient, que la crainte de
déchirer davantage un cœur déjà pro-

fondément bleflé... Non, Thamos , je ne veux pas te rendre plus malheureux. Qu'il te fuffife de favoir que le fonde-ment fur lequel les Rebelles avoient élevé leur édifice , eft fappé. Honteux, furieux , ils le verront s'écrouler. Sois feulement en garde contre la force ou-verte.

Thamos,

Parle plus clairement, je t'en conjure. Pourquoi m'épargner ? Eft-il pour Tha-mos quelque chofe de plus cruel, que les mots qu'il a entendu , en entrant, for-tir de ta bouche ?

SCENE III.

LES ACTEURS PRÉCÉDENS,
SÉTHOS.

SÉTHOS *(venant de l'habitation des Prêtres)*

SEIGNEUR, que t'a dit Saïs ? que veux-tu qu'elle t'apprenne ?

THAMOS.

O Séthos ! je t'ai confié mes intentions ; je t'ai dit que Saïs devoit être Reine. Tu as applaudi à mon choix. Hélas ! il n'eſt plus de Saïs pour moi. Un vœu irrévocable me l'a ravie. La cruelle ! je ſuis ſurvenu, mais trop tard, lorſqu'elle le prononçoit.

SÉTHOS *(il ſe fait violence pendant toute la Scene pour ne pas laiſſer éclater ſa tendreſſe envers ſa fille)*

Qu'as-tu fait, chere Saïs ? Pourquoi prendre un parti ſans conſulter

E iij

auparavant ton pere ? Car c'eſt le nom que tu étois dans l'habitude de me donner.

S A ï s.

Mon cœur te le donnoit. J'ai toujours eu pour toi les ſentimens de fille. Tes leçons étoient pour Saïs des oracles... Certainement je t'aurois conſulté. Mais en avois-je le temps ? Le moment fatal n'approche-t-il pas ?.. Tu me connois, Séthos ! tu es inſtruit de tout... Moi, inſtrument de la trahiſon la plus noire, quel autre parti me reſtoit-il à prendre ?

T H A M O S (à Séthos)

Tu es du ſecret ? Un ſerment te lie-t-il auſſi ?

S é t h o s (à Saïs)

Un ſerment qui t'a été arraché n'eſt de nulle valeur.

T H A M O S.

Qu'eſt-ce donc qui te retient encore ?

S é t h o s (à Saïs)

Il eſt néceſſaire qu'il te connoiſſe ; le bonheur du Royaume en dépend. (à Tha-

mos) Saïs n'est point fille d'un chef do troupes.

THAMOS (*vivement*)

Qui donc est-elle ? Ah, mon pere ! que je le sache.

SÉTHOS,

Tharsis est fille de Menès.

THAMOS (*avec la plus grande sensibilité*)

Grans Dieux ! celle que j'adore, héri-ritiere de l'Empire ! (*il se jette aux pieds de Saïs*) O Tharsis ! ô ma Reine ! que Thamos soit le premier de tes sujets qui te rende hommage. Reçois de ses mains le sceptre de l'Egypte ; il t'appartient de droit. Je me l'étois approprié, croyant que tu n'étois plus. Pardonne-moi, & ne haïs point le malheureux fils de Ramessès.

SAÏS (*le relevant*)

Tharsis te haïroit ? Ah, Thamos ! pour qui s'est-elle sacrifiée par un vœu fatal ?.. Que le sceptre demeure entre tes mains. Tu es seul digne de le porter... (*soupirant*) La fille de Menès pouvoit régner avec toi, il est vrai... N'en parlons plus ; fon deftin la condamne à être auffi malheureufe.

THAMOS (*vivement*)

Tu te trompes ; malgré tes vœux, tu peux monter fur le Thrône. Ils font nuls. L'Empire a fur toi des droits plus anciens. Séthos te le confirmera.

SÉTHOS.

Non, Thamos, c'eft toi qui es dans l'erreur. Tharfis a pu fe lier ; ce n'eft qu'au dernier rejetton du fang royal, que les loix défendent de prononcer des vœux. La fille de Menès ne l'eft pas. Phéron & toi vivez encore, ainfi que les autres Princes.

THAMOS (*fort ému*)

Toute efpérance m'eft donc ravie !.. Ah ! fi Tharfis a pu renoncer au Thrône, Thamos le peut auffi. Sans Tharfis, le Diadême n'a point d'attrait pour lui. Qu'il pare le front de l'ambitieux Phéron.

SÉTHOS.

Quoi, Thamos ! parce que les Dieux

te refufent l'objet de tes défirs, faudra-t-il que la Patrie en fouffre ? Tharfis abdique fes droits en faveur d'un digne fucceffeur. Toi, tu les abandonnes au plus indigne, à un ambitieux, à un tyran, dont nous tous deviendrions, peut-être encore en ce jour même, les victimes.

THAMOS.

Et toi, Tharfis, auffi? Que ne puis-je l'être feul !..... Allons, pour votre fûreté Thamos reftera fur le Thrône, & attendra de la mort la fin de fes peines. Mais, Tharfis, cruelle Tharfis ! tu connoif-fois ta naiffance, Séthos la connoiffoit auffi, & tous deux, vous ne m'en avez pas plutôt inftruit !

SAÏS.

Pouvois-je te dévoiler un fecret que j'ignorois moi - même il n'y a qu'un inftant ?

SÉTHOS.

Je n'en favois pas davantage. Si Mirza & Phéron euffent cru pouvoir fe paffer de mon aide, ils me l'auroient

E v

caché plus long-temps. Il faut que mon témoignage confirme les preuves de la naissance de Tharsis, & ils veulent les exposer ce soir au peuple ; je l'ai promis, & je tiendrai parole. Mais que leurs espérances seront trompées ! Toi, Saïs, cache-leur encore le vœu que tu as fait.

THAMOS (à Saïs)

Si tu avois été apperçue prenant le chemin du Temple !

SAÏS.

Personne ne m'a vue.

SÉTHOS.

On eût pu te surprendre ici. Tu as beaucoup risqué.

SAÏS.

Dans le danger qui menaçoit Thamos, rien ne m'effrayoit. S'il l'eût fallu, j'eusse prononcé le vœu sacré devant Mirza elle-même, devant tout le peuple.

THAMOS.

Et cela dans le temps où tu te croyois méprisée ! la fille de Menès ! Tu te sacri-fiois pour Thamos ! (à Séthos) O Séthos!

n'eſt-il donc aucun moyen de rompre ce
vœu fatal ? Tharſis eſt-elle perdue ſans
reſſource pour moi ? Ah, laiſſe-toi toucher par la douleur dont tu nous vois
pénétrés !

SÉTHOS (*fort ému*)

Je le ſuis plus que vous ne croyez...
Malgré ton ſilence, Tharſis ! je lis dans
ton cœur. Le mien ſouffre avec lui.....
Eſpérez, mes enfans ! peut-être les Dieux
daigneront-ils encore vous rendre heureux,

SAÏS.

(*Thamos & Saïs ſe mettent à genoux*
devant Séthos, & prennent ſes mains)

O mon pere ! invoque-les en notre
faveur.

THAMOS.

'Ah ! ſi Thamos, ſi l'Egypte te ſont
chers...

SÉTHOS.

Levez-vous, mes enfans... Que vous
me touchez !.. Si vous ſaviez... (*aprés*
un moment de ſilence) Mettez votre
confiance dans le ſecours des Dieux, Ils

operent des miracles pour la vertu....
En attendant, Thamos, ne perds point
de temps, prends tes mefures contre les
deffeins de Phéron. Le jour baiffe. Et
toi, Tharfis, retire-toi dans ton appartement.

SAÏS.

Ah, Séthos! que je tremble!... Si
Phéron voit fes projets détruits, à quels
excès ne l'entraîneront pas la rage & le
défefpoir?... Déjà, fpectacle affreux!
déjà je vois ce furieux, & les fiens, tourner leurs épées contre vous; déjà j'entends leurs cris horribles; des ruiffeaux
de fang coulent,... Ah!

THAMOS.

Calme-toi, chere Tharfis! fi la rage
des féditieux les rend terribles, nous le
fommes mille fois plus à leurs yeux, par
le droit de notre caufe & par l'affiftance
des Dieux... Quoi! tout abandonneroit
Thamos, la fille de Menès & le Grand-
Prêtre?.. Non, Tharfis! des Egyptiens
fideles, en plus grand nombre que les

Rebelles, & moi à leur tête, nous t'en-
vironnerons, & toi & Séthos. Il n'est
point de force qui puisse renverser ce
rempart.

SAÏS (*en s'en allant, avec la plus
grande sensibilité*)

O Dieux ! conservez leurs jours, ou
que Tharsis périsse avez eux !

S C E N E V I.
THAMOS, SÉTHOS.

T H A M O S.

Si son pressentiment se vérifioit ! si le
jour qui devoit être le plus beau de ma
vie, devenoit un jour de carnage & de
destruction !

S É T H O S.

J'espere mieux, & mes espérances ne
me tromperont point. Mais, en attendant
le secours des Dieux, usons de toute la
prudence possible.

T H A M O S.

Perfide Phéron ! enfoncer ainſi le poignard dans le ſein de ton Roi & de ton ami ! te jouer du Ciel même ! Ici, Séthos! ici, dans le lieu ſaint, cet impie a conjuré les Dieux de l'Egypte de lancer leurs foudres ſur ſa tête, s'il me trahiſſoit.

S É T H O S.

Ils le puniront. Des foibleſſes & même des crimes trouvent grâce auprès d'eux, mais toute leur colere s'enflamme contre un rebelle impie.

T H A M O S.

Phanès eſt-il inſtruit que Tharſis reſpire ?

S É T H O S.

Hammon l'en a informé; il va ſe rendre ici.

T H A M O S.

Il faut ôter ſans délai à Phéron le pouvoir que je lui ai confié ſur la ville & ſur les troupes.

S é t h o s.

Ne change rien, ne le réveille pas de
fa fécurité. Qu'il croie déjà tenir en fes
mains la fille de Menès & le fceptre de
l'Egypte. Au moindre foupçon devenu
furieux, il n'épargneroit plus rien. Il
s'enfevelira plutôt avec nous fous des
monts de cadavres enfanglantés, & fous
des ruines fumantes, que de renoncer
à fes defleins ambitieux.

T h a m o s.

Des précautions fecretes l'en empêche-
ront.

(Thamos apperçoit Phanès s'avancer
du fond du Théâtre)

SCENE V.

THAMOS, SÉTHOS, PHANÈS.

THAMOS.

As-tu quelque chose à nous apprendre, Phanès?..

PHANÈS.

Oui, Seigneur, & tu en seras étonné. Le traîtr afpire au Throne; il veut plus, il veut attenter à ta vie.

SÉTHOS.

Je le difois bien. Rien n'eft facré pour cet ambitieux.

PHANÈS.

Arpas, un des amis de Phéron, mais tel que les traîtres en peuvent avoir, me l'a découvert. Phéron ne s'en fie pas aux fentimens de Saïs. Si au moment qu'elle fera reconnue pour Tharfis, elle ne lui donne pas la main, fon parti criera aux armes. Dans le tumulte, des fcélérats font apoftés pour te tuer. Mais, quand même tout fe pafferoit tranquillement, nous ne furvivrons pas à cette nuit. On veut nous furprendre dans nos demeures, & le poifon eft deftiné à Séthos.

T H A M O S.

Le Monftre ! Et Thamos te connoiffoit fi peu ! il t'avoit choifi pour fon ami !

S É T H O S.

N'en fois pas furpris. L'homme vertueux ne voit que fes pareils. C'eft l'appanage des Dieux de ne pouvoir être trompés.

P H A N È S.

Seigneur, ne préviendras-tu pas Phéron ? Dis un mot, & il fe trouvera mille de tes fideles fujets qui te délivreront de ce monftre. Il fuffit que les féditieux perdent leur chef pour que le calme foit rétabli.

T H A M O S.

Mais le nom de Thamos refteroit couvert d'opprobre dans les Annales de l'Empire... Un Prince du fang royal, livré à la mort fans être entendu !

PHANÈS.

Eſt-il beſoin de longues recherches ?
N'a-t-on pas aſſez des preuves ? On les
publiera auſſi-tôt.

THAMOS.

Quoi, Phanès ! voudrois-tu être jugé
ſur des preuves dont on examineroit la
validité après ta mort ? Quand même les
circonſtances juſtifieroient ton conſeil,
tout le monde les verroit-il d'auſſi près
que nous ? Les actions des Princes ſervent de regle à leurs peuples : l'ombre
d'une injuſtice ne doit pas même les
obſcurcir.

SÉTHOS.

Je t'admire, Thamos. Que l'Egypte
ſera heureuſe ſous tes loix !

THAMOS.

C'eſt à tes leçons qu'elle devra ſon
bonheur. (*à Phanès*) Conſidere cependant, Phanès , que Mirza a en mains les
preuves de la naiſſance de Saïs ; la vengeance pourroit la porter à les anéantir.

P H A N È S.

Elle n'en eſt que trop capable.....
Depuis que j'ai appris que Rameſsès lui
avoit confié ſes vues ſur la fille de Menès,
je ne doute plus que la mort ſoudaine
de ce Prince n'ait été ſon ouvrage....
Il revient malade du Temple du Soleil :
& en peu d'heures il expire !.. Tu te ſou-
viens, Séthos, que nous ſoupçonnâmes
dès l'inſtant qu'il étoit empoiſonné, & ce
ſoupçon augmenta encore lorſqu'on ou-
vrit ſon corps pour l'embaumer.

S É T H O S.

Qui pouvoit croire que Rameſsès trou-
vât la mort dans un lieu deſtiné aux vœux
pour la proſpérité des Rois? Le ſoupçon
tomba ſur des mécontens cachés; car ton
pere, Thamos ! étoit haï.

T H A M O S.

Malheureux pere ! à quoi t'auroit ſervi
que l'univers entier eût été ſoumis à tes
loix ?.. O Dieux ! accordez à Thamos
des amis, & l'amour de ſon peuple... ou
qu'il ne regne jamais.

SCENE VI.

LES ACTEURS PRÉCÉDENS, HAMMON (*accourant avec précipitation de l'habitation des Prêtres*)

HAMMON (*à Séthos*)

Phéron te cherche dans nos demeures. Il va paroître.

SÉTHOS.

Il ne convient pas qu'il nous voie. (*à Thamos*) Ta franchife, Seigneur, (*à Phanès*) & ta vivacité, Phanès, lui découvriroient ce qu'il doit ignorer.

THAMOS.

Suis - moi, Phanès ; les difpofitions d'Arpas nous aideront à prendre des mefures. Et toi, Séthos, implore les Dieux pour Tharfis & pour moi. Ah, que nos deftins ne foient pas féparés !

(*Thamos & Phanès entrent dans le Palais des Rois*)

S C E N E V I I.

SÉTHOS, HAMMON.

S É T H O S.

HAMMON! tu apporteras au facrifice l'ancien Diadême des Rois d'Egypte. Cache-le jufqu'à ce que je te le demande.

H A M M O N.

Tu feras obéi. J'ai déjà fait courir des billets qui annoncent que tu vis... T'es-tu découvert à Tharfis & à Thamos?

S É T H O S.

Non, j'y aurois trop rifqué. Ils n'au-roient pu cacher leur joie. Mais que cette contrainte a coûté à mon cœur !

(Phéron vient de la demeure des Prêtres, Hammon y retourne).

SCENE VIII.
SÉTHOS, PHÉRON.

PHÉRON.

SÉTHOS ! dois-je me fier encore à toi,
ou me trahis-tu ?

SÉTHOS.

Moi !

PHÉRON.

Lis ces billets. (*Il en donne quelques-*
uns à Séthos)

SÉTHOS (*lit*)

« Non-seulement Tharsis vit, Menès
» lui-même respire. Egyptiens! préparez-
» vous à recevoir ses loix ».

PHÉRON.

On les a affichés, & répandus parmi
les troupes…C'est pour nuire à mes vues,
pour retarder le choix de Tharsis.

SÉTHOS.

Mais d'où vient que ton soupçon tombe
sur moi ?

PHÉRON,

Un des téméraires, qu'on a arrêté, dépose que les billets viennent de la demeure des Prêtres.

SÉTHOS.

C'est peut-être pour en cacher le véritable auteur.

PHÉRON,

Qui sait mieux que toi, que tout n'est que fable? Mais ton amitié pour Thamos ne peut-elle pas t'aveugler?

SÉTHOS.

Ni l'amitié, ni la crainte, ne feront jamais agir Séthos contre son devoir. Mais, s'il est vrai que Menès respire, il faut que toi, que Thamos & toute l'Egypte, lui obéissent.

PHÉRON,

Je te crois pour le moment. Mais prends garde, Séthos, & avertis aussi tes amis de prendre garde à eux. Phéron marche vers le Thrône. Quiconque osera lui en barrer le chemin, fût-ce Thamos, fût-ce toi, fût-ce Menès même revenu à la vie , tout fera renverfé , écrafé. Et fi l'arrêt du deftin eft que Phéron fuccombe, des milliers d'ennemis tomberont avec lui.

(Il s'en va furieux vers le Palais royal)

SCENE IX.

SÉTHOS *feul.*

Qᴜᴇʟʟᴇ fureur , Grands Dieux ! Des menaces dans votre Temple ! en votre préfence !.. mais vaines & impuiffantes contre ceux que vous protégez.

(Il rentre dans la demeure des Prêtres)

Fin du quatrieme Aĉte.

ACTE V.

ACTE V.

Le Théâtre repréfente l'intérieur du Temple
du Soleil, magnifiquement illuminé.

SCENE PREMIERE.

THAMOS, SÉTHOS, PHÉRON,
PHANÈS, HAMMON, MIRZA,
SAIS, MYRIS, *le Chœur des Prêtres,*
le Chœur des Vierges du Soleil, parmi
lefquelles paroiffent les nobles Egyp-
tiennes élevées chez elles, Grands de
l'Empire, Guerriers.

(*On voit, comme au premier Acte, de deux*
côtés les Chœurs des Prêtres & des Vierges ;
derriere eux font des foldats. Mirza eft
à la tête des Vierges ; à côté d'elle eft

Saïs, enfuite *Myris*. *Vis-à-vis fe trouve Séthos*, *à la tête des Prêtres*, *& Hammon près de lui. Thamos*, *Phéron*, *Phanès*, *& les autres Princes & Grands de l'Empire, fe tiennent près de l'Autel, le vifage tourné vers les fpectateurs. Le fond du Théâtre eft rempli par des Guerriers & par le Peuple. L'Hymne fuivant eft chanté alternativement par les deux chœurs*)

Les deux Chœurs ensemble.

Dieu que l'Egypte adore, à qui tout autre cede,
 Qui chaque jour reparoîs à nos yeux
 Plus brillant & plus radieux,
 Daigne nous accorder ton aide!
 Protege nous du haut des Cieux,
 Divinité fuprème! Ne fais luire
Sur nous que d'heureux jours, & rends ce vafte
       Empire
 Des Empires le plus heureux.

Chœur des Prêtres.

 Les rivages glacés de l'Ourfe,
 Du Midi les fables brûlans
 Pour toi font fumer leur encens.
 L'aurore en devançant ta courfe
Eft témoin de nos vœux, eft témoin de nos chants;

Et lorsque le jour fuit, nos Hymnes, nos accens
Te bénissent encore ;
En tout lieux enfin, en tout temps
Notre bouche te loue & notre cœur t'adore.

CHŒURS DES VIERGES.

Comme on entend les chalumeaux touchans
S'unir aux guerrieres trompettes,
Fils d'Osiris ! ainsi de nos cœurs interprêtes ;
Nos voix se mêlent à vos chants.

UN PRÊTRE.

Que ce que va jurer aujourd'hui le Monarque

UNE VIERGE.

Que ce que vont jurer nos cœurs aux Immortels

ENSEMBLE.

Soit du bonheur commun , & la base & la marque.

LE PRÊTRE.

Amour,

LA VIERGE.

Fidélité,

LE PRÊTRE.

Tendres soins paternels,

LA VIERGE.

Cœur pénétré,

E N S E M B L E.

Formez nos liens mutuels.

L E S   D E U X   C H Œ U R S.

Dieu que l'Egypte, &c.

(Une musique douce continue après qu'on a chanté l'Hymne. Séthos, accompagné d'Hammon, s'avance vers l'Autel. Après avoir adoré le Soleil, le Grand-Prêtre allume le feu sacré, & y jette, à trois reprises, de l'encens. La musique cesse, & Séthos parle)

S É T H O S.

PRINCES & Peuples de l'Egypte ! vingt fois, depuis la naissance de Thamos, l'hiver a fait place à l'été ; vingt fois les eaux fécondes du Nil ont inondé nos vallées. Notre jeune Roi a atteint l'âge, fixé par les loix, pour régner par lui-même. Déjà il tient le sceptre de l'Empire dans ses mains ; mais le diadême sacré n'orne pas encore son front. C'est par lui que l'alliance entre le monarque & ses peuples va être scellée. (*à Thamos qui s'est approché*) Thamos, on t'a instruit des devoirs du Thrône. Si le fardeau t'en paroît trop pesant, tu peux encore t'en débarrasser ; mais si aujourd'hui tu confirmes tes engagemens, aucun mortel ne peut plus t'en relever : c'est avec les Dieux mêmes que tu les prends... Et vous, Egyptiens, si vous avez quelque chose à opposer aux droits de Thamos, si vous avez des demandes à faire : parlez. Thamos répondra. Les Dieux décideront par ma bouche.

(*Mirza s'avance en prenant Saïs par la main*)

M I R Z A.

Mirza s'oppose aux prétentions de Thamos. Un seul mot les anéantit... la fille de notre grand Menès... Tharsis respire. (*en montrant Saïs*) La voici. (*elle tire de son sein les écritures dont il a été question plus haut au troisieme Acte*) Voici les preuves de sa naissance. Séthos est instruit de tout.

(*Tous, excepté ceux qui connoiſſent Tharſis, marquent leur ſurpriſe*)

PHÉRON.

Phéron l'atteſte de même, & ſoutiendra les droits de la fille de Menès.

MYRIS.

Scélérats, que vous m'avez jouée !

SÉTHOS.

On vous dit la vérité, Peuples de l'Egypte. Tharſis a été arrachée aux flammes. Rameſsès l'a fait élever chez les Vierges du Soleil, ſous le nom de Saïs, Mirza ſeule étoit inſtruite du ſecret ; Tharſis elle - même l'a ignoré juſqu'à ce moment. Les preuves de ſa naiſſance ſont inconteſtables. Des lettres de Rameſsès ; des dépoſitions faites ſous ſerment ; l'image que la jeune Princeſſe portoit au col ! (*à Thamos*) Que Thamos s'explique.

THAMOS.

Il t'en croit, il obéit à la voix du devoir, il reconnoît Tharſis pour ſa Reine. (*s'inclinant devant la Princeſſe*) Oui,

Tharfis, Thamos eft le premier à te rendre hommage. Tes droits n'ont point
befoin de défenfeur.

(*Tous rendent hommage à Tharfis reconnue*).

S A ï s   (*à préfent Tharfis*)

Tharfis n'en auroit pas cherché contre
Thamos.

P H É R O N (*à Thamos*)

Le mérite de la foumiffion n'eft pas bien
grand , lorfque la réfiftance feroit vaine.
Tout ce que tu vois ici , l'Egypte entiere,
s'eft par mes foins armée pour la fille de
Menès. Phéron la place fur le Thrône , &
en précipite le fils du rebelle.

M I R Z A   (*à Tharfis*)

C'eft à toi maintenant à récompenfer
des fervices auffi éclatans. Comme Reine
tu dois cholfir un époux parmi les Princes
du fang royal : à qui d'entr'eux deftines-
tu ta main ?

P H É R O N.

Ecoute la voix du Peuple. (*fans attendre la réponfe de Tharfis , & fe croyant*

assuré des voix) Egyptiens, prononcez,
qui doit s'asseoir sur le Thrône avec votre
Reine ?

(*Une partie de l'Assemblée crie*) Phéron !

(*Le reste*) Thamos !

(*Tous les Prêtres & la plupart des
Grands applaudissent à ce dernier nom.
Les deux Partis répètent leurs cris.
Celui de Phéron, composé pour la plupart de soldats gagnés, s'échauffe de
plus en plus. Phéron & Mirza montrent
leur rage. On tire les épées, sans bou-
ger encore de sa place. Les Vierges du
Soleil & les Prêtres se retirent derriere
les soldats. Tharsis fait plusieurs fois
signe de la main qu'elle veut parler :
& le silence devient enfin général*).

THARSIS.

Ecoutez votre Reine pour la premiere
fois. Ce sera en même temps la derniere... Qui vous a donné le droit de
régler mon choix ? de commander à qui
vous devez obéir ? de prendre les uns contre

les autres des armes, que vous ne devez
porter que pour la défenſe commune?..
Tharſis aime ſon peuple, mais elle ne craint
pas ſes menaces... Apprenez quels ſont
ſes décrets... Si elle étoit libre encore,
ſon choix ſeroit déja fait : (*montrant*
Thamos) il tomberoit ſur le plus digne.
Mais Tharſis ne peut être ni à Thamos,
ni au perfide (*regardant Phéron*) qu'elle
déteſte. Trompée par Mirza & par lui,
(*en regardant Mirza*) voyant le Thrône
& la vie de Thamos en danger, man-
quant de tout autre moyen pour faire
échouer les deſſeins des traîtres, elle
s'eſt conſacrée par des vœux irrévoca-
bles à la Divinité de l'Egypte. Thamos
en eſt inſtruit. Il eſt ſurvenu au moment
où ma bouche prononçoit ce vœu dans
ce temple même.

(*Tout le monde eſt dans le plus grand*
étonnement ; la rage & la ſurpriſe
empêchent Mirza & Phéron de parler
d'abord)

MIRZA.

Des vœux !.. Tu ne peux plus être
ni épouse, ni Reine ?

THARSIS.

Non, Tharsis a en même temps renoncé
au Thrône. Il appartient à celui qui,
après elle, en est le plus proche héritier...... Egyptiens, vous possédez en
Thamos le plus digne des Rois, l'image
de votre Menès.

PHÉRON (*furieux*)

Quoi ! on supposera des vœux pour
maintenir Thamos sur le Thrône, & pour
lui donner ensuite la main ?.. Intrigue
abominable !.. Aux armes, amis !

(*Il tire son cimeterre. Ses partisans se
rangent près de lui & de Mirza.
Tout annonce un combat sanglant.
Séthos se met au milieu, & jette son
habit de Prêtre. On apperçoit dessous
une armure magnifique, la même que
portoit ci-devant Menès. Ceux qui ont
vécu sous ce Roi la reconnoissent, &*

commencent à entrevoir la vérité. Sé-
thos [à préſent Menès] parle)

SÉTHOS *(dans la ſuite Menès, avec*
Majeſté)

Peuples d'Egypte, connoiſſez - vous
cette armure ? Reconnoiſſez-vous encore
après dix- huit ans celui qui la portoit ?
Vous reſte-t-il encore de la vénération
pour Menès, ce Roi jadis ſi chéri de ſes
peuples ?.. Vous le voyez devant vous.
Caché juſqu'à ce moment à toute la terre,
Phanès & Hammon ſes plus intimes amis
ſeuls exceptés, il reparoît pour empêcher
l'effuſion du ſang des citoyens.

(Phanès & Hammon s'avancent. Ham-
mon montre l'ancien diadême)

PHANÈS.
Oui, heureux Egyptiens, votre pere
vous eſt rendu.

HAMMON.
Et dans mes mains vous revoyez l'an-
cien diadême, celui de vos premiers
Rois, que Menès emporta dans ſa fuite.

T H A R S I S (*que fa furprife & l'excés*
         de fa joie ont jufques-là empéché
         de parler)

Suis-je encore parmi les vivans, ou
vois-je la demeure des Immortels?...
O Menès ! (*elle fe jette à fes pieds*) O mon
pere !

     T H A M O S (*à genoux à côté d'elle*)

     O le plus grand des mortels ! eft-ce toi
que contemplent mes yeux ?

     (*Tous, Princes, Prêtres, foldats, à*
         l'exception de Mirza & de Phéron,
         rendent hommage à Menès. Mirza
         & Phéron font connoître leur défefpoir)

        M I R Z A.

Dieux cruels !. c'eft ainfi que dans un
inftant vous détruifez l'ouvrage de tant
d'années ! que tout votre pouvoir fe dé-
ploie contre une femme. Ha, foit ! mais
du moins vos favoris n'échapperont pas
à fa fureur. (*elle faifit l'épée d'un foldat,*
Phéron leve la fienne. On les retient tous
deux... Tout eft en tumulte) Quoi ! je
n'aurai pas même la douceur de périr

vengée ? (*hors d'elle-même à Séthos, à Thamos & à Saïs*) Puiffent au moins mes imprécations tomber fur leurs têtes ! des imprécations plus terribles que jamais l'enfer n'en a vomi... Thamos, c'eft moi qui ai affaffiné ton pere. Que ne puis je auffi déchirer de mes mains , & toi & ta Tharfis, & Menès même ! (*elle dégage fon bras droit, & fe poignarde*) C'en eft fait ! la mort... fervira... encore... ma... rage...

(*Elle meurt. On l'emporte fur le champ dans l'habitation des Vierges du Soleil*)

MENÈS.

Mirza !.. Quelle horreur !

PHÉRON. (*il tâche auffi de dégager fon bras*)

Je vais la fuivre. (*comme il fe voit défarmé & arrêté*) En vain on m'en empéche... Dieux ! fi vous exiftez, fi vous n'êtes pas un vain phantôme, lancez vos foudres ! qu'ils m'écrafent !.. Pourquoi tarder ?.. Phéron brave votre colere.

MENÈS.

Qu'on emmene cet impie ; que ſes
blaſphêmes ne profanent point le temple.

PHÉRON (*en s'en allant*)

Puiſſe-t-il s'écrouler & vous enſevelir
avec moi ſous ſes ruines !

(*On le conduit au Palais royal. Hammon va avec lui*)

SCENE II.

LES ACTEURS PRÉCÉDENS,
à l'exception de MIRZA, *de*
PHÉRON & *d'*HAMMON.

THAMOS.

Pardonne-lui, Seigneur ! Il rentrera en lui-même. Que Myris alors devienne ſon partage.

MYRIS.

Non. Plutôt mourir que d'appartenir
à un traître !

THARSIS (*reprenant la main de Menès*)

O mon pere ! que je baiſe cette main
chérie qui m'a bénie tant de fois lorſ-

que nous étions encore inconnus l'un à
l'autre !

MENÈS (*l'embraffe*)

Gage précieux de la plus accomplie
des Reines , avec quel raviffement ton
pere te preffe contre fon fein!.. O ma
fille ! ô ma chere Tharfis!.. Tes mains
fermeront donc un jour ma paupiere!
ton pere pourra mourir entre tes bras!

THARSIS.

Ah , que ce ne foit qu'après la plus
longue fuite des années ! Puiffe Tharfis
mourir avec toi !

THAMOS.

Thamos défire le même fort.

MENÈS.

Quoi ! vous me fouhaitez le plus grand
des malheurs ? Vos vœux ne fauroient
être exaucés...... (*regardant en haut*)
Mais , grands Dieux ! que je jouiffe encore long temps de la fatisfaction de voir
le bonheur de mes enfans !

THAMOS.

Ah , Menès ! ce trifte vœu...

Menès.

Il eſt nul. Tharſis n'a pu ſe lier ſans
l'aveu de ſon pere & de ſon Roi.

Thamos.

O mon pere ! cet arrêt rend Thamos
le plus fortuné des mortels. (*il prend la
main de Tharſis*) Enfin , Tharſis , enfin
les Dieux immortels comblent nos vœux.

Menès (*les embraſſe*)

Oui , mes enfans , ils uniſlent le couple
le plus digne. Que leur faveur deſcende
ſur vous , & qu'elle ſe répande ſur tout
l'Empire. Régnez enſemble ſur un peuple
dont vous ſerez adorés. Menès conſacrera
le reſte de ſes jours au culte de la Divinité , en lui offrant chaque jour des ſacri-
fices pour vous , & pour l'Egypte.

Tharsis.

O mon pere ! pourquoi ne veux-tu pas
que nous vivions ſous tes loix ?

Thamos.

De qui pourrai-je apprendre le grand
art de régner ?

M E N È S.

Les Dieux te l'enfeigneront, fi tu les
implores. Je t'affifterai de mes confeils...
La trifte fin de Mirza a troublé aujour-
d'hui la cérémonie du facre. Que le jour
de demain foit fixé pour vous ceindre le
front du diadéme de nos anciens Rois.

(*On voit des éclairs, & l'on entend un*
violent coup de tonnerre)

M E N È S (*continue*)

Quel coup du Ciel ! les Dieux parlent.
Eft-ce un figne de leur confentement,
ou de leur colere ?.. Ah, Phéron ! je
crains...

S C E N E   I I I.
LES ACTEURS PRÉCÉDENS,
HAMMON.

H A M M O N (*accourant effrayé*)

Seigneur ! Je tremble encore. Phéron,
le malheureux Phéron !

T H A M O S.

Eh bien !

H A M M O N.

Nous le conduifions dans la petite cour
du Palais. Le Ciel fe couvre de nuages,
l'éclair brille. Le malheureux éclate
de nouveau en blafphêmes. Il défie les
Dieux. Un coup de tonnerre le frappe
au moment qu'il étend fa main facrilege,
qu'il parle encore.

(*Tous donnent des marques d'étonne-*
ment)

M E N È S.

C'eft ainfi que les Dieux puniffent lorfqu'on s'éleve contre eux. Mortels ! qu'un
tel exemple vous ferve de leçon. Tremblez de provoquer leur courroux.

(*La toile tombe*)

Fin du cinquieme & dernier Acte.

ROMÉO ET JULIE,

TRAGÉDIE BOURGEOISE

EN CINQ ACTES.

De M. WEISS.

Omnia vincit amor. Ovid.

ACTEURS.

MONTECCHIO { Chefs des Maisons les plus distinguées
CAPELLET   { de Verone.

ROMEO, Fils de Montecchio.

JULIE, Fille de Capellet.

Madame CAPELLET.

LAURE, Confidente de Julie.

BENVOGLIO, Médecin.

PIETRO, Valet de Romeo.

La Scene, pendant les quatre premiers Actes, est dans un appartement du Palais des Capellet ; au dernier elle est dans le tombeau de la maison des Capellet.

AVERTISSEMENT
DE L'AUTEUR.

Le sujet de cette Tragédie est tiré d'un événement du quatorzieme siecle, rapporté par Giralmo Corte dans son Histoire de Verone, par Bandello dans une de ses Nouvelles, & par Luigi da' Porto.

Shakespear, qui imitoit si heureusement la nature, ou qui, pour m'exprimer comme Pope, *la faisoit parler elle-même*, l'a traité il y a long-temps. Les admirateurs de ce grand homme trouveront peut-être bien téméraire qu'un Allemand entreprenne de courir la même carriere, & ose se mesurer avec lui; mais ce n'est pas-là mon dessein. La Piece angloise, quoique pleine de détails admirables, n'a cependant jamais été une de celles qui ont acquis tant de gloire à leur Auteur. Il avoit formé le plan de sa Tragédie, comme il est prouvé invinciblement dans *le Shakespear illustraded*, non sur les originaux qu'on vient d'indiquer, mais sur une traduction françoise très-mutilée, ou ce qui est encore plus vraisemblable, sur une traduction défectueuse de cette même traduction (1). On y a supprimé une

---

(1) La traduction françoise a pour titre: *Histoires tragiques extraites des Œuvres de Bandel.* A Paris 1571. Une traduction littérale de Roméo & Julie se trouve dans le second volume du *Palasure of pleace.* London 1576. C'est une collection de Nouvelles, traduites par un certain William Painter, de différens Auteurs Grecs, Latins, Espagnols & Italiens. Quelques-unes cependant n'ont été prises que dans des

partie des situations les plus inté-
ressantes, & on y en a ajouté
d'autres qui ne le font pas du
tout. La catastrophe principale
du réveil de Julie ne s'y trouve
pas. Aussi Shakespear n'en a-t-il pas
tiré parti, mais en revanche il a
étouffé sa Piece sous un tas de
choses triviales & absolument étran-
geres à l'action. Il y a prodigué
le jargon de l'esprit jusqu'à la pué-
rilité. Enfin, comme le célebre
Garrick en a jugé lui - même,
elle est si farcie de pointes &
de quolibets, que dans les derniers temps on n'a pas osé la donner au Théâtre Anglois sans y
faire des changemens très-considé-

---

traductions françoises, & de ce nombre est
Roméo & Julie.

rables. Mais malgré tous ces changemens, une simple traduction
n'auroit gueres réussi sur le Théâtre
Allemand. On a donc essayé d'en
faire une nouvelle Piece, en se
conformant au récit de Bandello &
de Luigi da' Porto. C'est aux con-
noisseurs à juger si on a réussi. Si
le goût du public étoit assez épuré
en Allemagne pour qu'on pût regarder son approbation comme une
preuve qu'on a réussi, l'Auteur
auroit lieu de s'applaudir. Mais ne
doit-il pas craindre de ne devoir ses
succès qu'à l'illusion du Théâtre &
à la perfection du jeu des Acteurs?
Quoi qu'il en soit, les larmes qu'ont
fait couler Romeo & Julie semblent
au moins justifier la témérité de
l'Auteur, quand même la critique
la plus éclairée découvriroit des dé-
fectuosités

fectuofités dans fa Piece en l'exa-
minant froidement.

Peut-être trouvera-t-on le langage des deux amans trop fleuri.
Je conviens qu'il l'eft en effet, &
ç'a été mon intention qu'il le fût.
J'ai cru en découvrir la raifon dans
la nature & dans la difpofition
même des jeunes gens. Quand
l'amour s'eft fortement emparé
d'eux , il devient une forte de
délire & d'enthoufiafme : il allume
leur imagination ; il faifit & ap-
plique à fa pofition ce qui paroît y
avoir le moins de rapport ; il fait
naître une douce mélancolie qui fe
plait & fe répand en images qui
flattent fes fantaifies (1).

---

(1) Il y a temps pour tout, comme
on dit : il eft certain que Romeo & Julie,
vivant à leur aife fous le même toît

On a fait à l'Auteur une autre
objection fur la repréfentation des

---

comme mari & femme, pourroient, au
bout d'une longue habitude, quoique
s'aimant beaucoup, fe trouver dans le
cas dont parle M. Weifs; c'eft-à-dire,
que par des mots flatteurs, de petits
foins, & certaines tournures de phrafes
qui ne font employées & fenties que par
des gens qui s'aiment, ils peindroient
avec douceur une paffion dont le principe,
fans être épuifé, n'auroit cependant plus
ni le moyen, ni même le befoin de fe
manifefter par cette explofion, ce délire,
cette chaleur qui rendent l'amour fi fu-
périeur à toutes les autres paffions.
Mais deux amans, dans le cas où fe
trouvent Julie & Romeo, qui fe cher-
chent à travers mille dangers pour fe
dire un dernier adieu, révoltent &
dégoûtent quand il difent un mot ou
font un mouvement étrangers à l'objet

deux dernieres Scenes du dernier
Acte : ces Scenes, après celles qui
les précedent & qui font fort vives,
ont paru froides & peu intéreffantes.
Cependant elles font partie du tout.
En lifant la Piece, leur abfence fe
feroit fentir ; mais à la repréfentation, où le cœur ne s'intéreffe que
pour les deux amans, dès qu'ils

---

qui les réunit. Ce n'eft pas par des
comparaifons ingénieufes que l'amour
fe peint. Quand on eft confumé par la
faim & dévoré par la foif, on ne
s'amufe pas à faire de l'efprit ; on va, on
vient, on s'agite, on voudroit que tout
fe changeât en pain & en eau. L'amour
eft fi loin d'avoir de l'efprit & d'en
affecter le langage, que fa vraie parure
eft de n'avoir pas le fens commun :
mais il n'eft pas accordé à tout le monde
de lui donner cette parure-là.

ont difparu, le fpeéateur ne veut plus rien voir ni rien entendre; auffi les a-t-on fupprimées, & on a fini toutes les dernieres repré-fentations avec la cinquieme Scene, de la maniere indiquée par l'Auteur dans une note qu'on y trouvera. Si le public a paru approu-ver ce changement, pourquoi ne l'approuverois-je pas auffi?

Fin de l'Avertiſſement.

ROMEO ET JULIE,

TRAGÉDIE.

ACTE PREMIER.
SCENE PREMIERE.
JULIE *feule.*

Voila minuit qui fonne... Moment
terrible ! heure fatale !.. Romeo va paroître... Il vient ici pour fe féparer de
moi... pour s'en féparer peut-être à
jamais... A jamais ! Amour, amour,
combien d'amertume tes joies paffageres
ont répandu fur ma vie ! Deftin cruel,
voici le dernier de tes coups... Hélas !
il eft le plus affreux... Mon cœur fe déchire... Puiffe ce dernier embrafement...

J'entends du bruit... Quelqu'un approche de cette porte... Eſt-ce lui ?.. Non, le bruit vient de la ſalle voiſine... Ciel ! ſi nous étions trahis !.. ſi Romeo arrivoit dans ce moment... ſi mon pere... ſi ma mere... Quel effroi !..

(*La porte s'ouvre, & Laure paroît*).

SCENE II.
JULIE, LAURE.

JULIE.

AH, Laure, c'eſt toi ! Et que viens-tu chercher ici ? Envies-tu à ma douleur juſqu'au ſoulagement du ſommeil ?

LAURE.

Du ſommeil ? Vous n'en connoiſſez plus les douceurs.

JULIE.

Mais je l'attendois, & peut - être... Va-t'en, Laure, laiſſe-moi ſeule.

LAURE.

Madame votre mere, que je viens de

mettre au lit, m'envoie auprès de vous, & m'a défendu de vous quitter.

JULIE.

Eh ! que veut-on que tu fasses auprès de moi ? Va, je n'ai pas besoin d'un témoin de mes gémissemens. La douleur cherche le silence & la solitude. Celui qui m'en arrache... est,... mon ennemi.

LAURE.

Votre ennemi !.. Injuste Julie ! hélas ! on ne vous y a que trop abandonnée à votre douleur. Elle vous consume : vous n'êtes plus reconnoissable : votre teint a perdu son éclat : vous pleurez nuit & jour...Et pourquoi ?

JULIE.

Pourquoi ?..... Thébaldo, ce jeune homme aimable, n'est-il pas à présent la proie de la corruption, la pâture des vers ?.. Va le voir dans son tombeau, & dis-moi ce qui reste encore de lui.

LAURE.

Ah, ma chere Julie ! ne l'avez-vous pas assez pleuré ? Vos cris, vos larmes...

JULIE.

N'ont pas fléchi la mort, elle ne nous l'a pas rendu.

LAURE.

Thébaldo vous étoit-il donc si cher ?.. Je ne me souviens pas de vous avoir vu pour ce parent, tandis qu'il vivoit, l'attachement que vous faites paroître depuis qu'il est mort.

JULIE.

Ce que tu dis peut être vrai : on ne connoît souvent tout le mérite d'un homme que quand il n'est plus.

LAURE.

Mais que feriez - vous donc si vous aviez perdu un amant adoré, un époux chéri ?

JULIE (*vivement*)

Que dis-tu, Laure ?.. terrible Laure !.. Ce que je ferois ?.. Ah ! je... je m'arracherois le cœur... je le mettrois dans son cercueil... je mourrois pour être ensevelie avec lui... Ah ! si je perdois mon amant... mon époux,...la moitié de ma vie!.. Tiens, Laure, va-t'en... va-t'en, mon enfant... laisse-moi seule.

LAURE.

Je vous ai déjà dit que je ne pouvois vous quitter. Allez vous reposer, Mademoiselle, je veillerai auprès de vous; & si des songes cruels...

JULIE.

Des songes cruels ?.. Tranquillise-toi, ma bonne Laure ; tous mes songes sont doux... je m'y vois ordinairement dans mon vêtement de mort... Hélas, il me convient mieux que ne feroit un habit de noces !.. Va, Laure, va, laisse-moi jouir du triste...

LAURE.

Madame votre mere m'a répété cent fois de rester auprès de vous. Ne quitte pas Julie, vient-elle encore de me dire; je tremble pour sa vie ; dès qu'il sera jour, je passerai dans son appartement, Que deviendrois-je, Mademoiselle, si elle ne m'y trouvoit pas ?

G v

JULIE (*se promene les mains jointes,
l'air égaré, & dit à part*)

Quel nouveau malheur !.. quel coup...
quel coup funeste !.. fort inexorable !..
Romeo... il ne doit pas tarder à paroître...
Quel état, oh mon Dieu !.. Mais ne
pourrois-je pas ouvrir la fenêtre ? &...
Ah ! Laure me retiendra... Malheureuse
Julie !.. Trahie jufqu'au dernier moment...
il ne fcellera pas fon amour & fes fermens
par un dernier embraffement... O Romeo... Romeo !

LAURE (*à part*)

Elle a toujours à la bouche le nom
de fon ennemi mortel, du meurtrier de
Thébaldo. (*à Julie*) Ah, ma chere Julie!
oubliez un fcélérat, oubliez un traître...

JULIE (*avec indignation*)

Téméraire !.. (*à part avec effroi*) Ciel!
qu'ai-je dit?.. (*haut*) Laure, parle bas, je
t'en conjure, on pourroit t'entendre,
&...

LAURE.

Et quand il m'entendroit lui-même ?

N'eſt-ce pas lui qui trouble votre repos & celui de toute votre maiſon ? N'eſt-il pas le meurtrier de votre couſin ?

JULIE (*d'une voix baſſe, d'un ton haletant & myſtérieux*)

Non , Laure , non... Je te le dis en confidence... je te le dis à condition que tu me garderas le ſecret... Non, ce n'eſt pas lui qui le premier mit l'épée à la main... (*en ſanglotant*) Hélas, au contraire !.. il conjuroit Thébaldo de modérer ſon emportement, de réprimer ſa fougue impétueuſe... On auroit dit qu'il le craignoit... Deux fois il le déſarma, deux fois il lui rendit ſon épée... Cette généroſité, loin de fléchir Thébaldo, ne ſervit qu'à irriter ſa fureur. Il fondit de nouveau ſur Romeo, & ſe précipita lui-même ſur le fer que l'autre avoit tiré pour ſa défenſe. Voilà la vérité, ma chere Laure... oui, la vérité... Mais, au nom de Dieu, ne me trahis pas.

LAURE.

Eh, quoi ! vous prenez ſa défenſe ?

JULIE.

Je le dois. Tu ne connois pas le mérite de Romeo, combien son ame...

LAURE.

Pourquoi pleurez-vous donc sans cesse
Thébaldo ?

JULIE.

Parce que sans cela, ma chere Laure,
je n'oserois pleurer... & il faut que je
pleure... Vois tu cette bague?.. Ce ne
font pas les diamans dont elle brille qui
me la rendent précieuse... Si tu savois...
Ah, Laure ! si tu savois...

LAURE.

Je ne vous comprends pas... Quel
soupçon... quelle affreuse conjecture !..

JULIE.

Affreuse ?.. Oh oui... affreuse... très-
affreuse !.. Et pour qui... pour qui ?..

LAURE.

Encore une fois, je ne vous comprends
pas. Une passion malheureuse auroit-elle...
Mais le Comte de Lodrona vous aime...

JULIE (*en criant*)

Et voilà ce qui eſt affreux... Non, tu
ne ſaurois rien imaginer de plus affreux...
Le Comte de Lodrona... je friſſonne...

LAURE.

Je vois qu'un ver rongeur déchire votre
ſein. Nous ſommes ſeules, vous connoiſſez mon attachement & ma fidélité : ou-
vrez-moi votre cœur, peut-être pourrai-
je vous donner quelque conſolation.

JULIE.

Des conſolations? Ah, il n'en eſt plus
pour moi que dans le tombeau !.. Je vois
que tu m'aimes... mais tu aimes auſſi mon
pere & ma mere, &...

LAURE.

Je les aime en effet ; mais je ne vous
trahirois pas pour eux : non, & plutôt...

JULIE.

Ainſi donc tu ne me trahiras pas ?

LAURE.

Je vous le jure.

JULIE.

Eh bien, tu ſauras tout. Il faut même

que tu le faches. Mais prends garde que ce
ver rongeur que tu veux arracher de mon
fein n'aille déchirer le tien. Il en est temps
encore, ma chere Laure ; fens mieux le
prix du repos dont tu jouis : crains de me
le facrifier.

L A U R E.

Non, vous m'en avez trop dit, pour
qu'il ne vous importe pas à vous même
de m'en dire davantage. J'imaginerois
peut-être des chofes plus terribles encore
que...

J U L I E (*vivement*)

Que quoi... que quoi ? Eh ! peut-il y
avoir rien de plus terrible que ce que
j'éprouve ?.. Nomme-le-moi... nomme-
le-moi... ce fera peut-être un adoucif-
fement... Mais il faut te révéler... oui,
tu as raifon... il-faut te dire... N'as-tu
pas tantôt parlé d'un amour malheureux?..
Mais il faut auparavant que je voie...

(*Elle va vers la fenêtre*).

L A U R E (*à part*)

Que veux dire cela ? Peu s'en faut que je ne me repente de ma curiofité.

J U L I E (*auprès de la fenêtre*)

Il n'eft pas encore venu. (*en revenant de la fenêtre*) Hélas, ma bonne Laure, il n'eft pas encore venu !

L A U R E.

De qui me parlez-vous, Julie ?

J U L I E.

Et tu ne le devines pas !.. tu dis que j'aime, & tu ne devines pas que c'eft Romeo !... Tu recules.... tu pâlis.... (*elle fe couvre les yeux de fes mains*) Ah, qu'ai-je dit !

L A U R E.

Romeo !.. jufte Ciel !.. penfez-y, ma chere Julie, revenez de votre égarement, fûrement vous vous trompez, &...

J U L I E (*d'un air décidé & réfléchi*)

Oui, je te l'ai dit, je l'aime. (*avec douceur & inquiétude*) Au moins, Laure, tu ne me trahiras pas, tu me l'as promis, n'eft-ce pas ?.. O Romeo !..

LAURE.

Ciel !.. mais où l'avez - vous donc connu ? Vous me glacez d'effroi.

JULIE.

As-tu jamais vu Romeo ?.. Ah, si tu l'avois vu ! Te rappelles-tu cette fête que mon pere donna, il y a quelques mois, à l'occasion du jour de ma naissance ?.. Hélas ! pourquoi suis-je née ?.. Romeo, sous le masque, s'introduisit dans le bal...

LAURE.

Je me souviens d'avoir entendu parler de lui.

JULIE.

Ah, il faudroit que tu l'eusses vu !.. Je le vis, Laure : le voir & l'aimer fut une même chose. Mon cœur dans un instant éprouva tous les transports, toute l'ivresse de l'amour... Nous nous parlâmes, j'entendis le son enchanteur de sa voix... Ah, Laure !.. Mercutio, avec qui je venois de danser, m'avoit reconduite à ma place. Mercutio & la danse m'avoient également déplu. Romeo s'a-

vança vers moi ; il me tendit la main...
avec quelle grâce , quelle nobleſſe ! ..
Il étoit tremblant... je tremblois auſſi...
Chacun de ſes doigts qui touchoient à
ma main étoient comme autant de traits
que l'amour enfonçoit dans mon cœur.
Avec quelle allégreſſe je retournai à la
danſe ! Je ne marchois pas, il me ſembloit
que je volois. Il ſe forma à l'inſtant un
cercle autour de nous ; un ſilence de
reſpeçt & d'admiration régnoit dans toute
l'aſſemblée ; tous les regards étoient fixés
ſur nous... Hélas ! tandis que ta malheureuſe Julie partageoit les éloges des
ſpeçtateurs enchantés , ſon cœur étoit
déjà égaré & perdu par l'amour. Romeo
fut bientôt découvert : pouvoit il reſter
long-temps caché ! Tu ſais les ſuites de
cette aventure.

L A U R E.

Quoi ! le nom ſeul de Romeo n'étouffa
pas votre flamme naiſſante ? Vous ne vous
rappellâtes donc pas la haine qui diviſe

vos deux maifons ? Le nom odieux de Montecchio...

J u l i e.

Odieux! Infenfée... qu'a-t-il donc d'o-dieux ce nom ? Nomme-m'en un plus beau, fi tu peux... La haine, dis - tu... Ah, Laure, que ce fentiment eft foible pour combattre l'amour! Loin d'éteindre celui qui venoit de s'allumer dans mon cœur, il fembloit lui fervir d'aliment, & lui donner encore plus d'activité.

L a u r e.

Mais fur quoi pouvez vous fonder le fuccès d'un pareil amour ?

J u l i e.

L'amour marche-t-il jamais fans efpé-rance ? Loin de m'oppofer au penchant qui m'entraînoit, je m'y livrois avec com-plaifance; je le regardois comme le lien d'une paix durable entre nos deux mai-fons. Nous avions déjà un ami commun qui travailloit en fecret à rapprocher nos parens, & les premiers de Vérone même

s'emprefloient d'étouffer cette vieille inimitié.

L A U R E.

Vous avez donc revu Romeo depuis
l'aventure du bal ? fans quoi, fon abfence
& la raifon auroient effacé les impref-
fions...

J U L I E.

Si je l'ai revu ? Tu ne connois gueres
l'amour, ma pauvre Laure : on auroit
dit que Romeo comptoit tous mes pas,
qu'il devinoit où j'étois, où j'irois...
A ma fenêtre, aux fpectacles, aux pro-
menades, à l'églife, je le rencontrois par-
tout. Tu feras bien furprife quand je te
dirai qu'une nuit que la lune éclairoit,
comme celle-ci, de fa lumiere paifible,
je m'étois mife à ma fenêtre pour refpirer le frais ; Romeo, caché fous un
oranger voifin, m'entendit & vola vers
moi.... Ah, Laure, quel moment !...
Ce fut là que nous nous découvrîmes
nos fentimens fecrets, & que nous nous
jurâmes un amour éternel.

LAURE.

Eſt-il poſſible!.. Déſormais rien ne m'étonnera plus...

JULIE.

Ce n'eſt pas tout: nous convînmes encore de nous voir chez Benvoglio.

LAURE.

Le Médecin de la maiſon?

JULIE.

Oui : il fut auſſi celui de nos amours. Nous pouvions d'autant mieux nous découvrir à lui, qu'il avoit la confiance de nos parens, & qu'il diſpoſoit tout pour les amener à une heureuſe réconciliation. Les choſes alloient au gré de nos ſouhaits, lorſque... Ciel ! à ce triſte ſouvenir il me ſemble que l'épée qui ôta la vie à Thébaldo me paſſe à travers le cœur !.. Hélas, tu ne te rappelles que trop le jour affreux , le jour ſiniſtre qui ruina toutes nos eſpérances!

LAURE.

Je ne connois que trop cette déplorable aventure.

JULIE.

Oui, mais tu n'en connois pas la vérité:
elle fut défigurée & rendue odieuse par
l'animosité de ma famille. Un nombre
considérable de carrosses s'étoit assemblé
à la porte Bosorj, près de Castel-Vecchio.
Il y avoit beaucoup de nos parens de
part & d'autre. On en vint aux mains.
Le sang commençoit à couler, lorsque
le brave Romeo, comme un ange de
paix, se jette au milieu des combattans,
& tâche, par des prieres, de calmer ces
furieux. Mais Thébaldo égaré... Mais
je t'ai déjà fait ce récit... Romeo fut
banni de Vérone comme un meurtrier...
Tu voyois couler mes larmes... Combien j'en ai répandu !... Vous croyiez
qu'elles couloient pour Thébaldo; il n'y
en avoit pas une pour lui, elles étoient
toutes pour Romeo.

LAURE.

Et vous en versez encore. Le temps
n'a-t-il donc pu les sécher depuis son
éloignement ? Je sais que le bruit a couru

qu'il étoit caché ici ; mais je ne l'ai pas cru : la haine des Capellets l'auroit bientôt découvert.

JULIE.

Ah ! voilà juſtement ce qui rend cette nuit ſi terrible pour moi. Benvoglio l'avoit caché dans un couvent. Nous nous conſolions au moins l'un & l'autre en nous écrivant. Mais l'eſprit de perſécution a pénétré juſques dans l'obſcurité de ſa retraite. Il faut qu'il parte ou qu'il meure... Pourrai-je ſurvivre à cette ſéparation ? Non, Laure ! non, mon cher Romeo !.. Et tu veux que je ne pleure pas, que je n'abandonne pas mon ame à la douleur... Sais-tu, Laure, ſais-tu que voici l'inſtant de notre ſéparation, que voici l'inſtant de nos derniers adieux?

LAURE.

Que dites-vous? ô Ciel ! quoi, vous l'attendez ici ?

JULIE.

Oui, Laure, oui, je l'y attends... Tu vois cette porte ; eh bien, c'eſt par-là

qu'il doit entrer... (*elle fait un mouve-*
ment de terreur) Paix ! n'entends-tu pas
du bruit dans le jardin ?.. Oui, on agite
le grenadier qui eſt ſous la fenêtre...
C'eſt lui... O Laure !.. ma bonne, ma
chere Laure... pourrois-tu me trahir ?..
Mais regarde... (*elle tire un poignard de*
deſſous ſa robe) Si tu me trahiſſois....
Si la fille de Capellet oſe aimer le fils de
Montecchio, crois auſſi quelle oſera bien
mourir.

L A U R E.

O jettez ce terrible inſtrument de la
mort ! Pouvez-vous douter de ma diſ-
crétion ? Si vous doutez, je ſuis indigne
de votre confiance,

J U L I E.

Je te demande pardon , ma chere
amie... Mais ſors vite, laiſſe-moi ſeule,
je t'en conjure.... Un moment perdu
eſt d'un prix ineſtimable pour moi. Il
vient... Mon cœur à ſon approche...

Pars, Laure, pars, que j'ouvre la porte
à Romeo...

(Elle va doucement à une porte de derriere).

LAURE.

Allons, je vais attendre dans l'anti-
chambre. *(en fortant)* Quelle découverte,
ô mon Dieu, & quelle en fera l'iffue !

SCENE III.

JULIE, ROMEO.

JULIE.

EST-CE toi ?

ROMEO.

C'eft moi.

JULIE.

O Romeo !

ROMEO.

O Julie ! *(Ils reftent quelque temps à fe
regarder en filence, & pleurent)*

JULIE.

Tu es Romeo, & tu veux me quitter.

ROMEO.

ROMEO.

Veux-tu donc, ma chere Julie, voir mourir ton amant? On sait que je suis à Vérone.... Les ordres sont donnés pour me faire chercher dès que le jour paroîtra... Si on me découvre, imagine-toi...

JULIE.

Dès que le jour paroîtra!... Quel souvenir affreux!.. Ah, puisse une nuit éternelle nous couvrir de ses ombres!.. Avec toi, mon cher Romeo, que m'importe la clarté du jour?.. Tu vas donc me quitter?..

ROMEO.

Crois-tu que mon cœur en soit moins déchiré que le tien? Ah, si tu pouvois savoir!.. Mais, non, non, il ne faut pas que tu connoisses toute ma douleur... Un mot suffit pour la peindre : c'est toi, Julie, qu'il faut quitter!..

JULIE.

Mais moi, je ne te quitterai pas.., (*elle rêve un moment*) Romeo!.. Oui,

c'eſt le Ciel qui m'inſpire ce projet...
C'en eſt fait, l'amour le veut, & je pars
avec toi.

R O M E O.

Que dis-tu ?.. Non, Julie, non, cela
ne ſe peut pas.

J U L I E.

Cela ne ſe peut pas ?.. Et tu dis que
tu m'aimes ! L'amour n'a-t-il donc pas
fait des choſes plus difficiles ? Je cacherai
mon ſexe ſous les habits du tien; je cou-
perai mes cheveux ; je te ſuivrai par-
tout. Mes ſoins adouciront ta fuite ; je te
préparerai , pendant les chaleurs , des
boiſſons raſtraîchiſſantes ; & mes embraſſemens te mettront à couvert de la fraîcheur des nuits. Les chemins les plus
rudes me paroîtront doux à côté de
toi... O Romeo, mon ami, mon époux!
puis - je être malheureuſe avec toi, ou
puis-je ne l'être pas ſans toi ?

R O M E O.

Epargne-moi, Julie, ceſſe, ceſſe...
tu ne fais que déchirer ma ble ſure..

Non , je ne peux confentir à ce que tu demandes.

JULIE.

Tu n'y peux confentir ! Et pourquoi ?.. Romeo eft-il auffi devenu infenfible & cruel ?.. Es-tu en effet le fils du barbare Montecchio ?

ROMEO.

Ah , Julie ! ne pourrois-je pas te dire que dans ce moment tu es la fille d'Antonio ?.. Mais c'eft l'amour qui t'infpire ce reproche odieux... N'eft-ce pas , ma chere Julie , c'eft l'amour , un amour auffi tendre , auffi vrai que celui que je fens pour toi ?.. Tu m'aimes... & ne ferois tu pas la plus infortunée des mortelles fi tu me rendois malheureux ?

JULIE.

Ainfi donc , je te rendrois malheureux fi je t'accompagnois ?

ROMEO.

Confidere ta fituation & la mienne... Dans un pareil déguifement... Julie.

H ij

JULIE.

Je t'entends, n'acheve pas. L'état d'une tendreſſe éprouvée eſt l'état de la dignité ſuprême pour une épouſe.

ROMEO,

Oui, mais notre union n'eſt connue que du Ciel & de nous... Mais ne parlons pas de notre état : conſidere le danger...

JULIE,

Le danger, Romeo ? Que la fortune épuiſe tous les traits ſur toi, je la brave, j'irai au-devant de ſes coups, je les recevrai dans mon ſein, & je te ſourirai en les recevant.

ROMEO.

Ce n'eſt pas le danger de la mort qui m'effraie : je donnerois mille fois ma vie pour la tienne... Mais courir les riſques de te perdre... les riſques d'une ſéparation éternelle... Ah, Julie ! cette idée me fait frémir, elle eſt affreuſe,

JULIE.

Sans doute qu'elle eſt affreuſe : mais qui pourra jamais nous ſéparer ?

ROMEO.

Ne ſens-tu pas qu'à peine on ſe ſera apperçu de ton abſence, (& on s'en appercvera bien. vite) que tout Vérone ſe mettra à notre pourſuite. Quel chemin prendrons - nous pour nous dérober à l'activité de nos perſécuteurs? S'ils s'emparent de nous, je te laiſſe à penſer toi-même quel fort ton pere me feroit.

JULIE.

Tu me fais frémir.

ROMEO.

Tu vivrois, mais que deviendroit ton amant ?.. Le meurtrier de Thébaldo, le ſéducteur, le raviſſeur de Julie.... Tous ces noms me ſeroient prodigués. J'aurois beau atteſter mon innocence, réclamer les nœuds ſacrés qui nous lient; des barbares, guidés par l'intérêt & la vengeance, ne m'écouteroient pas, & ce Romeo, cet époux que tu adores, tu

le verrois traîner à l'échafaud, tu le verrois périr fous les coups... Ah ! Julie lui
furvivroit-elle ?

J U L I E.

Quelle image épouvantable viens-tu
de mettre fous mes yeux ?.. Il faut donc
demeurer ; oui, il le faut ; je vois bien
que je ne peux pas te fuivre... Apprends-
moi maintenant comment je fuppor..
ton abfence.

R O M E O.

La patience, l'efpoir...

J U L I E.

'Ah la mort de Thébaldo a détruit
l'une & l'autre !..

R O M E O.

Notre féparation ne peut être longue...
Ce fera le temps orageux de notre amour ;
des jours calmes & fereins...

J U L I E.

Non, crois-moi, Romeo, une nuit
éternelle...

R O M E O.

Bannis ces triftes images. Le Prince a

promis à mon pere que mon exil ne seroit pas de longue durée. Son intention est de mettre ce temps à profit, & de travailler à rapprocher nos familles divisées. Quelle félicité pour nous, ma chere Julie, si un jour, avec l'applaudissement du Ciel & les bénédictions de nos parens, nous pouvions consacrer notre amour aux yeux de l'univers ! Cette idée seule...

J u l i e.

(1) Oui, Romeo, voilà un fruit plein de charmes que tu présentes à mes yeux; mais il est suspendu trop haut pour que nous puissions y atteindre. Avant que nous soyons en état de le cueillir, il sera abattu.

R o m e o.

Quand tout sera perdu, quand il ne nous restera plus d'espoir, il nous sera toujours libre d'exécuter ton projet. Il

---

(1) Cet endroit, quoique fort adouci, peut donner au lecteur une idée de cette Scene, qui est toute montée sur ce ton dans l'original.

me fera bien plus aifé, après une courte abfence, de m'introduire dans Vérone, à l'aide d'un déguifement, & de t'arracher du fein de ta famille qui ne penfera plus à moi.

J U L I E.

Que ne me perfuaderois-tu pas, Romeo ! Je crois que tu me perfuaderois que je fuis capable de ceffer de t'aimer.

R O M E O.

Mantoue, le lieu de mon exil, n'eft qu'à une journée de Vérone. L'amour aura bientôt franchi ce court efpace.

J U L I E.

Ah, c'eft pour l'amour la diftance d'un monde à l'autre.

R O M E O.

(1) Tu oublies que l'amour a des aîles

---

(1) Auroit-il été poffible de foutenir la lecture d'un pareil Dialogue entre deux amans au défefpoir? M. Weifs a beau dire, ce n'eft-là le langage ni de la paffion ni de la nature. Je conviens que dans toutes les fituations les honnétes

lorfqu'il s'agit de fatisfaire fon impatience... Je laifferai ici mon fidele Pietro.
Il ne te fera pas difficile , entre toutes
tes femmes , d'en trouver une à qui tu
puiffes confier les fecrets de ton cœur...
Ah, qui ne cherche pas à plaire à ma
Julie !

J ᴜ ʟ ɪ ᴇ.

Que ce foit donc Laure ; elle fait déjà
la plus grande partie de notre trifte fituation...

R ᴏ ᴍ ᴇ ᴏ.

* Eh bien , Pietro t'apportera tous les
jours une lettre de ma part ; à chaque
heure je t'enverrai quelqu'un ; tu fauras
jufqu'à la moindre de mes actions ; tu
connoîtras mes penfées les plus fecretes ;
je ne refpirerai que pour t'adorer ; je ne
parlerai que pour prononcer ton nom...

J ᴜ ʟ ɪ ᴇ.

C'eft-là quelque chofe, Romeo ! Toutes

---

gens s'expriment autrement que le peuple , mais
cette différence n'admet pas le bel efprit quand
on n'a que des cris de douleur à articuler.

H ᴠ

mes penfées font concentrées dans toi
feul ; & quand je ne pourrai plus prononcer ton nom , ma langue glacée le
balbutiera encore.

R O M E O.

Vois fouvent Benvoglio , notre ami
commun ; il te parlera de moi...

J U L I E.

Et crois-tu que je puiffe entendre parler d'autre chofe ?

R O M E O.

Il cherchera , j'en fuis fûr , toutes les
occafions de te voir...

J U L I E.

Il les aura , Romeo , il les aura....
Hélas, ton époufe infortunée n'aura que
trop tôt befoin des fecours de ce Médecin !.. (1) Mais quel autre que toi
pourra la guérir ?

---

(1) Ce propos qu'à peine nous oferions mettre
dans la bouche d'une Soubrette pour égayer le
Parterre, eft-il bien décent dans la bouche de
Julie ? Eft-ce par ignorance des bienféances que

ROMEO.

Il m'inſtruira de tout ce qui te regarde.
Il ſaura à toutes heures où je ſerai & où
me trouver. Je ne ferai pas un pas qu'il
n'en ſoit prévenu... Quel raviſſement,
ma chere Julie, lorſque nous nous re-
verrons auſſi fideles, auſſi tendres que
jamais !.. Lorſque la joie nous pénétrera
au point de ne pouvoir l'exprimer que
par des cris mal articulés & par nos embraſſemens ; lorſque nos yeux chargés
de volupté peindront avec tant d'élo-
quence la douleur d'avoir été ſéparés,
douleur qui ſe (1) diſſipera à jamais avec
les larmes qui ſe précipiteront ſur tes
joues ardentes : alors, ô ma Julie, alors
la mort ſeule nous ſéparera !

---

l'Auteur la fait parler ainſi, ou bien les mœurs
de ſon pays ne ſont-elles pas formaliſées d'entendre une fille de ce rang parler comme Pénélope ?
Non ego deſero jacentem frigido lecto.

Remarque d'un François.

(1) Et voilà ce que M. Weiſs appelle le beau
langage, le langage fleuri des jeunes gens de
bonnes Maiſons.

H vj

JULIE.

La mort ! ô Romeo, la mort !...;
Quelque raviſſante que ſoit la conſolation que tu répands dans mon cœur,
un preſſentiment ſecret me dit que c'eſt
la mort qui nous réunira... Ah , que
ne puis - je en effet expirer entre tes
bras !

ROMEO.

Ceſſe, ceſſe, ô Julie, de déchirer mon
cœur déjà trop accablé ! Laiſſe-moi em-
porter au moins la douce conſolation
que je te reverrai bientôt dans une ſituation plus heureuſe. Ce ſeul eſpoir peut
me ſoutenir dans mon exil & m'empécher
d'attenter à mes jours. Calme-toi, ma
chere Julie... Le moment de mon départ approche... Entends-tu l'alouette,
l'avant coureur du matin ?.. Il faut, il
faut que je parte , Julie.

JULIE.

Non, non, Romeo, c'eſt le roſſignol,

& non pas l'alouette ; tu ne partiras pas
encore (1).

ROMEO.

O que ne dis-tu vrai ! Mais ne vois-
tu pas déjà les premiers rayons du jour
éclairer ces colines ?

JULIE.

Non, Romeo, crois-moi, c'eſt la lune
qui, pour me conſoler, retarde ſa carriere. Ne m'envie pas encore quelques
momens, hélas, les derniers peut-étre
que j'aie à paſſer avec toi !

ROMEO.

C'eſt en vain, Julie. Tu vois bien que
la lune pâlit à l'approche du ſoleil ; c'eſt

---

(1) Bien répondu ; il faut convenir que voilà
des traits qui peignent bien cette grande paſſion !
C'eſt bien dommage que l'un ne s'obſtine pas à
prouver que c'eſt l'alouette, & l'autre que c'eſt le
roſſignol : cela auroit rendu la ſituation de ces
deux amans bien plus intéreſſante pour le ſpec-
tateur.

ton amour qui la colore (1)... Mais tu
le veux, je reſte ; & dût-il m'en coûter
la vie.... Non, il ne fait pas encore
jour...

JULIE.

T'en coûter la vie ?.. Juſte ciel !..
Va, fuis, fuis, Romeo, fuis vîte, il fait
jour... Dieu ! qui vient ?

---

(1) On ne ſait lequel de ces deux amans dit
les choſes les plus hors de la paſſion & de la
nature. «O, Meſſieurs les Allemans, s'eſt écrié
un François après avoir lu cette Scene dans
le manuſcrit de cette traduction , vous qui
dans vos Journaux & vos triſtes Diſſertations,
avez uſurpé le droit de dénigrer nos meilleurs
Auteurs , vous avez encore bien du chemin à
faire avant de l'avoir ce droit-là; vous battez
vos nourices avant de pouvoir vous paſſer d'elles».

SCENE IV.
LES ACTEURS PRÉCÉDENS, LAURE.

LAURE.

J'ENTENDS Madame qui se leve, je crains...

JULIE.

Je suis morte ! O Romeo ! il faut que tu partes... Crois-tu que nous nous revoyions jamais ?

ROMEO.

Je l'espere, ma chere Julie...,

JULIE.

Tu esperes en vain... Regarde-moi encore... Grand Dieu, quelle pâleur !.. Suis-je aussi pâle que tu me le parois?.. O cher époux, laisse-moi encore une fois confondre mon ame avec la tienne... (*elle lui saute au cou*) & mourir !

(*On entend sonner*

LAURE.

Ciel ! Madame votre mere m'appelle...
Partez , Monfieur.

ROMEO.

Julie, malheureufe Julie, toi que j'a-
dore. (*Julie tombe évanouie*) La voilà
fans mouvement... Il faut profiter de cette
trifte circonftance pour m'éloigner d'elle.
(*il lui donne des baifers*) Divine Julie ,
adieu, mille fois adieu... Que le tendre
amour te foutienne & répande fur toi
fes confolations les plus douces.... La
mort ne nous féparera pas , ou fi elle
vient nous féparer, nous nous réunirons
dans les Cieux... (*à Laure*) O vous ,
fon amie & la meilleure, je la recom-
mande à vos foins ; parlez-lui de moi,
dites - lui que le temps ni l'abfence ne
l'effaceront jamais de mon cœur ; votre
fidélité fera récompenfée...

LAURE.

Au nom de Dieu, partez, Monfieur.

ROMEO.

Adieu, Julie... mille fois adieu. (*Il l'embrasse à plusieurs reprises, & puis s'en va brusquement*)

SCENE V.
JULIE, LAURE.

LAURE.

JE meurs d'effroi... Si sa mere arrivoit... Julie en reprenant ses sens n'aura certainement à la bouche que le nom de Romeo... Elle se trahira elle-même... Que faire?... Voyons si je pourrai la traîner dans sa chambre...

JULIE (*revenant de son évanouissement, jette autour d'elle des yeux égarés*)

Romeo... où es-tu?.. Ah, Laure, où est-il?.. où est-il?.. Le perfide m'a donc abandonnée!..

LAURE.

Au nom de Dieu, calmez-vous, Mademoiselle, Romeo est parti; il n'a pu refter davantage : vous voyez que le jour commence à paroître. Votre mere vient de fonner, & je ne fais comment m'excufer auprès d'elle...

J U L I E.

Perfide Laure !.. & pourquoi l'as-tu laiffé partir ?.. Je me fuis bien doutée... Romeo, Romeo !.. Joins tes cris aux miens, peut-être le ferons-nous revenir.

L A U R E.

Je vous en conjure par ce Romeo qui vous eft fi cher, par votre amour..... modérez votre douleur... voulez-vous donc le perdre ?.. Songez donc que fi vos cris venoient à le trahir, il n'eft pas encore loin d'ici, & on pourroit le fur-prendre... Voudriez-vous qu'il tombât entre les mains de fes perfécuteurs ? Que deviendroit-il, grand Dieu !

J U L I E.

Oui, Laure, tu as raifon. Il a bien fallu qu'il me quittât.... Je veux me calmer... O Laure, que ne puis-je pleurer... Mon cœur... Je ne peux... Je fens que des larmes me foulageroient... mes joues en font mouillées... (*elle y porte la main*) Ce font peut-être des larmes de mon cher Romeo... Dis-moi donc, Laure, dis-moi s'il en a laiffé couler en partant.

LAURE.

Il vous a tenue long-temps entre fes bras, il vous a couverte de mille baifers, & vous a arrofée de fes larmes...

JULIE.

O cher époux ! (*elle prend fon mouchoir dont elle effuie fes joues, le regarde & le baife*) Oui, oui, ce font les larmes de Romeo : *elles font encore chaudes comme fon amour ! Nobles larmes, pourquoi féchez-vous ?* O Laure, répete-moi tout ce qu'il a dit avant de s'en aller, rends-moi compte de fes foupirs, de fes regards, du moindre de fes mouvemens...

LAURE.

Je vous raconterai tout... Mais... (*on fonne de nouveau*) Entendez-vous Madame votre mere qui fonne de nouveau ? Permettez que je vous conduife dans votre appartement. Allez vous jetter fur votre lit, un peu de repos peut-être...

J U L I E.

Du repos ? Il ne peut y en avoir pour moi que dans les bras de la mort.

L A U R E.

Mais vous ne voulez pas au moins vous préfenter dans l'état où vous êtes, aux yeux de votre mere ? Défirez-vous d'être feule ?..

J U L I E.

Voilà juftement ce que je veux, tout ce que je veux. Laure, il faut bien que tu aies aimé , puifque tu devines ce que je défire... Je veux être feule...

L A U R E.

Venez donc que je vous mette fur votre lit. Si je tarde plus long-temps à paroître chez Madame , elle croira que vous êtes plus mal , & n'aura rien de plus preffé que de voler au fecours de fa chere fille.

JULIE.

Auſſi ſuis-je très-mal... très-mal :
mais il ne faut pas que ma bonne mere
ſache que Romeo en eſt la cauſe...

LAURE.

Je lui dirai que vous venez de vous
endormir, & que des ſonges agréables
paroiſſent...

JULIE.

Mais non de Romeo... ils me ſeroient
bien doux !... Hélas, il eſt parti !...
(*après un profond ſoupir*) Ah, Laure !
mes larmes commencent à couler... cela
me ſoulagera.

Fin du premier Acte.

ACTE II.

SCENE PREMIERE.

Mad. CAPELLET, LAURE.

Mad. CAPELLET.

ELLE a, dis-tu, paſſé toute la nuit en pleurs ? Je n'y conçois rien. Jamais attachement pour un parent n'a été auſſi loin.

LAURE.

J'ai penſé comme vous, Madame ; cependant elle a ſans ceſſe le nom de Thébaldo à la bouche.

Mad. CAPELLET.

Mais, ſoit dit entre nous, ce n'étoit cependant pas un homme fait pour inſpirer une ſi forte paſſion. Préſomptueux, violent & vain... Te dirai-je plus ? je

le regarde dans le fond de mon ame
comme le feul auteur du malheur qui lui
eſt arrivé.

LAURE.

Et ce que je n'oſerois dire tout haut,
c'eſt que Romeo, fon adverſaire, paſſe
généralement pour un jeune homme plein
de douceur & de courage.

Mad. CAPELLET.

Il n'a donné que trop de preuves de
de cette derniere qualité. Quant à fa douceur & à fa modération, nous n'oſons
en convenir qu'à l'oreille. Mais il eſt
bien certain que dans cette malheureuſe
rencontre, loin d'enflammer la querelle
qui s'éleva entre nos parens, il fit tout ce
qu'il eſt poſſible pour l'appaiſer. Ce que
je te dis-là feroit un crime irrémiſſible aux
yeux de la famille de mon époux.......
Cependant ma pauvre Julie périt à vue
d'œil, & fon état me fait périr moi-
même,

LAURE.

Pour comble de malheur, elle n'eſt

accessible à aucune espece de consolation. Elle n'est occupée que de l'idée de la mort ; elle parle du tombeau comme elle parleroit de son lit nuptial : elle se peint la mort comme le plus bel objet de la nature. Dans le moment où on croiroit qu'elle jouit de quelque calme, elle se leve précipitamment, jette un cri aigu, & finit par se noyer dans les larmes.

Mad. CAPELLET.

La douleur dont sa situation me pénetre est d'autant plus cruelle, que je suis obligée de la cacher. En lui laissant voir ce que je souffre, je ne fais qu'augmenter ses maux. Je m'apperçois qu'elle commence à m'éviter : elle me cherchoit autrefois, & se plaisoit à épancher dans mon sein ses pensées les plus secretes...Son pere est violent: nos chagrins, loin de le toucher, excitent son mépris & son indignation. Il nous traite de misérables créatures, d'êtres foibles & pusillanimes... Le meilleur parti que j'aie

pu

pû prendre jufqu'ici , a été d'éloigner fa fille de fes yeux. Je tremble qu'il ne fe porte à quelque extrémité contre elle ; il en eft capable... Je ne fais plus quel remede apporter à tout ceci.

L a u r e.

La chofe ne fera pas aifée , Madame... La maladie de Julie ne prend pas fon origine dans le tombeau de Thébaldo... peut-être vient - elle de fon cœur ; il faudroit peut-être le lui arracher pour la guérir.

Mad. C a p e l l e t.

Ainfi, tu crois que Thébaldo n'eft pas la caufe des chagrins de Julie ?.. Mais, quelles raifons en as-tu ?

L a u r e.

Moi, Madame ?.. aucunes... fi ce n'eft que... il me femble que je ne gémirois pas tant pour lui quand même il auroit été mon frere. Que Mademoifelle votre fille , dans les premiers inftans de fa douleur , l'ait exhalée par des cris, par des larmes , cela n'eft pas furprenant

chez les femmes ; mais qu'au bout d'un
mois, au bout de deux mois cette douleur soit encore auffi vive, qu'elle soit
auffi profonde !.. Croiriez-vous qu'il n'y a
qu'une demi-heure que je l'ai mife au lit ?

Mad. CAPELLET.

Et pourquoi ne m'as-tu pas appellée ?
Peut-être l'y aurois-je difpofée plutôt.

LAURE.

Elle me faifoit efpérer qu'elle fe cou-
cheroit ; elle me prioit avec tant de
douceur, tant de careffes, de ne vous
rien dire... Vous favez fi on peut réfifter à fes prieres... Il ne m'a pas été
poffible de la défobliger.

Mad. CAPELLET.

Pauvre Julie !.. Et qu'a-t-elle fait
pendant tout ce temps ?

LAURE.

Ce qu'elle fait toujours. Elle a pleuré,
foupiré, gémi, parlé de mort, de tombeau. Elle croyoit voir Thébaldo fur
fon lit mortuaire ; fon imagination éga-
rée lui préfentoit des ombres couvertes

d'habits funebres & se promenant dans
le bois d'orangers. Elle a articulé quelques plaintes sur Romeo ; enfin, avant
que j'aie pu la déterminer à se mettre au
lit, elle a été long-temps à cette croisée,
les bras entrelacés sur sa poitrine, & les
yeux tristement levés vers le ciel...

Mad. C A P E L L E T.

Que m'apprends-tu-là !

L A U R E.

Je ne voudrois pas répondre qu'elle
repose encore. Elle ne dormoit pas
quand je l'ai quittée.

Mad. C A P E L L E T.

Tu iras tantôt... Je vois qu'il n'y a
qu'un événement extraordinaire qui puisse
apporter du changement dans sa situation, & j'espere qu'il ne tardera pas. Le
deuil de Thébaldo a différé son mariage
avec le Comte de Ladrona. Il ne s'agit
plus que d'attendre un mois, & peut-
être même la dispense sollicitée arrivera-
t-elle plutôt.

LAURE.

Et croyez-vous, Madame, que cela dissipera son chagrin?

Mad. CAPELLET.

Ne le crois-tu pas toi-même?

LAURE.

Elle ne me paroît pas avoir beaucoup d'inclination pour M. le Comte...

Mad. CAPELLET.

Mais aussi point d'aversion?

LAURE.

Pardonnez-moi, Madame; & s'il n'y en avoit point, il y a long-temps que Thébaldo seroit oublié. Le moindre penchant qu'elle auroit eu pour le Comte, auroit détruit tout autre sentiment.

Mad. CAPELLET.

Il faudroit encore que l'antipathie vînt se mêler dans ceci, pour mettre le comble à mon malheur. Mais t'a-t-elle dit quelque chose qui puisse te faire conjecturer...

LAURE.

A moi, Madame? Rien... Mais j'ai

bien remarqué, la derniere fois qu'il la
vit, qu'elle le voyoit sortir avec plus de
plaisir qu'elle ne l'avoit vu entrer.....
Parle-t-elle jamais de lui?...

Mad. CAPELLET.

Peut-être lui est-il encore indifférent....
Au reste, ce que l'amour ne fera pas
d'abord, la dissipation le fera. Elle produit souvent sur l'ame blessée, ce que le
changement d'air produit sur le corps
d'un malade.

LAURE.

Ah, Madame, c'est selon la blessure...
A la vérité je ne connois pas... mais...

Mad. CAPELLET,

Quoi, mais?

LAURE.

Je ne crois pas que ce soit le Comte
de Lodrona qui remettra le calme dans
l'ame de Julie.

Mad. CAPELLET.

En connois-tu quelqu'autre qui le
pourroit?

LAURE.

Je ne dis pas cela ; mais...

Mad. CAPELLET.

Mais, mais !. Comte de Lodrona a tout ce que nous pouvons défirer dans l'époux de notre fille ; naiffance, fortune, confidération, vertu...

LAURE.

Oui, mais malgré cela, fi elle n'éprouve aucun attrait pour lui?.. O Madame, Madame, l'amour a fes caprices, ainfi que Julie a fes chagrins particuliers. Comme nous n'avons point encore trouvé de remede à ceux-ci, il fera peut-être bien difficile de fatisfaire à ceux-là par l'objet en queftion. Chaque fruit demande un terrein qui lui foit propre. L'hommage de M. le Comte peut être bien reçu par vingt femmes de mérite, mais ce n'eft pas une raifon pour qu'il le foit bien par Julie.

Mad. CAPELLET.

Tu es bien cruelle de détruire ainfi la feule efpérance qui me reftoit... Non,

ma fille ne fera pas dans le cas que tu
fuppofes; non, elle n'y fera pas... Va
voir fi elle repofe. Si elle ne dort pas, tu
viendras m'avertir : mais garde toi bien
de l'éveiller.

SCENE II.

Mad. CAPELLET, *feule.*

L'IDÉE de Julie me fuit par-tout : je
ne faurois m'occuper que d'elle... Un
trifte preffentiment... des rêves affreux...
Cette nuit même, j'ai cru voir Romeo
la poignarder entre les bras de Thébaldo... Tout m'inquiète & me fait frif-
fonner... Cependant je ne fais ce que je
crains.... Son chagrin fecret... Mais
aucune conjecture fondée.... O Ciel !
voici fon pere.

(*Dans ce moment Laure entr'ouvre la
porte de l'appartement de Julie,
qu'elle referme précipitamment en
appercevant M. Capellet*)

I iv

SCENE III.

M. & Mad. CAPELLET.

M. CAPELLET.

Vous êtes ici de bon matin, Madame : j'étois allé vous chercher dans votre appartement.

Mad. CAPELLET.

Et que vous plait-il?.. Je suis descendue pour savoir des nouvelles de la santé de Julie.

M. CAPELLET.

Eh bien, comment va-t-elle?

Mad. CAPELLET.

Mal, très-mal. J'ai fait rester Laure toute la nuit auprès d'elle. Sa tristesse est toujours la même, elle n'a cessé de pleurer & de gémir. Il n'y a qu'une demi-heure...

M. CAPELLET.

Je suis las de toutes ces lamentations, & je vais y mettre fin... Votre fille est

malade, mais ce n'eſt pas la mort de
Thébaldo qui la rend malade, c'eſt
l'amour. Elle ſera ſecourue dès aujour-
d'hui.

Mad. CAPELLET.
Et comment cela ?

M. CAPELLET.
Le Comte de Lodrona vient de me
faire ſavoir qu'il lui étoit libre d'achever
ſon mariage quand il voudra. Son amour
impatient lui fait ſouhaiter que ce ſoit
plutôt aujourd'hui que demain. Je ferai
ce qu'il déſire : & dès aujourd'hui,
vous, ma fille & le Comte, nous nous
rendrons à ma Terre de Villa-Franca,
où le mariage ſe fera un de ces jours,
peut-être demain.

Mad. CAPELLET.
Mais, mon cher époux...

M. CAPELLET.
Qu'avez-vous à m'objecter?

Mad. CAPELLET.
Vous ſavez que vos volontés ſont des

ordres pour moi... cependant les bienféances, le deuil de Thébaldo...

M. CAPELLET.

Et c'eſt auſſi pourquoi je veux que le
mariage ſe faſſe ſans éclat, en préſence
de quelques-uns de nos plus proches
parens. D'ailleurs, il y a plus de ſix
ſemaines que Thébaldo eſt mort.....
enfin, le Comte le déſire, & je le déſire auſſi, & cela doit ſuffire.

Mad. CAPELLET.

Cela ſuffit pour moi. Mais ſi Julie...

M. CAPELLET.

Julie eſt une folle. Qu'a-t-elle tant
à pleurer, à ſe lamenter pour Thébaldo?
Il étoit mon neveu, il étoit ſon couſin,
à la bonne heure. Je l'ai regretté comme
j'ai dû ; j'ai fait ce que j'ai pû pour le
venger, & ſi je n'ai pas fait perdre la tête
à ſon meurtrier, ce n'eſt aſſurément pas
ma faute.

Mad. CAPELLET.

Vous êtes bienheureux, vous autres
hommes, de pouvoir réprimer votre

douleur par votre raifon ; il n'en eft pas
de même de notre fexe... Ne voyez-
vous pas que le chagrin de Julie ne fait
qu'augmenter ?..

M. CAPELLET.

Mais que croyez-vous que cela deviendra ? Penfez-vous que le Comte s'en
accommode, & qu'il ne fe rebute pas à
la fin de voir une fille fe confumer dans
une mélancolie à laquelle on ne comprend
rien ; qui fe refufe à toutes les confolations, à toutes les joies de la vie ?....
Regardez-la, à peine eft-elle reconnoif-
fable... Qui fait même, qui fait fi le
retard de fon mariage ne lui tient pas
plus à cœur que la mort de fon coufin ?

Mad. CAPELLET.

Quelle raifon auroit-elle de cacher fes
fentimens ? Elle connoît nos intentions
& celles du Comte. Elle fait que nous
avons donné notre confentement & lui
fa parole ; cependant tout cela n'empêche
pas qu'autant de fois que j'ai voulu la

fonder là-deſſus, elle n'ait fait ſes efforts
pour reculer ſon mariage...

M. CAPELLET.

Diſſimulation , manége de femmes !
Ne connoiſſez-vous pas votre ſexe? Il
n'y a point de petits artifices qu'il n'em-
ploye pour ſe parer d'une pudeur &
d'une délicateſſe puériles.

Mad. CAPELLET.

Julie ne peut-être capable de ce dé-
guiſement. Elle eſt vraie dans tout, &
vous connoiſſez la candeur de ſon ame,
Je ſerois bien trompée ſi au moins envers moi..

M. CAPELLET.

Eh bien, Madame, je vous dis donc
que vous vous trompez. Tant que les
filles s'amuſent de leurs poupées, elles
ſont fort ſinceres; *elles rient comme le
Soleil au printemps; mais à peine mû-
riſſent-elles, qu'elles ſe cachent derriere
les nuages ; il faut de l'art pour ſaiſir
une Junon...*;

Mad. C A P E L L E T.

Je ne m'obſtinerai pas à défendre contre vous l'opinion que j'ai de ma fille. Peut-être eſt-elle ce que vous la croyez...

M. C A P E L L E T.

Qu'elle ſoit ce que je la crois, ou qu'elle ne le ſoit pas : je veux lui parler & lui déclarer ma volonté...

Mad. C A P E L L E T.

Vraiſemblablement elle dort, & j'ai envoyé Laure voir ſi...

M. C A P E L E T.

Ne peut-on pas l'éveiller?

Mad. C A P E L L E T.

Accordez-lui ce moment de repos ? elle a ſi mal paſſé la nuit...

M. C A P E L L E T.

Eh bien, elle portera la peine de ſa folie.

Mad. C A P E L L E T.

Ayez au moins quelqu'indulgence pour elle, ne fût-ce qu'en conſidération de ſon futur époux. Voulez-vous qu'elle se présente à lui le teint pâle & les regards éteints? Une heure de sommeil l'embellira plus que tous les soins de ses femmes.

M. CAPELLET.

Soit. Vous vous chargerez donc de lui dire de quoi il s'agit?

Mad. CAPELLET.

Je reçois cette commission comme une marque de votre amitié.

M. CAPELLET.

Faites-la donc. J'attends le Comte, mais peut-être le préviendrai-je & irai-je l'informer de ma résolution.

Mad. CAPELLET.

Oserois-je vous prier, Monsieur...

M. CAPELLET.

Quoi? Qu'y a-t-il encore de nouveau?

Mad. CAPELLET.

Ne vous emportez pas... Si vous vouliez bien attendre que j'aie parlé à Julie...

M. Capellet.

Et à quelle fin, s'il vous plait? Oh, je ne prétends pas que vous gardiez des ménagemens avec elle.

Mad. Capellet.

Non : mais n'eſt-il pas du devoir d'un bon pere & d'une bonne mere de conſulter le penchant de leurs enfans dans une affaire auſſi importante ?

M. Capellet.

Voilà un nouveau commandement que je ne connoiſſois pas. Le devoir des enfans eſt d'obéir. Et que croyez-vous qu'il en arriveroit, ſi elle s'oppoſoit à ce que je veux d'elle?

Mad. Capellet.

On pourroit la ramener par des repréſentations raiſonnables.

M. Capellet.

Bel expédient ! On n'a qu'à s'aviſer de raiſonner avec les enfans, ſi on veut les rendre mutins. Je vous le répete ; ſi elle ne veut pas de bonne grâce, je l'y obligerai.

Mad. CAPELLET.

Vous êtes bien févere!

M. CAPELLET.

Et vous trop indulgente!

Mad. CAPELLET.

'Ayez au moins égard au mauvais état de fa fanté. Elle vous obéira. C'eft mon défir & ma volonté...

M. CAPELLET.

Et fi elle ne veut pas obéir, c'eft vous qui lui obéirez, n'eft-ce pas?

Mad. CAPELLET.

Je ne veux que voir fi elle eft difpofée à nous fuivre aujourd'hui ; voilà mon feul objet & la raifon pour laquelle je vous prie de ne pas communiquer fi promptement votre réfolution au Comte.

M. CAPELLET.

Vous me priez en vain. Ma réfolution eft raifonnable, & par conféquent inébranlable. Faites vos obfervations là-deffus pour vous-même, & faites-le favoir à votre fille.

SCENE IV.

Mad. CAPELLET *feule.*

Dieu! quel homme!.. Pauvre Julie!..
Si elle fe portoit bien, une nouvelle fi
imprévue fuffiroit pour la rendre malade... La moindre idée de violence eft
capable de bleffer fon ame délicate &
fenfible... Cependant moi-même j'ai
regardé ce mariage comme la feulé chofe
capable de faire diverfion à fa douleur...
Les chofes iront peut-être mieux que je
ne penfe... (*Elle appelle*) Laure !

SCENE V.

Mad. CAPELLET, LAURE, JULIE.

LAURE (*à la porte de la chambre de Julie*)

MADAME!

Mad. CAPELLET.

Julie eſt-elle éveillée?

LAURE.

Elle vient. (*à Julie*) Allons, Mademoiſelle, tâchez donc de prendre un air plus ſerein. (*Laure rentre dans la chambre de Julie; Julie arrive & baiſe les mains de ſa mere.*)

Mad. CAPELLET.

Dieu!.. Ah! ma pauvre fille!.. quel air tu as!... Te voilà d'une pâleur.... tes yeux baignés de larmes..... Tu trembles... Qu'as-tu donc?

JULIE.

Oh! J'ai paſſé une nuit... très-douce...
mais... très-cruelle...

Mad. CAPELLET.

Très-douce.... très-cruelle.... Ton
viſage annonce plus l'un que l'autre...

JULIE.

Oh oui, ma chere maman... L'ombre
de Thébaldo me faiſoit ſigne de le ſuivre...
N'étoit-ce pas une invitation bien douce
pour moi?

Mad. CAPELLET.

N'arracheras-tu donc jamais de ton
imagination des idées auſſi cruelles? Laiſſe
Thébaldo repoſer en paix. Il eſt plus
heureux que Romeo, ſon meurtrier.

JULIE.

Plus heureux en effet que Roméo &
que la triſte Julie! Sans douleur, ſans
inquiétudes...

Mad. CAPELLET.

Quoi, toujours des gémiſſemens? Tes
larmes ne tariront-elles jamais! N'en as-
tu pas aſſez répandues ſur ſon ſort?

JULIE.

Ah, ce n'est pas sur lui que je pleure, c'est sur moi. (1) *La vigne pleure ses rameaux long-temps après qu'ils ont été séparés d'elle.*

Mad CAPELLET.

Mais ses larmes cessent cependant de couler à la fin, lorsque le ciel devient plus serein & les airs plus doux.

JULIE.

Hélas! peut-il y avoir encore pour moi un ciel serein & un air doux? Non, tout est noir, tout est lourd pour la malheureuse Julie, si lourd qu'à peine je puis respirer...

Mad. CAPELLET.

Bannis, ma chere Julie, ces idées

---

(1) Quoiqu'on se soit fait un devoir scrupuleux de rendre l'original tel qu'on l'a promis, on seroit tenté de demander pardon au public de lui mettre sous les yeux ce tas d'absurdités, aussi capables de révolter les ames sensibles que de dégoûter les bons esprits.

fombres & mélancoliques ; va, mon enfant, le ciel te fourira quand tu voudras.

JULIE.

Je le veux, je le veux : mais... mon deftin ne veut pas... Puis-je commander à mon cœur de ne plus battre?... Puis-je commander à mon fang de ne pas fe glacer dans mes veines?...

Mad. CAPELLET.

Toujours des idées lugubres & funeftes!.. Ah, Julie, tu ne fais pas à quel point tu m'affliges!

JULIE.

Moi, vous affliger, ma bonne, ma chere maman?... Ah, ne me le dites pas... Comment un enfant défobéiffant peut-il affliger une mere?

Mad. CAPELLET.

En cela même que tu ne m'obéis pas, que tu t'obftines à ne pas écouter mes avis, à rejetter les confolations que je m'empreffe à te donner... Mais tu peux encore faire renaître le fentiment de la joie dans le cœur de ta tendre mere.

JULIE.

Comment cela fe pourroit-il, puifqu'il eft mort dans le mien! Dites-moi comment on peut en donner fans en avoir, & je le ferai avec plaifir.

Mad. CAPELLET.

Il ne tient qu'à toi d'en avoir : je t'apporte une nouvelle qui peut nous en donner à tous, & à toi en particulier.

JULIE (*vivement*)

Romeo a-t-il obtenu fon pardon.... (*avec confufion*) Romeo eft-il puni?

Mad. CAPELLET.

Ne feras-tu donc jamais occupée que de Thébaldo ou de Romeo? Si Romeo a le cœur d'un homme, il eft affez puni.

JULIE.

Oh, vous êtes bien bonne, trop bonne, de laiffer au cœur de Romeo le foin de le punir.

Mad. C A P E L L E T.

N'en parlons plus. Il ne tient qu'à toi d'être heureuse, & il faut que tu le sois. Ton pere...

J U L I E.

Oh Ciel, n'est-ce pas lui qui est venu vous parler tantôt? Il me semble avoir entendu sa voix terrible...

Mad. C A P E L L E T.

Ton pere terrible?... Il est plein de bontés pour toi. Il a les meilleures intentions. Il n'aspire qu'à te voir heureuse, & cela le plutôt possible.... Tu trembles?...

J U L I E.

Oh, ma mere! oh la meilleure des meres, laissez-moi fuir avant d'entendre ses intentions.... Elles pourroient ne pas me convenir, & vous connoissez sa dureté... Il peut bien avoir des bontés pour moi... mais laissez-moi les ignorer... Laissez moi fuir.... Non, je ne veux, je ne puis être heureuse.

Mad. CAPELLET.

Oh, pour le coup, ma chere Julie, voilà ce qui s'appelle de l'obſtination, de l'entétement. Un malade doit-il re-pouſſer les moyens qu'on emploie pour ſa guériſon?

JULIE.

Hélas, quel moyen peut-il employer, qu'un moyen deſtructeur & violent?... Je vous en conjure, ma mere, ne me le faites pas connoître...

Mad. CAPELLET.

Il faut cependant bien que tu le ſaches, il faut bien que je te le diſe : la choſe doit t'être agréable comme elle l'eſt pour toute la famille. Aujourd'hui, mon enfant, ou dans quelques jours au plus tard, ton pere te marie au Comte de Lodrona.

JULIE.

Je ſuis morte... Ah, ma mere, cachez-moi... fût-ce dans la tombe de Thé-baldo !.. Ne l'avois-je pas bien dit?.. Je ſuis perdue !

Madame

Mad. C A P E L L E T.

En vérité, Julie, je ne te comprends
plus... Quelle conduite tu as, mon enfant!.. Quel malheur vois-tu dans une
pareille alliance ?

J U L I E.

Quel malheur.... quel malheur ?...
Ah, creusez-moi un abîme où je puisse
me précipiter plutôt que de me jetter
dans les bras du Comte !

Mad. C A P E L L E T.

On n'a jamais été aussi injuste que vous
l'êtes, ma fille. Quand on rejette un parti,
on en allegue au moins les raisons. Le
Comte de Lodrona est un homme aimable...

J U L I E.

La mort le seroit mille fois plus à mes
yeux. Elle nous délivre de tous les maux,
elle nous réunit à tout ce que nous ai-
mons.

Mad. C A P E L L E T.

Que veux-tu dire ? Parle-moi...

JULIE.

Que je ne veux jamais appartenir au Comte.

Mad. CAPELLET.

Il faut donc que tu aies quelques raisons de le haïr, sans quoi pour qui voudrois-tu que je te priffe?

JULIE.

Pour une fille infortunée... pour une fille qui donneroit volontiers fa vie pour vous & pour fon pere, mais qui ne fauroit donner fon cœur à un homme qu'elle n'aime pas.

Mad. CAPELLET,

Comment faudroit-il donc être pour mériter le don de ton cœur?

JULIE.

Il faudroit être...... il faudroit être comme... Ah, ma mere, comment vous peindre ce qui n'exifte pas... ou qui du moins éloigné de ces lieux... un ange... un homme qui lui reffembleroit.

Mad. CAPELLET.

Tu te formes une chimere des êtres

qui n'ont d'exiſtence que dans ton imagination. Le Comte n'a-t-il pas tout ce
qu'on peut raiſonnablement déſirer dans
un homme ? une haute naiſſance, une
fortune...

JULIE.

Quand il auroit une couronne, il ſeroit plus puiſſant, mais il ne m'en paroîtroit que plus haïſſable.

Mad. CAPELLET.

Il eſt généreux, brave...

JULIE.

*Le lion l'eſt auſſi: en a-t on moins peur
de lui ?*

Mad. CAPELLET.

Il t'aime juſqu'à l'adoration...

JULIE.

Eſt-ce une raiſon pour que je l'aime ?

Mad. CAPELLET.

Oui, ce ſentiment demande & mérite
du retour.

JULIE.

Ainſi donc, ſi Romeo, cet ennemi de
notre maiſon, ce meurtrier de Thébal-

do... fi Romeo m'aimoit... il faudroit
que je l'aimaffe auffi ?

Mad. CAPELLET.

Oh, pour celui-là, il ne peut ni ne
veut t'aimer, puifqu'il eft notre ennemi,
& qu'il n'ignore pas que nous fommes
les fiens ! Mais dans une circonftance où
tout fe réunit en faveur du parti qu'on te
propofe, quand tout parle pour le Comte,
fon amour, l'approbation des familles,
la confidération perfonnelle... il faut être
bien obftinée, avoir renoncé à la raifon,
oublié tout devoir, pour fe refufer à un
tel choix. Il n'y auroit qu'une chofe qui
pourroit en quelque façon te juftifier ; ce
feroit fi ton cœur étoit malheureufement
prévenu pour un autre,... mais j'efpere
qu'il n'en eft rien.

JULIE.

Vous penfez à tout, vous pefez tout
ce qui m'eft étranger... Mais vous ne
faites pas réflexion que fi, malgré toutes
les confidérations qui ont tant de valeur
aux yeux du monde, mon cœur fe ré-

volte à l'idée du Comte, mon cœur...
Ah, ma mere, ayez pitié de moi !.. J'ai
le Comte en horreur...

Mad. Capellet.

Vous me laſſez, Julie. Allez, je vous
croyois plus de raiſon...

Julie.

Hélas ! ne vous l'avois-je pas dit que
vous me trouveriez indocile ?.. Puniſſez-
moi... renoncez-moi pour votre fille...
haïſſez-moi, ſi vous pouvez : c'eſt ce que
je puis imaginer de plus affreux, de
plus cruel... mais débarraſſez - moi du
Comte !

Mad. Capellet.

Ce n'eſt pas-là, Julie, ce que je devois
attendre de toi, ni ce que j'en ai mérité... Toi ! mon unique enfant, toi que
je porte dans mon ſein... quoi, Julie,
ma chere Julie aimeroit mieux être haïe
de ſa mere que de donner ſa main à un
homme que nous chériſſons tous ? Ah, ma
fille, ma fille !

K iij

JULIE.

Pardonnez à mon défefpoir... La douleur de vous avoir déplu , le malheur
de vous offenfer acheveront de me détruire & me conduire au tombeau,...mais
je ne puis , je ne puis...

Mad. CAPELLET.

Mais fi je te dis que je puis encore
moins t'éviter d'être au Comte ?.. Ma
tendreffe pour toi a voulu t'épargner
l'abord dur de ton pere. J'ai déjà effuyé
de fa part les reproches les plus amers...
Quelle impreffion crois-tu que ta réponfe
fera fur lui ?

JULIE,

Dites-lui que je confens à mourir...
Dites-lui que je bénirai, que je baiferai
les mains paternelles qui termineront les
horreurs de ma trifte vie, que je...

Mad. CAPELLET.

Fais-lui toi-même ta réponfe; Tu fais
le peu de pouvoir que j'ai fur fon efprit.
Je ne lui avois demandé qu'un délai de
quelques jours, mais inutilement. Il veut

que dès aujourd'hui tu nous suives à Villa-
Franca,

JULIE,

Aujourd'hui ? Oh Dieu, aujourd'hui !..
Cela ne fera pas... cela est impossible...
Ma mere, ayez pitié de moi !.. (*elle se
jette aux genoux de sa mere*)

Mad. CAPELLET (*serrant Julie entre ses
bras*)

Mon enfant, tu connois mon cœur,
ma tendresse ; mais, hélas ! je ne puis
rien pour toi. Il faut que tu prennes ton
parti, & je n'en connois point d'autre
que de te résigner à notre volonté. Je vais
cependant encore essayer si je pourrai
obtenir un délai de quelques jours.

JULIE.

Oh oui, ma mere.... seulement de
quelques jours... Pendant ce temps peut-
être le Ciel aura compassion de moi, &
m'ôtera une vie...

Mad. CAPELLET.

Tu es injuste, Julie, très - injuste.
Quoi, sans m'alléguer la moindre raison

de ton averſion, tu rejettes avec horreur un mortel eſtimable, tu te mutines contre une mere, tu t'expoſes à la violence d'un pere impitoyable, dont tu connois les fureurs !.. Mais oſerois-tu le condamner toi - même après ce que tu oſes te per-mettre? Es-tu plus raiſonnable dans ton amour & dans ta haine ? Victime de ton attachement pour Thébaldo que tes lar-mes ne reſſuſciteront pas, tu te laiſſes con-ſumer par un chagrin qui te ronge le cœur ; & quand on cherche un remede à tes maux, quand on croit l'avoir trou-vé, tu le repouſſes avec emportement ?

JULIE.

Vous avez raiſon, ma mere, & ce n'eſt pas la moindre partie de mes tourmens. Dieu ſeul ſait combien il eſt affreux pour moi de vous expoſer à la colere d'un pere indigné... Mais ce Dieu dont la bonté pardonne même les fautes volontaires... Seulement du délai, du délai !.. Je ver-rai ce que je pourrai obtenir de mon cœur... Si je puis le ſoumettre au joug

de l'obéiſſance.... Seulement quelques
ſemaines!..

Mad. Capellet.

Quelques ſemaines ? Si j'obtiens quelques jours, je me tiendrai fort heureuſe,
peut-être même quelques heures... Cependant je ferai les derniers efforts, tu
peux compter ſur ma promeſſe.

Julie.

Que vos bontés me confondent &
m'humilient ! Souffrez que j'arroſe cette
main, la main de la plus tendre des
meres, des larmes de ma reconnoiſſance...
Ah, que je me trouve indigne d'avoir
une mere comme la mienne !

Mad. Capellet.

Mais, Julie, mon enfant, quand cette
mere que tu aimes, cede à tout ce que
tu déſires, ne l'imiteras-tu donc pas,
ne céderas tu pas à ton tour ? Tu ſais
ce que je puis ſur ton pere ; ne te flatte
pas que j'obtienne beaucoup de lui. Ma
premiere tentative a été infructueuſe ; &
s'il a donné ſa parole au Comte de Lo-

drona, je ne te vois de reſſource que celle
d'obéir... Je vais voir s'il eſt de retour.
Laure ! Laure !

(*Tandis qu'elle appelle Laure, Julie*
reſte immobile, les yeux baiſſés &
les bras pendans)

LAURE (*accourant de la chambre de*
Julie)

Qu'y a-t-il pour votre ſervice, Madame ?

Mad. CAPELLET.

Reſte avec Julie : tâche de lui inſpirer
du courage ; car il n'y a gueres d'apparence que ſa demande lui ſoit accordée.
Je vais faire dire à ſon Médecin de la
venir voir.

(*Elle ſort*)

SCENE VI.

JULIE, LAURE.

LAURE (*à Julie qui paroît toujours
enfevelie dans la plus profonde
douleur*)

Sortez donc, Mademoifelle, de cet
état d'accablement. Revenez à vous.
(*Julie regarde avec effroi autour d'elle*)
Nous fommes feules...

JULIE (*fe jettant au cou de Laure en
fanglottant*)

As-tu entendu, Laure, as-tu entendu ?
Cache-moi dans ton fein, cache-moi de
moi-même, cache-moi de l'univers entier... Ah ! l'as-tu entendu ?

LAURE.

Hélas, oui, j'ai tout entendu, & je
vous plains de tout mon cœur !

JULIE.

Si tu me plains, tu m'aideras aufli.
Sauve - moi des careffes d'une tendre

K vj

mere, des menaces d'un pere irrité, de l'amour odieux du Comte... Il veut être mon affaſſin & celui de Romeo, & on exige que je l'aime ! Romeo, cruel Romeo ! pourquoi m-as-tu laiſſée ici ? *Les oiſeaux ont des trous dans les rochers où ils ſe cachent des animaux de proie ;* mais la malheureuſe Julie n'a d'aſyle que le tombeau. Ah, puiſſe-t-il s'ouvrir & m'engloutir !..

LAURE.

Calmez-vous, je vous en conjure.

JULIE.

Quelle horreur !.. Il faut que tu ne l'aies pas entendu... Aujourd'hui, aujourd'hui même... Encore un pas, & me voilà dans l'abîme... Ah, Laure, ſecourez-moi, ou je ſuis perdue !

LAURE.

Eh, quels ſecours puis-je vous donner ?

JULIE.

Vole vers Romeo, dis-lui... Mais, que pourrois-tu lui dire ?.. Que peut-il

pour la meuheureuſe Julie ?.. Dis-lui
que je ſuis au déſeſpoir, que je meurs...
Mais où m'égaré-je ? Il accoureroit à mes
cris, il tomberoit entre les mains de ſes
cruels ennemis dont rien ne peut fléchir
la haine... Les barbares l'immoleroient
ſur le tombeau de Thébaldo... Non,
non, demeure, Laure, demeure ; mais
aide-moi, ſauve-moi.

LAURE.

Que puis-je faire pour vous ? & je le
ferai aux riſques de ma vie.

JULIE.

Ainſi, tu ne fais rien, tu n'imagines
rien, tu veux que je te diſe ce que tu
peux faire ?.. Hélas, je l'ignore ; mais
ſauve-moi, ou c'eſt fait de moi.

LAURE.

Madame votre mere va demander du
délai, peut-être...

JULIE.

Peut-être !.. Quel mot terrible dans
une ſituation comme la mienne, *entre*
l'écueil & les orages... Peut-être le navire

pouſſé par la main impétueuſe d'un pere
en courroux ne ſe briſera-t-il pas... peut-
être cette main ne m'écraſera-t-elle pas...
Ah, Laure, Laure, ſauve ta Julie !

L A U R E.

Eſpérez en la bonté du Ciel ; s'il veut
vous ſauver, il vous en montrera les
moyens.

J U L I E.

Le ciel qui ſe couvre de ténebres ?
le ciel qui s'arme de la foudre ?.. qui
la fait gronder ſur ma tête ?.. ſur ma
tête que la main d'une mere ne couvre
plus, que l'amour ne couvre plus de ſes
aîles ?.. Entre les bras de ma mere, entre
ceux de mon cher Romeo, que la mort
me paroîtroit douce ! combien je la bé-
nirois !..

L A U R E.

Infortunée Julie, que je vous plains !..
Mais, pour votre propre intérét, ſongez
au moins à vous calmer. Plus vous vous
appeſantirez ſur l'horreur de votre ſituation, & moins vous ſerez en état d'y trouver

des remedes... Si votre cœur étoit moins
agité, votre efprit moins inquiet...

JULIE.

Infenfée que tu es ! *que ne me pro-*
pofes tu de m'affeoir fur un brafier fans
me brûler, de marcher fur les flots fans
aller au fond de l'eau, de me précipiter
dans un gouffre, & de m'arrêter dans
ma chûte ?.. Ah, Laure, quelle confolation tu me donnes !

LAURE.

Où voulez-vous que j'en prenne ?
Où ?

JULIE.

Fort bien ! tu ne fais où ? Laiffe-moi
donc mourir.

LAURE.

Pour le falut de votre ame... pour
votre cher Romeo...

JULIE.

Arrête, Laure, arrête ! ne me parle
pas de Romeo. Quand tu me parles de
Romeo, c'eft de tout ce qu'il y a de

plus beau, de plus excellent, de tout ce que j'ai de plus cher au monde... Ecoute, Laure... fi tu confentois à me donner tes habits ; fi, fous ce déguifement, je pouvois fortir de mon appartement fans être connue... je defcendrois l'efcalier, j'irois toujours jufqu'à la barriere ; comme une autre Atalante(1) ; je marcherois fur la pointe des herbes, je volerois, je volerois joindre mon Romeo , & je fuirois avec lui par-deffus les montagnes & les mers... Donne , Laure , donne...

L A U R E.

Ce que vous me propofez eft impof-fible. Pouvez-vous faire un pas hors de la maifon de votre pere fans être vue &

---

(1) Il paroît que ce font des morceaux du caractere de celui-ci qui ont bleffé les perfonnes de goût d'Allemagne ; il ne faut pas croire qu'il ait fait peu de progrès dans ce pays , parce qu'un homme de beaucoup d'efprit, comme M. Weifs, en a manqué quelquefois. Quand il eft fimple & qu'il eft vrai, il dédommage bien des écarts où l'entraîne le faux bel efprit.

reconnue? Tout chez les grands est oreilles & yeux. Ou vous rencontrerez votre
pere avec le Comte sur l'escalier...

JULIE.

Cruelle Laure! Mon pere? le Comte?
Que dis-tu? Tu me fais frémir... C'en est
trop...c'en est trop...Mon ame succombe...
Ah, Laure!...Je me meurs... Fais de moi
ce que tu voudras. (*elle s'appuie sans
force sur Laure*)

LAURE.

Venez, Mademoiselle, je vous conduirai sur votre lit. Hélas, peut-être au-
rez-vous encore aujourd'hui de nouveaux
orages à essuyer. Le sommeil rétablira
peut-être vos forces, peut-être Madame
votre mere obtiendra-t-elle quelque délai, ou le Ciel compatissant nous offrira
quelque moyen...

JULIE.
En vain, en vain, ma chere Laure...
LAURE.
Venez au moins, laissez-vous con-

duire... Si vous voyiez dans quel état vous êtes... Si nous étions furprifes ici...

J U L I E.

Eh bien, conduis - moi donc, je te fuis... Il le faut.. il le faut.

(*Elles entrent dans l'appartement de Julie*)

Fin du fecond Ad.

ACTE III.

SCENE PREMIERE.

M. & Mad. CAPELLET.

M. CAPELLET.

DISPENSEZ-MOI, Madame, d'écouter
des prieres qui font des perfécutions...
Il m'eft défagréable de vous répéter cent
fois la même chofe... Non, Madame,
non : pas un jour, pas une heure de délai ! C'eft une affaire faite, & j'ai donné
ma parole au Comte. Dès que la grande
chaleur commencera à paffer, nous par-
tirons. Mes gens ont déjà reçu mes ordres ; &, fi vous avez des préparatifs à
faire, je vous confeille d'y pourvoir auffi...

Mad. CAPELLET.

Vous conviendrez cependant, Monfieur , qu'il eft bien dur de refufer une chofe d'auffi peu de conféquence, à un enfant qui toute fa vie n'a fu qu'obéir. Un miférable délai de quelques jours...

M. CAPELLET.

Il eft encore plus dur de voir une mere raifonnable applaudir à l'obftination d'un enfant rebelle, lorfqu'il s'agit de fon propre bonheur...

Mad. CAPELLET.

Mais elle le regarde comme le plus terrible des malheurs. Elle pleure, elle fe défole , elle eft au défefpoir...

M. CAPELLET.

Le Comte de Lodroña la confolera. Pourquoi pleure-t-elle ? Parce qu'elle eft folle. Nous n'avons qu'à la flatter, & cela ira bientôt jufqu'au délire. Quelles difficultés y trouve-t-elle donc ? Quelles objeftions a-t-elle à faire ?

Mad. CAPELLET.

Et ne favez-vous pas, Monfieur, que notre cœur ne fe laiffe pas toujours conduire par la raifon ?

M. CAPELLET.

Eh bien, Madame, quand il ne veut
as fuivre la raifon, il faut l'enchaîner
par le devoir. Laiffez-m'en le foin. Nous
en viendrons à bout, je vous en réponds...
J'avois deviné d'avance les propofitions
que vous aviez à me faire.

Mad. CAPELLET.

Prenez garde de lui brifer le cœur au
lieu de le dompter. Croyez-moi, Julie
eft malade, très-malade : que fa maladie
foit dans fon ame ou dans fon corps...

M. CAPELLET.

Allez, Madame, allez ; je fais comme
on traite les maladies des enfans qui fe
mutinent contre les ordres de leurs pere
& mere...

Mad. CAPELLET.

Avez-vous déjà oublié le chagrin auquel Julie s'eft livrée depuis la mort de
Thébaldo ?.. Il n'y avoit alors aucun
ordre contre lequel elle pût fe mutiner...

M. CAPELLET.

C'étoit le même ridicule, le même

égarement. Je m'y fuis moins oppofé, parce qu'il avoit un motif plus raifonnable... Je ne m'attendois pas que vous donneriez pour des nuées, la pouflicre que vous faites lever avec vos pieds.

Mad. CAPELLET.

Mon Dieu ! voyons donc fi ce font des nuées de poufliere... Vous favez que la demande du Comte de Lodrona m'a fait le plus grand plaifir. Mais deux jours de plus ou de moins dans une affaire de cette importance, ne font pas un objet...

M. CAPELLET.

Non pas pour vous peut-être, mais pour moi. Je me fuis mis dans la tête d'aller aujourd'hui à Villa-Franca : je l'ai promis au Comte, je ne vois aucune bonne raifon pour m'en dédire ; je le veux, & j'exige qu'on m'obéifle.

Mad. CAPELLET.

Mais n'eft ce pas !à une rigueur extrême, & ne pourroit-on pas dire de la cruauté ? Un enfant chéri, un enfant unique, un enfant malade supplie pour obtenir un délai de quelques jours dans une occasion qui doit décider du bonheur ou du malheur de toute sa vie ; une épouse, une mere unit ses cris aux gémissemens de sa fille : le tout en vain ! On ferme le cœur & les oreilles ; on veut parce qu'on veut, & la chose doit être parce qu'on veut qu'elle soit.

M. CAPELLET.

Et n'est-ce pas aussi une obstination extrême de la part de la mere & de la fille de ne pas vouloir une chose parce que le pere la veut ? Enfin il faut que cela soit. Ne compromettez pas davantage mon autorité, je vous en prie : je verrai bien moi-même si Julie ne veut pas. Elle n'a pas besoin de médiateur auprès de moi, & je n'ai pas besoin d'interprête auprès d'elle. Allez, Madame, le Comte vous attend... Si vous avez de la prudence, vous ne lui laisserez rien entrevoir de l'aversion de Julie, ou bien...

Mad. Capellet.

Courage, Monſieur ! enfoncez le poignard dans le ſein de votre fille. Je ſuis innocente ; j'ai fait ce que j'ai pu ; je n'ai rien à me reprocher , ſi ce n'eſt de vous avoir laiſſé uſurper un empire tyrannique dès le commencement. Mais , pour peu qu'il vous reſte d'équité, vous vous ſouviendrez que Julie eſt ma fille auſſi bien que la vôtre,

(*Elle ſort*)

M. Capellet.

Nous verrons... Oui, je ſuis curieux de voir ſi je ne ſuis qu'une ombre dans ma maiſon , ſi je n'ai plus que le nom de pere... (*Il avance vers la chambre de Julie & crie*)

SCENE II.

SCENE II.

M. CAPELLET, LAURE, JULIE.

M. CAPELLET.

JULIE ! Julie ! ici, à moi !

LAURE (*entr'ouvrant la porte*)

Mademoiselle repofe, Monfieur...

M. CAPELLET.

Voulez-vous que j'aille l'éveiller ? Elle repofera une autre fois : il faut que je lui parle dans ce moment...

LAURE.

Permettez-lui, Monfieur...

M. CAPELLET.

Vous 'tes bien hardie... (*Elle fe retire effrayée*)

(*Julie vient appuyée fur le bras de Laure*)

CAPELLET (*la regardant avec un fourire moqueur*)

Ah ! tu peux t'épargner ce petit artifice

pour exciter la pitié... Sortez, Laure...

(*Julie accablée s'appuie sur un fauteuil*)

Eh bien, eſt-ce que je ne mérite pas que tu me regardes ?

J U L I E.

Pardon, Monſieur, une légere indiſpoſition...

M. C A P E L L E T.

Voilà au moins un motif de conſolation, puiſqu'elle n'eſt que légere. Je devine d'où vient cette indiſpoſition. On eſt malade d'entêtement : mais j'ai des remedes contre ces maladies-là...

J U L I E.

Ah, mon pere, ayez pitié !.. aucun entêtement...

M. C A P E L L E T.

Tant mieux ! le remede n'en opérera que plus promptement. Ta mere t'a déjà inſtruite ſans doute...

J U L I E.

Elle n'aura pas manqué non plus de vous faire part de ma douleur. Je me jette

à vos pieds... (*elle veut se mettre à ge-*
noux, *il l'en empêche*)

M. CAPELLET.

Arrête ! toutes ces petites rufes peuvent bien en impofer à ta mere , mais
pas à moi... Je demande de l'obéiffance,
& je la demande fans réplique.... Tu
ferreras les doigts , & tu te mordras les
levres tant que tu voudras pour faire
venir les larmes : je t'ordonne de te tenir
prête à partir aujourd'hui avec moi pour
Villa - Franca , & à donner ta main au
Comte de Lodrona...

J ULIE.

Je vous en conjure par votre ancienne
tendreffe , par la félicité temporelle &
éternelle de votre fille, pour l'amour de
Dieu , ayez pitié de moi...

• M. CAPELLET.

Je ne t'écoute pas... Cependant parle.
Qu'as-tu à m'objecter ? D'où peut naître
ta réfiftance ?

J ULIE.

La mort de mon malheureux coufin a

fait fur mon cœur une impreſſion ſi profonde...

M. C A P E L L E T.

Quelle pitié ! N'ai-je pas un cœur
comme toi ? Ne m'étoit-il pas auſſi proche
qu'à toi ?

J U L I E.

Mon inclination... une averſion invincible pour la...

M. C A P E L L E T.

N'acheve pas. Une averſion invincible ?
Nous verrons ſi elle ne peut pas être
vaincue.

J U L I E.

Vous le pouvez : la mort ne vous re-
fuſera pas ſon ſecours.

M. C A P E L L E T.

Allons, étale bien de l'héroïſme !..
Ce ſexe larmoyant, & ami des chîmeres,
s'imagine, quand il nous a mis ſous les
yeux l'image de la mort, que l'homme
doit en être ébranlé, & que la raiſon doit
ſe taire... Sois tranquille ; la mort que
je te prépare eſt très-douce...

JULIE.

O l'inflexible cruauté!

M. CAPELLET.

Oui, inflexible...

JULIE.

Quelques jours de délai seulement,
mon pere! pour que je puisse rappeller
dans mon ame le calme...

M. CAPELLET.

Je ne t'accorderai seulement pas des
minutes.... Quant au calme dont tu as
besoin, je m'en charge... Mais sais-tu
que je croirois bientôt qu'un autre s'est
niché dans ton cœur? car de quelle autre
raison peut venir cette mutinerie ? Mais
je te jure, oui, je te jure que si je m'en
apperçois, je l'en arracherai, dussé-je
voir couler jusqu'à la derniere goutte de
ton sang!

JULIE.

Quelle horreur!... O mon pere!...
pour vous mettre hors de toute inquiétude, & prévenir ce soupçon, laissez-moi
prendre le voile... Un couvent...

M. CAPELLET.

Voici donc encore un nouvel artifice de ton fexe !... En effet on ne devroit rien avoir de plus preffé que d'enterrer dans un cloître, une fille unique, une riche héritiere qu'on peut marier à un Comte de Lodrona ! Que ne dis-tu plutôt que je te jette dans quelque ifle déferte.

JULIE.

Ah ! pere cruel !.. (*effrayée*) Pardonnez au tranfport d'une douleur profonde... j'allois oublier...

M. CAPELLET.

Je t'en ferai fouvenir, & tu me trouveras plus cruel encore, fi ma bonté te paroît cruauté... N'en abufe pas, obéis... ou bien... tremble !

(*Il s'en va en menaçant*)

SCENE III.
JULIE, *seule.*

Va, pere inflexible, va ! la tyrannie n'adoucit pas les cœurs... Les larmes de ma mere étoient plus redoutables pour moi que tes fureurs... Je fens que mon cœur fe fouleve au lieu de fléchir ; & fi tu me traînes à l'autel, le poignard... Mais les chofes n'iront pas fi loin... Je fouillerois le fanctuaire... L'autel trembleroit... Il y a d'autres moyens pour fortir de la vie... O Romeo, Romeo, fi tu connoiffois la moitié de mes douleurs !.. Mais non, puiffes-tu ne les connoître jamais.... Seule... oui, feule je defcendrai dans le tombeau... je t'y attendrai... Là fleurira autour de nos têtes un myrthe éternel qu'aucun pere cruel n'ofera déchirer...

(*Laure vient tout doucement de la chambre de Julie, après avoir regardé par-tout s'il y a encore quelqu'un. Julie l'apperçoit*)

L iv

SCENE IV.

JULIE, LAURE.

JULIE.

Il est parti, Laure ! il est parti ! tout est inutile ! mais le désespoir me donne du courage & des forces...

LAURE.

Que je vous plains !

JULIE.

Tu me plains ? Il faut bien que tu me plaignes, puisque tu as vu Romeo... J'aurai du moins la consolation que quelqu'un versera des larmes sur ma tombe, tandis que les miens cachant leur joie barbare sous des habits de deuil, marcheront froidement sur ma cendre.... ou, si quelquefois ils daignent tourner les yeux vers l'endroit de ma sépulture, ils diront en la montrant du doigt : Là gît la fille obstinée qui dédaigna l'amour...

O amour, tu fais fi je t'ai dédaigné, puifque c'eft pour toi que je meurs !

L á u r e.

De grâce, ne tenez pas ce langage terrible ; vous m'effrayez !

J u l i e.

As-tu peur d'un corps mort ? Va, ne
crains rien. Il ne faignera pas quand tu
le toucheras ; mais il faignera à la vue...
Je ne veux rien dire... Tu verras, Laure,
tu verras ! J'aurai dans le cercueil bien
plus l'air d'une rofe que dans le lit nuptial... Là, on n'aura plus le droit de
m'en impofer, de me faire trembler...

L a u r e.

Penfez...

J u l i e.

Quoi ; quoi ! ai-je un autre choix à
faire que de me jetter dans les bras du
Comte de Lodrona... ou dans le tombeau ?.. Ce dernier afyle eft moins glaçant que le premier. Celui-ci eft glaçant
en-dehors & en-dedans... mais ici tout
eft ardent en moi... L'amour pour mon

Romeo... O la mort même s'y pourroit étouffer, tant ce cœur brûle...(1)

L A U R E.

Le défespoir eft un mauvais guide.
Attendez, peut-être le deftin, par une
délivrance inopinée...

J U L I E.

Inopinée ?.. Voilà le pendant de ton
peut - être !.. Lequel des deux fervira
l'autre ? L'un & l'autre fervent certainement le malheur ! L'un & l'autre noirs,
informes... Ah, la rofe eft tombée &
les épines font reftées !.. L'efpérance eft
chauve à force de vieillir ; montre-moi
un feul cheveu par où tu puiffes la faifir... (2)

———————————

(1) Si c'eft parce que nous n'avons pas des
beautés de ce genre que les Allemands nous
accufent de manquer de goût, & de ne pas
fentir la nature, tâchons de nous en confolcr·
Laiffons-les allumer du feu pour chauffer la
mort, & allumons-en pour chauffer les vivans.

(2) Ce morceau nous a paru fi précieux, que
nous avons fait tous nos efforts pour le rendre tel

LAURE.

Mais on n'exige pas que vous époufiez précifément aujourd'hui le Comte de Lodrona. On veut feulement que vous vous trouviez à Villa - Franca avec lui. Dans deux ou trois jours il peut arriver bien des chofes...

JULIE.

Quoi ! dis vîte, que peut-il arriver ?.. Tu te tais ! je vais donc te le dire moi-même. Tu crois que nous allons à la maifon de mon pere ? Point du tout. Le

---

qu'il eft dans l'original. Nous efpérons que l'Auteur ne fe plaindra pas que nous n'avons pas fait paffer dans la traduction tout l'efprit renfermé dans ce texte. Nous ne connoiffons ni ne fentons affez fortement la nature pour imaginer de chauffer la mort même au bráfier du cœur d'une amante malheureufe, qui défefpere de fa fituation parce qu'elle ne voit plus, fur la tête pelée de l'efpérance, un cheveu par lequel elle puiffe la faifir. Ces grands coups de pinceau font bien au-deffus de nos forces. Les Allemands le difent, & nous en convenons.

(*Ces deux Remarques font d'un François*).

Comte aide la tremblante Julie à monter dans la voiture. La mort eſt déjà peinte ſur ſon viſage... La voilà aſſiſe, la tête panchée comme un lys dont on a rompu la tige... Nos chevaux *Napolitains* l'emportent au grand galop. Ils me menent... Ah ! ſais-tu où ?... J'entends déjà le bruit de la grande porte de l'égliſe qui s'ouvre : la triſte cloche ſonne... Entre, lui dit-on, entre... Déjà le Prêtre terrible prononce la formule de la bénédiction. O ſaintes Images, verſez des larmes de ſang, ſi vous pouvez encore pleurer ; ſauvez la malheureuſe Julie... (*on entend quelqu'un*) Ah ! qui vient ? Cache-moi, Laure ! Cache-moi, ma chere Laure ! (*elle ſe couche contre ſon ſein*)

L A U R E.

Soyez tranquille. C'eſt Benvoglio, votre Médecin.

J U L I E.

Tu me trompes ! (*elle l'apperçoit*) Eſt-il poſſible ! eſt-ce bien vous, Benvoglio ? Je n'ai encore vu que vous avec plaifir depuis le lever du Soleil. Si les anges fe montroient fous une figure humaine, je croirois que vous en êtes un! tu me dirois au moins, mon cher Benvoglio, quelque chofe de mon Romeo...

SCENE V.
JULIE, BENVOGLIO, LAURE.

JULIE.

IL héfite ! il nous regarde l'une après l'autre. Laure, il ne fait pas que tu es dans ma confidence, que tu es mon amie, que tu me fecourrois fi tu pouvois... Va te placer à la porte afin que perfonne n'entre ou ne nous écoute... Ah, Benvoglio! (*elle joint les mains & pleure*)

BENVOGLIO.

Je ferois effrayé à votre vue, Mademoifelle, fi ce que je fais de cette nuit,

& ce que j'ai appris de vos pere & mere,
ne m'avoit pas prévenu sur votre état.

JULIE.

Mes pere & mere !.. Oh, qu'il est dur
dans de certaines circonstances d'avoir
un pere ! Qu'il me seroit terrible de le
voir encore une fois !... J'ai bien des
choses à vous dire, bien des choses...
Mais, avant de savoir par où commen-
cer, il sera peut-être de retour, lui, ou
un autre plus terrible encore que lui.
Le connoissez-vous ?

BENVOGLIO.

Tranquillisez-vous, Julie, nous sommes seuls...

JULIE.

Oui : mais autrefois il y avoit un tiers
avec nous... Oh, pour celui-là, vous
le connoissez !.. J'aimois encore mieux
être seule avec lui... Je souhaitois souvent que Benvoglio s'éloignât... Et maintenant Benvoglio est le seul avec qui je
puisse souhaiter d'être... Etes-vous bien
sûr que personne ne viendra ici ?

BENVOGLIO.

Très-sûr : vos pere & mere m'ont chargé de vous parler en faveur de quelqu'un que vous trouvez si terrible, de vous ramener doucement à votre devoir. Je l'ai promis...

JULIE.

Vous l'avez promis ? Comment, vous l'avez promis ?

BENVOGLIO.

Je l'ai promis, ma chere Julie, pour me procurer le bonheur de vous voir sans témoins, de vous parler de son départ, de...

JULIE.

Ah, voilà enfin un rayon de joie qui pénetre dans mon cœur ! De Romeo !.. Pardonnez, mon ami, à la malheureuse Julie...... Mais pardonner, n'est pas assez ; il faut me sauver. Cependant... dites-moi d'abord quelque chose de Romeo... cela rendra ceci (*elle met la main sur sa poitrine*) plus calme... oui, plus calme...

BENVOGLIO.

Il s'eſt échappé heurcuſement. La garde
l'a cherché inutilement par-tout ce matin...

JULIE.

Il s'eſt échappé ? Cela eſt heureux en
effet. Mais... ſi Julie étoit avec lui, ſi
elle s'étoit échappée auſſi, cela feroit encore bien mieux !.. Ne devrois-je pas
être où il eſt? O Benvoglio ! la femme ne
doit-elle pas abandonner pere & mere
pour ſuivre ſon mari ? Benvoglio, vous
ſavez tout, vous ſavez que ſous vos yeux...
ſans tenir la place de pere... vous ſavez
ce que je lui ai promis... Le Pere Lau-
rent joignoit nos mains , & nos levres
balbutioient un oui que nos cœurs avoient
prononcé depuis long-temps. Les anges
marioient leurs voix aux accords de leurs
harpes, & le Ciel nous ſourioit... Moment heureux !.. Que maintenant tout
eſt triſte & lugubre autour de moi !..
Savez-vous cela ?

BENVOGLIO.

Je fais tout, belle Julie ; je fais que vous devez aller aujourd'hui à Villa-Franca avec vos parens, & qu'on veut vous marier au Comte de Lodrona.

JULIE.

Cela eft affreux ! horrible !.. Et que dit Benvoglio ?

BENVOGLIO.

Je vous avoue ma confternation.

JULIE.

Quoi ? Quoi ?.. Ah ! fi le Médecin tremble, que doit efpérer le malade ?

BENVOGLIO.

J'ai déjà conjuré votre pere de vous accorder un délai. Je lui ai repré-fenté que cela étoit abfolument néceffaire relativement à votre fanté. Mais en vain! Il a fallu que je feigniffe être dans l'in-tention de vous perfuader. Il étoit déjà fi irrité, qu'il parloit d'envoyer chercher un autre Médecin. Il m'accufoit d'être gagné par votre mere, &...

JULIE.

Dites-moi, Benvoglio, tous les peres
font-ils auſſi...auſſi... Comment dirai-je?
Et méritent-ils qu'on leur donne le nom
de peres ? Non, déſormais je ne l'appellerai que Capellet : qu'on aille demander
aux Montecchio ce que c'eſt que les Capellets... O Benvoglio! *que ne me changez-
vous en une larme d'amour qu'attireroit le
rayon du Soleil ? Vous ſavez qui eſt mon
Soleil. Eh bien !*

BENVOGLIO.

Il n'eſt pas poſſible de fuir... non...
Mais... ſi vous prenez le parti d'aller à
Villa...

JULIE.

Otez-vous de mes yeux, indigne ami !..
Aller, dites-vous?.. Ah, plutôt mourir !..

BENVOGLIO.

Je ne ſais pas, ma chere Julie...

JULIE.

Vous ne ſavez pas ! que ſavez-vous
donc ? Ignorez-vous auſſi que j'ai un

œur à qui ces craintes , ces tourmens
pefent trop ? Ignorez-vous aufli que je
trouverai un moyen de m'en délivrer ?..
Allez... vous favez moins que moi...
(*en tirant brufquement un poignard*)

BENVOGLIO.

Qu'allez-vous faire ? (*il s'empare du
poignard*)

JULIE.

Lâche ! cruel Benvoglio !...

BENVOGLIO.

Quoi, Julie ! vous auriez le courage
de mourir ?

JULIE.

Si je ne peux plus vivre pour Romeo...
faut-il du courage pour mourir ?

BENVOGLIO.

Mais que diroit le malheureux Romeo ?

JULIE.

Que ne demandez-vous plutôt ce qu'il
diroit fi je me donnois à un autre ? Ne
me verroit-il pas avec plus de fatisfaction
dans le tombeau qu'entre les bras du...

Vous favez qui je veux dire ; c'eſt horreur de prononcer ſon nom... Non, Romeo, je te le jure par l'amour que je te dois , par le Dieu...

B E N V O G L I O,

Julie ! non, vous ne mourrez pas : une ſi tendre amante doit encore jouir long-temps du prix de ſa conſtance dans le ſein de ſon cher Romeo. Elle doit vivre.

J U L I E.

Que me dites-vous ? Cela n'eſt pas poſ-ſible ! Se peut-il que *la nuit ſoit le jour, que le flambeau ne brûle pas , ou que l'eau n'éteigne pas le feu ?* Je pourrois me dé-rober à la violence du furieux Capel-let... aux embraſſemens du Comte que je déteſte ? revoir mon Romeo ?.. Ah, ſi vous pouvez opérer ces miracles , je vous reverrois comme un Dieu bienfai-ſant...

B E N V O G L I O.

J'ai encore une queſtion importante à vous faire. Vous dites, Julie , que vous 'ſaurez mourir ; mais auriez-vous le courage

de vous conferver la vie en vous laiffant
enfermer pendant quelques heures dans
un lieu rempli d'offemens , de fquelettes
pourris , où on vient de dépofer le cadavre d'un homme mort depuis peu ,
en un mot dans le caveau de vos an-
cêtres? Une fille de votre âge & de votre
rang feroit-elle capable d'une pareille réfolution ?

JULIE.

Cela eft affreux !.. Mais l'amour eft
plus fort que l'horreur de la mort. Oui...
Julie eft capable de tout... Pour retrou-
ver Romeo , elle paſſeroit par les enfers...

BENVOGLIO.

Allons !.. Mais vous me promettez
un fecret éternel ?

JULIE,

La mort même ne me l'arrachera pas.

BENVOGLIO.

Je vais vous donner une potion...

JULIE,

Et puis ?

BENVOGLIO.

Qui vous plongera dans un sommeil semblable à la mort même. Vous resterez pâle
& glacée, sans respiration, sans mouvement. Le sang se traînera dans vos veines
avec tant de lenteur, qu'on ne s'apper-
cevra pas de sa marche, & qu'on ne vous
trouvera point de pouls.

JULIE.

Et quand je sortirai de cet assoupissement, serai-je alors plus heureuse ?

BENVOGLIO.

Les mesures que je compte prendre
me le font espérer.

JULIE.

Où est cette drogue ?

BENVOGLIO.

Je l'ai ici… En apprenant par votre
mere le sacrifice qu'on exigeoit de vous,
j'ai prévu votre désespoir, & j'ai été chercher vîte ce qu'il falloit pour mon dessein.

JULIE.

Donnéz ! Je brûle d'impatience de
l'avaler. Donnez vîte…

BENVOGLIO.

Il faut auparavant que nous concertions nos mesures. Midi va sonner ; vous serez pendant environ douze heures dans cet état de mort...

JULIE.

Ah, mon Dieu ! Mais que deviendrai-je en m'éveillant ?

BENVOGLIO.

Dès que vous aurez pris la potion, vous vous coucherez ; car dix ou douze minutes après, vous commencerez à vous assoupir, & au bout d'une heure au plus, vous serez dans une profonde létargie...

JULIE.

Et alors...

BENVOGLIO.

On vous croira morte. Les chaleurs excessives où nous sommes ne permettent pas de garder un mort dans une maison au-delà de douze heures. On vous transportera sur le soir dans le tombeau des Capellets au cimetiere Saint-François, & dans quelques jours on fera folemnellement vos funérailles...

JULIE.

Tout cela eft affreux !.. Mais fi cela n'arrivoit pas ?

BENVOGLIO.

Ne vous inquiétez pas, Mademoifelle; ce feroit un exemple inoui dans cette faifon. Outre cela, j'ai affez d'afcendant fur l'efprit de vos parens pour les amener au but que je me propofe. D'ailleurs, fi je n'y parvenois pas, un évanouiffement de cette forte obligeroit certainement votre pere de différer au moins votre mariage...

JULIE.

Cela fuffit ! cela fuffit !.. Mais Romeo, Romeo ! fi tu apprenois ma mort, que deviendrois-tu ?

BENVOGLIO.

Romeo fera préfent à votre réveil. Il eft à peine à trois lieues de Vérone. Je vais fans perdre un moment envoyer un de mes domeftiques après lui, fur un

excellent

excellent cheval. Je l'inftruirai par un mot
d'écrit, & il fe tranfportera vers minuit
au cimetiere de Saint-François, á l'entrée de votre tombeau...

J U L I E.

Je dois donc le revoir?.. l'embraffer?..
Peu s'en faut que la joie ne me tue réel-
lement!.. O Benvoglio, enfermez-moi,
fi vous voulez, dans le même cercueil
avec Thébaldo; j'en fupporterai l'horreur & la puanteur pourvu que je voie
Romeo... Mais non... de grâce, ne me
laiffez pas long-temps dans cette demeure
effroyable...

B E N V O G L I O.

Soyez fans inquiétude. J'aurai foin de
m'y rendre avant votre réveil, de peur
que Romeo n'arrivant pas affez à temps...

J U L I E.

Cher Benvoglio! ô le meilleur des hommes! qu'il me tarde d'être dans ce féjour
de la mort!.. Mais comment vous en
procurerez-vous l'entrée?

BENVOGLIO.

On voudra vraifemblablement con‑
noître les caufes qui auront occafionné
votre trépas , on me chargera d'en faire
la recherche , on me confiera la clef...
Mais c'eft-là la moindre des difficultés...
Quand vous ferez fortie de votre affou‑
piffement , vous partirez avec Romeo.
Un carroffe vous attendra fous les murs
du cimetiere : une fois dans les bras
de Romeo, l'amour vous conduira où
vous jugerez à propos.

JULIE.

Ah , voilà le point intéreffant !....
O Romeo, Romeo, que n'y fuis-je déjà
entre tes bras !.. Benvoglio, cet événe‑
ment ne me promet que de la fatisfaction,
& je ne fais quoi m'empêche de m'y livrer
entièrement...

BENVOGLIO,

Je le comprends bien. La premiere
partie de ce projet n'offre rien que de
terrible & de finiftre. Mais que rien ne
vous allarme. Cette impreffion funefte

ne durera pas long-temps. Le feul inftant vraiment redoutable tient au lieu où vous vous trouverez à votre réveil : mais il y aura-là quelqu'un qui en adoucira l'horreur...

JULIE.

Il l'adoucira en effet. *Sa voix & fes regards rappelleroient les morts même à la vie. Il rendra à la nature flétrie toute fa fraîcheur & fon éclat.* Le tombeau fera pour moi un féjour préférable aux lambris dorés du palais des Capellets.

BENVOGLIO.

Je vais à préfent porter à vos parens l'agréable nouvelle que par mes follicitations je vous ai déterminée à accepter...

JULIE.

Au nom de Dieu, n'en faites rien ! l'odieux Comte ne manqueroit pas...

BENVOGLIO.

Soyez tranquille. Je dirai que vous avez abfolument befoin de repos ; que quelques heures de fommeil vous vau-

dront mieux que la nourriture qu'on
voudroit vous donner ; qu'il n'y a que
le fommeil qui puiffe réparer vos forces
& vous mettre en état de faire le voyage
de Villa-Franca... Pour mieux les tromper, je vous enverrai quelques remedes
que vous prendrez pour la forme. Enfin,
repofez-vous de tout fur moi... Voici
le flacon (*il lui remet une petite phiole*)
qui renferme le court trépas... Vous le
verferez dans un verre d'eau, &... Vous
tremblez ?

JULIE.

Benvoglio ! je ne fais fi c'eft de terreur
ou de joie. (*elle le regarde fixement pendant quelques momens*) Me tromperiez-
vous ?

BENVOGLIO.

Julie ! une pareille défiance !.. Avez-
vous oublié ce que j'ai rifqué en facilitant
vos intelligences avec Romeo ? Penfez-
vous qu'il m'en coûteroit la vie fi...

JULIE.

Pardon, mon ami, mon fauveur, mon

cher Benvoglio !.. Le malheur rend défiant... La tromperie n'eſt jamais entrée
dans mon ame : *elle eſt pure & ſans tâche
comme celle de l'homme en ſortant des
mains du Créateur...* Je ne l'aurois jamais connue ſans le cruel deſſein de mes
parens, ſans les chaînes odieuſes qu'ils
me préparent... Quel eſt le plus coupable, celui qui emploie l'artifice, ou
celui qui nous force à l'employer?.. Pauvre
mere ! toi ſeule me fais pitié !.. Je t'aurois pu fléchir !.. Avec quelle douleur
elle me pleurera !.. Ah, Benvoglio ! en-
tendrai-je ſes cris & ſes gémiſſemens,
lorſqu'étendue...

BENVOGLIO.

Pas plus que ſi vous étiez morte en
effet : vous jouirez d'un calme auſſi profond que ceux qui ſont dans la tombe.
Aucun ſonge...

JULIE.

Pas même de Romeo ?

BENVOGLIO.

Non. Mais bientôt à votre réveil,

vous jouirez entre les bras de Romeo de toute la félicité de l'amour & de la tendreſſe.

J U L I E.

O Romeo ! mon ame te déſire *comme l'herbe deſſéchée déſire la roſée du matin !*

B E N V O G L I O.

Que le Ciel veille ſur vous ! Bientôt je vous reverrai.... Dans douze heures au plus tard...

J U L I E.

Dans douze heures !.. Ah, Benvoglio, *ayez ſoin de compter les minutes & les ſecondes.*

B E N V O G L I O.

Je compterai les pulſations de l'artere, ma chere Julie !.. Je fais une réflexion. Attendez encore quelques momens avant d'avaler la potion. La nouvelle du ſuccès de ma commiſſion pourroit engager quelqu'un à venir ici... Que cette joie ſera de courte durée !.. De quels cris, de quels gémiſſemens va retentir cette

trifte maifon !.. Mais il le faut !.. Adieu,
Julie !

J u l i e.

Adieu !.. Dans douze heures, ne l'oubliez pas. Ce fera juftement à minuit !..
Envoyez-moi Laure avec un verre d'eau.

(Benvoglio fort)

S C E N E   V I.

J U L I E, *feule.*

A minuit !.. à minuit je reverrai
Romeo !.. puis-je l'efpérer ?.. Mon cœur
a peine à s'y préter... Tout eft en confufion dans mon cœur & dans ma tête...
L'efpérance, la crainte... Benvoglio, mon
pere, Romeo... Comment ceci finira-t-il?
O Romeo, Romeo !..

SCENE VII.

JULIE, LAURE.

LAURE (*avec un verre d'eau*)

VOILA ce que vous avez demandé.

JULIE.

Donne, j'ai bien foif ! (*elle en boit quelques gouttes*) Tiens, pofe-le fur cette table.

LAURE.

Eh bien, Mademoifelle, votre Méde-cin vous a-t-il procuré quelque foulage-ment ?

JULIE.

Du foulagement ? Tu fais où il y en a pour moi ! Benvoglio eft un homme ter-rible !

LAURE.

Comment cela ? Votre ami , votre confeil , votre confident !

JULIE.

Il veut que je fuive mon pere à Villa-

Franca. Il se fait fort, dit-il, de m'obtenir quelques jours de délai.

LAURE.

Ne l'avois-je pas dit ?

JULIE.

Il veut que je prenne l'air de la campagne, que je me promene souvent en carrosse avec toi ; il prétend que Romeo. déguisé me rencontrera un jour en chemin, qu'il m'enlevera, & qu'alors, dans un lieu de sûreté, nous entrerons en négociation avec mon pere... En crois-tu quelque chose, Laure ?

LAURE.

Rien n'est plus croyable..... Vous viendrez donc à Villa - Franca ? Je suis enchantée de votre résolution. Vous verrez que tout ira bien.

JULIE.

Pauvre créature, que tu es crédule ! Je pense toujours que je mourrai plutôt... Cependant on le veut, il le faut... Après tout, si on vient aux dernieres extrémités... au moins Romeo ne se plaindra pas de mon infidélité...

L A U R E.

Non, en vérité, pourvu qu'il vous soit aussi fidele...

J U L I E.

Ne dis pas cela, ma chere Laure; j'ai tant parlé, tant combattu, que je me suis épuisée... Laisse-moi... Va m'excuser de ce que je ne pourrai paroître à dîner... (*elle regarde Laure avec affection*) Adieu, ma bonne Laure !

L A U R E.

Voilà Madame votre mere qui vient.

J U L I E (*à part*)

O Ciel ! encore un combat... Va !

SCENE VIII.

Mad. CAPELLET, JULIE.

Mad. CAPELLET.

QUE je t'embraſſe, ma chere Julie!.. Je devrois cependant te gronder un peu d'avoir eu plus de condeſcendance pour ton Médecin que pour ton pere & pour .moi... Point de reproches; il ſuffit que tu viennes avec nous, voilà ce que je voulois. Tu es un enfant docile & char- mant !

JULIE.

Ah, beaucoup moins que vous ne croyez, ma chere maman !

Mad. CAPELLET.

Je compte que ce que Benvoglio nous a dit, eſt vrai ?

JULIE.

Oui ! Mais... j'obéis... avec répu- gnance. N'eſt-ce pas comme ſi je déſo- béiſſois?

M vj

Mad. C A P E L L E T.

Plus une chose nous coûte à faire, & plus nous avons de mérite en la faisant.

J U L I E,

Je n'obéirois pas, si je.... pouvois faire autrement... O ma mere, s'il en est temps encore, épargnez-vous...

Mad. C A P E L L E T.

Tu connois la volonté de ton pere : n'empoisonne pas la satisfaction que vient de nous donner Benvoglio. Ton pere, le Comte, & tous, nous serions venus à l'instant pour te bénir & te remercier, si Benvoglio ne nous en eût empêché. Moi seule je n'ai pû me refuser à la joie...

J U L I E,

Vous me tuez par tant de bonté! Je ne la mérite pas... Souvent sous les plus belles fleurs, un serpent... Je suis très-foible...

Mad. C A P E L L E T.

Ne me parle pas ainsi, ma fille, tu me fais un mal...

JULIE.

Je voudrois bien ne pas vous en faire...
mais comment pourrois-je... Voudriez-
vous que je vous diſſe de vous livrer à
la joie, dans le temps que je me verrois
forcée à augmenter vos chagrins ?..

Mad. CAPELLET.

C'eſt ce que ma Julie ne fera pas !

JULIE.

Défiez - vous de votre Julie !.. Son
cœur eſt aigri, ulcéré... *Lorſque la nielle*
a frappé la fleur, le plus beau ſoleil lui
devient inutile : elle tombe, & il faut qu'elle
tombe...

Mad. CAPELLET.

C'eſt ton imagination, ma chere Julie,
qui eſt déſagréablement affeĉtée ; mais
ton cœur eſt toujours le même , doux ,
ſenſible , complaiſant...

JULIE (*en ſanglottant*)

Ah, prenez plutôt le ton de mon pere...
traitez-moi, comme lui, de fille ingrate,
rebelle & perfide !.. Votre tendreſſe...

Mad. CAPELLET.

Eh, comment le pourrois-je, puifque j'excufe moi-même ton averfion pour le Comte ! Je ne fais que trop que le cœur n'écoute pas volontiers la raifon. L'accord des goûts & des penchans n'eft pas le fruit du raifonnement. *L'aimant attire le fer , & n'attire pas les autres métaux, quoique plus précieux.* Je fais tout cela. Et fi la chofe dépendoit de moi , je me garderois bien de t'impofer un joug...

JULIE (*fe jettant à fes pieds*)

'Ah , ma divine , mon incomparable mere, vous me brifez le cœur ! *il fe dif-fout par la douleur !*.. Ceffez... votre bonté.... Ceffez de répan..dre fur moi votre tendreffe... ou bien...

Mad. CAPELLET.

Leve-toi , ma chere Julie ! Je ferai encore tous mes efforts, quand nous ferons à la campagne , pour obtenir quelque délai. Je tâcherai même d'intéreffer la générofité du Comte & d'exciter fa compaffion pour l'état de ta fanté...

Julie.

C'eſt trop de bonté , de généroſité !
Donnez plutôt la mort à votre fille ingrate & rebelle... Craignez de vous repentir un jour d'une pitié...

Mad. Capellet.

Ne me dis pas des choſes ſi cruelles!..
Enfin , Julie , ſi malheureuſement mes
tentatives étoient infructueuſes; ſi je ne
parvenois pas à écarter un joug qui te
paroît ſi affreux; ſi le Comte , inſenſible
à mes repréſentations , ne cherchoit pas
à ſe rendre digne , je ne dis pas de ton
amour , mais au moins de ton eſtime ,
par l'honnêteté de ſa conduite , je parta-
gerai tes chagrins comme tu as partagé
les miens. Je pleurerai avec toi , mon
enfant. O ma Julie , c'eſt une grande
conſolation de pouvoir répandre ſes douleurs ſecretes dans le ſein d'une tendre
mere !

Julie.

Je n'en puis plus !.. Ma mere..,; ah ,

ma mere !.. fuyez-moi... je... je pourrois... Ah ! (*en fanglottant*)

Mad. CAPELLET.

Calme-toi, mon enfant. Benvoglio nous
a prévenus que tu ne viendrois pas dîner.
Va te coucher , & tâche de repofer un
peu... Que le Ciel rétabliffe tes forces !..
Je vais t'envoyer Laure , pour...

JULIE.

Non, non, ma mere, ne me l'envoyez
pas... elle aime tant à parler... elle eft
fi empreffée à fervir...

Mad. CAPELLET.

Eh bien , mon enfant , je ne te l'enverrai pas... J'aurois bien voulu pouvoir
refter moi-même auprès de toi... Je ne
fais... j'ai le cœur fi ferré... je me
fépare de toi avec une peine.... mais
enfin, il le faut...

JULIE.

Allez , ma bonne maman... Pour l'a-
mour de Dieu, encore un baifer... feulement un baifer !

Mad. CAPELLET.

Dix, ma chere Julie!.. (*elle l'embraſſe*)
Tu pleures?..

JULIE.

Dieu!.. que Dieu... vous béniſſe!..

(*Madame Capellet s'en va en ſe re-*
tournant pluſieurs fois; Julie lui fait
ſigne de ſes mains jointes, & au mo-
ment où elle va ſortir, elle ſe jette
encore à ſon cou)

SCENE IX.
JULIE, *ſeule.*

(*toute hors d'elle-même*)

QUEL moment!.. Ah, la mort doit
être moins affreuſe!.. Trop bonne mere!..
mere charitable, incomparable!.. Encore un mot, & Julie étoit perdue!..
Mais... ſi je l'avois vue pour la derniere
fois!.. Je frémis! mon cœur ſe fend!..
Que ſera-ce quand elle me croira morte?..

Quelle défolation !.. quels cris !.. Cependant... (*en rêvant*) Romeo !..ô Romeo, il le faut... il le faut... Ton nom
feul l'emporte fur tout le refte.... Où eft
cette boiffon qui doit du fommeil
de la mort me conduire entre tes bras?
Viens, boiffon précieufe... (*elle tire le*
flacon de fon fein, prend le verre d'eau,
& compte les goutes qu'elle y laiffe tom-
ber) Dix gouttes!.. Je devois les prendre plutôt... Non, il vaut mieux que
je dorme au-delà du temps que de m'é-
veiller-de trop bonne heure. (*elle vuide*
tout le flacon) Quelles images affreufes
fe peignent à mon imagination?.. Des
os décharnés, des crânes dépouillés...
les cadavres de mes peres... mon pied
frappe contre un cercueil... le bruit effroyable des offemens qui roulent les uns
fur les autres... la pouffiere des morts qui
s'éleve jufqu'à mon vifage... Mais, qui
s'appuie fur mes épaules? Le pâle cadavre
de Thébaldo !.. le fang coule encore de
fes bleffures... quels regards furieux!..

il me faifit... il m'entraîne... Laiffe ,
laiffe-moi ! je ne t'appartiens pas encore !...
Qui s'agite fous mes pieds ?.. Des ferpens
& des vers !... Ils me piquent, ils mon-
tent après moi... Une fueur froide me
couvre le front... mon fang fe glace...
Quand arriveront Benvoglio & Romeo ?
Ah, s'ils ne venoient, s'ils ne venoient
pas !.. cela feroit affreux ! affreux !...
Romeo laifferoit fa Julie dans le tombeau !.. Non, il s'y précipitera plutôt
lui-même. Viens, fortuné breuvage qui
doit me réunir à Romeo... C'en eft fait...
Quelle amertume !.. mais l'idée de Romeo l'adouciffoit... Je vais me coucher
fur ce lit pour ne pas perdre de vue,
jufqu'à ce que le fommeil s'empare de
mes fens , l'endroit où j'ai vu Romeo
pour la derniere fois, Il me femble déjà
fentir... Qu'eft - ce que je fens ?.. Je
frémis... Un foupçon... Quelle horreur !.. Si c'étoit du poifon... fi Benvoglio , pour fe mettre à l'abri des reproches, du châtiment?.. Ah , ma mere !..

ma pauvre mere ! (*En difant ces mots,* *elle va vers le lit de repos qui eft au fond* *du Théâtre, & la toile tombe*)

Fin du troifieme Acte.

ACTE IV.

SCENE PREMIERE.

LAURE, PIETRO.

(Julie eſt ſur le lit de repos dans un ſom-
meil ſemblable à la mort, elle n'eſt pas
d'abord apperçue des deux autres)

LAURE,

Vous riſquez beaucoup, mon ami ! Si l'on découvroit que vous appartenez à Romeo...

PIETRO,

Je ſuis ſûr que perſonne ne me con-
noît ici ; le pis aller ſeroit de dire que je ſuis un de vos parens. Romeo n'eſt pas tranquille ſur le compte de Julie :

il veut abfolument favoir comme elle fe porte depuis qu'il l'a quittée.

LAURE.

D'où favez-vous qu'il n'eft pas tranquille ? Il me femble qu'il doit être déjà loin d'ici...

PIETRO.

Oui , fi les chofes s'étoient paffées comme on efpéroit. Je devois l'accompagner jufqu'à la moitié du chemin, pour rapporter à votre maîtreffe des nouvelles de fon voyage... Vous connoiffez l'attachement qu'ils ont l'un pour l'autre... A peine nous étions à trois lieues d'ici , que , voulant franchir un foffé , fon cheval s'eft abattu , & s'eft caffé une jambe...

LAURE.

S'il eft arrivé quel que accident à Romeo , je vous prie au nom de Dieu...

PIETRO.

Non , il ne lui eft rien arrivé. Heureufement nous n'étions pas loin d'un

couvent, & nous nous y fommes rendus. Il a écrit fur le champ à fa chere
Julie, & m'a ordonné de ne pas repa-
roître fans la réponfe.

LAURE.

Mais, comment n'avez-vous pas fait
réflexion au danger...

PIETRO.

Auffi étoit-ce Benvoglio qui devoit re-
mettre cette lettre... Mais j'ai paffé deux
ou trois fois chez lui fans le trouver.
Enfin je me fuis fouvenu que mon maître
m'avoit parlé d'une certaine Mademoifelle Laure, femme-de-chambre & confidente de fon amante : j'ai vu qu'il étoit
l'heure de dîner; j'ai penfé que les maîtres
feroient à table & les domeftiques occu-
pés à les fervir. Perfonne ne te connoît
dans la maifon, me fuis-je dit ; allons demander Mademoifelle Laure. On m'a fait
monter, & vous avez heureufement été
la premiere perfonne que j'ai rencontrée.
Je crois que mon maître mourroit de joie

fi je pouvois lui rapporter que j'ai vu fa Julie, & que je lui ai parlé...

L A U R E.

Allons, je vais voir fi elle ne dort pas. Je voudrois bien lui procurer auffi la fatisfaction de voir quelqu'un qui peut lui donner des nouvelles de Romeo. Elle a déjà eu bien des tourmens à effuyer aujourd'hui ! Si Romeo favoit tout ce qui fe paffe !.. Mais fi elle dort, vous direz au moins à votre maître que vous l'avez vue : car je n'oferois pas l'éveiller, elle a trop befoin de repos...

P I E T R O.

Mon maître vous en témoignera certainement fa reconnoiffance ; c'eft bien l'homme de Vérone le plus riche & le plus généreux...

L A U R E.

Ne perdons pas de temps. A la vérité on ne fait que de fe mettre à table, mais les précautions font toujours bonnes. Si par hafard on nous furprenoit, vous direz que vous m'apportez une lettre du

frere

frere que j'ai à Brefcia... Attendez-moi un moment. (*en allant vers la chambre de Julie, elle l'apperçoit couchée fur le lit de repos qui eft dans un coin de la falle*)

PIETRO.

Cela fuffit.

LAURE.

Ciel ! que vois-je ?.. Julie ici fur ce fopha!.. Apparemment qu'elle s'y eft endormie de laffitude... Voyons... (*elle approche doucement*) Ses bras pendus!.. Mademoifelle!.. Ma chere Julie!.. (*elle lui prend la main*) Ah ! froide comme glace !.. Julie ! réveillez-vous donc !.. Oh, mon Dieu, ayez pitié de moi !.. Elle eft morte ! elle eft morte... (*elle la fecoue*) Julie ! Julie !.. Au fecours ! au fecours !..

PIETRO.

Sauvons-nous !.. Quelle nouvelle pour mon pauvre maître !..

(*Il part*)

Laure.

Tout eſt inutile... inutile !... Au ſecours !... Ah, Julie !... ma chere Julie !...

(*Un Domeſtique arrive*)

Le Domestique.

Qui eſt-ce donc qui crie ici ?

Laure.

Julie eſt morte ! Vîte, ſi on peut la
ſecourir... Ne le dites qu'à Monſieur...
ſa pauvre mere en mourroit. (*Le Domeſtique ſort en courant*) Infortunée Julie !.... Quelles doivent avoir été ſes
ſouffrances, puiſqu'elles lui ont cauſé la
mort !.. Pere barbare !... Pauvre Julie !..
Déteſtable Comte !... (*elle pleure & ſan-
glotte*) Ils vont voir, ils vont voir les
ſuites de leurs perſécutions... Oh, Julie,
Julie, Julie !..

SCENE II.

LAURE, M. CAPELLET.

CAPELLET (*en entrant*)

VOICI sans doute une nouvelle ruse pour empêcher l'effet de ma résolution...

LAURE (*en pleurant*)

Voyez, Monsieur...

CAPELLET (*d'un ton sûr*)

Ah, je saurai bien la tirer de son assoupissement !.. (*il approche de Julie*)

LAURE (*en s'en allant*)

Quoi, Monsieur, jusques dans les bras de la mort... vous exercez... envers la pauvre Julie... Eh bien, qu'en dites-vous ?

M. CAPELLET.

Julie ! Julie ! (*il lui prend la main qu'il lâche aussi-tôt*) Je suis mort ! (*il commence à trembler*) Vîte, Laure !.. Benvoglio est à dîner là-bas, cours le

N ij

chercher bien vîte... mais fais en forte
que ma femme ne fe doute de rien...

LAURE (*en s'en allant*)

En vain ! en vain ! perfonne ne la ref-
fufcitera ! Oh, ma chere Julie, ma chere
Julie !

SCENE III.

M. CAPELLET, *feul.*

Est-il poffible ? Qu'as-tu fait, malheureux ?.. Ta fille ! ta fille unique !
une fille chérie !.. Pere dénaturé !..
Eveille-toi, mon enfant, éveille-toi !..
Non, tu ne feras pas au Comte, non,
jamais... Aies pitié de ton pere au défefpoir... Ne fois pas auffi cruelle, auffi
impie que moi... Ta vengeance eft beaucoup plus terrible que mon crime... Je
voulois te rendre heureufe !.. Maudit
orgueil !.. Je la bravois, je l'outrageois
encore en lui perçant le cœur !.. Julie...
L'infortunée, auroit-elle pris du poifon?..

Quelle affreuſe idée !.. Non, non, elle
vit encore... elle vit encore...

SCENE IV.

BENVOGLIO, M. CAPELLET.

M. CAPELLET.

Venez, Benvoglio, donnez du ſecours...
Sauvez Julie... Je ſuis le plus malheureux
des hommes, le plus malheureux des peres.

BENVOGLIO.

Seroit-il poſſible qu'en effet... Il eſt
vrai que ſon pouls étoit tantôt ſi foible...

M. CAPELLET.

Ah ! pourquoi ne me l'avez-vous pas
dit ? Je me ferois relâché...

BENVOGLIO.

Je vous l'ai dit; mais vous preniez
tout pour des prétextes, pour des dégui-
ſemens. Je me flattois que quelques
heures d'un ſommeil paiſible la rétabli-
roient... Mais peut-être... (*il va lui tâter
le pouls & lui frotte les tempes*)

N iij

M. CAPELLET.

Oh , dites moi qu'elle eſt encore vivante , faites moi eſpérer... ou vous me
verrez au déſeſpoir !.. Julie... Quels
reproches !.. Eh bien , Benvoglio ?..

BENVOGLIO.

Je vous plains... voilà tout ce que je
puis vous dire...

M. CAPELLET.

Ouvrez lui la veine , peut-être...

BENVOGLIO.

Cela eſt inutile ! *Son ame s'eſt enfuie !*
Il n'y a point de remede ! elle eſt morte...

M. CAPELLET.

Plus de remede ? elle eſt morte ? (*il
leve les mains au Ciel*) Morte ! c'eſt moi
qui l'ai tuée ! moi... Cruel Benvoglio ,
pourquoi ne m'avez-vous pas averti ?..

BENVOGLIO.

Je pardonne ce reproche à l'excès de
votre douleur. Rappellez-vous combien
de fois je vous ai dit : Ne réduiſez pas
Julie à l'extrémité ; ſa foibleſſe eſt grande ;
elle a beſoin de ménagement ; accordez-

lui quelque délai... M'auriez-vous cru
fi je vous avois prédit ce qui vient d'arriver ?

M. Capellet.

Voilà qui eft horrible ! & d'autant plus
horrible que tout cela eft vrai ... Ah, fi
vous m'aviez dit qu'elle mourroit !...
Non, non, vous avez mieux fait ; je
n'en aurois que de plus cruels reproches
à me faire... Maudit foit le Comte de
Lodrona...

Benvoglio.

Le Comte ?.. Mais il n'y a pas de fa
faute ! Julie ne vous appartenoit - elle
pas ?..

M. Capellet.

Point de reproches, Benvoglio !.. en
voilà affez fur ce lit !.. Où trouverai-je
déformais du repos ? Tu meurs, Julie !..
Quel triomphe pour les Montecchio !..
Ils ont un héritier , & je n'en ai plus par
qui je puiffe perpétuer la haine que je
leur porte !..

BENVOGLIO.

Quoi, Monsieur, le spectacle que vous avez sous les yeux n'affoiblit pas cette haine !.. Souvent le Ciel nous punit...

M. CAPELLET.

A quoi peuvent servir ces réflexions, si vous ne me rendez pas ma fille ?.. Qu'est-ce donc que votre art, Benvoglio?.. Je ne veux plus vous voir ! vous laissez périr ce que la nature avoit de plus excellent, une fille...

BENVOGLIO.

Il n'y a qu'un moment que vous l'acculiez d'être rebelle, obstinée...

M. CAPELLET.

Non, elle ne l'étoit pas, elle ne l'étoit pas !.. C'est moi qui suis un pere barbare, un tyran... O Julie ! ne m'as-tu pas donné ces noms affreux en expirant?.. Elle semble sourire... Regardez-la, Benvoglio ! n'est-ce pas le sourire amer de l'indignation ?.. Qu'elle doit s'applaudir de voir ainsi confondu mon orgueil indomptable !.. Ne le croyez-vous pas ?

N'a-t-elle pas fait des imprécations contre moi la derniere fois que vous l'avez vue?.. Avouez-le-moi, pour m'épargner l'horreur de me maudire moi-même.

BENVOGLIO.

Je mentirois. Elle gémissoit de ne pouvoir faire volontairement ce que vous exigiez d'elle ; elle ne demandoit que du délai...

M. CAPELLET.

Et je ne lui en ai pas accordé !.. Pere indigne !..

BENVOGLIO.

Quand je lui représentois son devoir envers vous, vos bonnes intentions pour elle, les avantages...

M. CAPELLET.

Abominables avantages ! ils m'ont privé de ma fille...

BENVOGLIO.

Mais sur-tout l'espérance que si elle consentoit à ce voyage, elle pourroit peut-être obtenir quelque délai...

N v

M. CAPELLET.

Certainement elle a fu qu'elle mourroit...... fans cela jamais elle n'auroit
confenti... Ne croyez-vous pas qu'elle
l'a fu?.. que peut - être elle - même...
Gardez-vous bien de me le dire, je pourrois...

BENVOGLIO.

Je ne vois aucun indice qui autorife
ce foupçon. Sa mort a été caufée par
l'épuifement des efprits; c'eft une efpece
d'apoplexie.

M. CAPELLET.

D'apoplexie? Oh, le même coup m'a
frappé!.. pourquoi ne me précipite-t-il
pas dans le tombeau avec elle?.. Ne
refterai-je fur la terre que pour y pleurer,
y gémir... pour me maudire &...

BENVOGLIO.

Il faut vous perfuader que les décrets
du Ciel font fages...

SCENE V.

LES ACTEURS PRÉCÉDENS, LAURE.

LAURE (*entre en courant*)

IL n'y a plus moyen de retenir Madame. Elle avoit entamé une conversation très-férieufe avec le Comte de Lodrona ; je crois qu'elle vouloit l'engager à folliciter lui-même quelque délai pour la pauvre Julie... Hélas, elle auroit pu fe difpenfer de ce foin !.. Elle s'eft apperçue que vous étiez fortis tous les deux ; elle a remarqué que les domeftiques fe parloient à l'oreille... Elle a demandé des nouvelles de fa fille ; on ne lui a répondu que par des larmes... Elle vient. M. le Comte, qui fe doute de quelque chofe, veut encore la retenir...

BENVOGLIO.

Il faut tôt ou tard qu'elle le fache.

N vj

M. C A P E L L E T.

Quels reproches je vais entendre !.;
Va , Laure , fais en forte que le Comte
ne paroiſſe pas ici... ſa préſence pourroit me porter... Dis... dis ce que tu
voudras... pourvu que je ne le voie
pas... J'entends déjà les cris perçans de
ma femme...

(*Laure ſort*)

S C E N E V I.

M. & Mad. C A P E L L E T, B E N V O G L I O.

Mad. C A P E L L E T.

Ou eſt ma fille ? ma Julie ?.. Ici ?.;
Que fait-elle ici !..

*(Benvoglio ſe met devant elle pour l'em-
pêcher d'approcher. Le pere , dans
une douleur profonde , détourne le
viſage qu'il ſe cache des deux mains)*

B E N V O G L I O.

Pour Dieu , Madame , armez - vous

de toute votre raiſon , & rappellez dans
ce moment-ci le courage &...

Mad. C A P E L L E T.

Otez-vous ! ôtez-vous ! (*elle paſſe*
ſous les bras de Benvoglio, & crie en joi-
gnant les mains) O Dieu ! que vois-je?..
Julie ? Julie ? (*elle ſe jette ſur elle &*
l'embraſſe) Elle eſt morte ! morte !
morte !.. Ma fille !.. éveille-toi !..
je me meurs !.. (*elle tombe évanouie :*
Benvoglio la releve & la traîne ſur un fau-
teuil)

M. C A P E L L E T.

Barbare Capellet ! contemple ton ouvrage!.. Voilà les ſuites de ta cruauté !..
O Benvoglio ! pouvez-vous voir un pareil
ſpectacle ſans porter du ſecours ?..

B E N V O G L I O.

Si j'avois la toute-puiſſance en main,
je le ferois ; mais nous ne ſommes que
des hommes, & tant que nous le ferons,
nous devons nous attendre à tous les
événemens qui tiennent à notre foible
nature.

M. CAPELLET.

Mais pourquoi n'eſt-ce pas ſur moi
que la mort étend ſes coups... ſur moi,
pere inhumain ?.. Au moins je n'aurois
pas uſé de violence... l'innocente Julie
vivroit... je ne ſerois pas ici comme
un malheureux criminel... je n'aurois
pas ſous les yeux la victime que j'ai
égorgée... je ne verrois pas une mere
infortunée à qui peut-être il en coûtera
la vie... je ne verrois plus la lumiere
du jour qui eſt plus noir que celui des
enfers...

BENVOGLIO.

Julie eſt heureuſe, Monſieur, plus heureuſe que vous ne croyez... elle ne ſe
réveillera que pour la joie...

M. CAPELLET.

Elle eſt ſans doute plus heureuſe que
ſon aſſaſſin... & qui eſt-il ?.. Moi !
moi !

BENVOGLIO.

Vous ne l'êtes pas ! votre intention
étoit bonne ! Je ne vous cache pas que

vous auriez pu employer un peu plus de douceur... mais combien de chofes n'abandonnerions-nous pas, fi nous en prévoyions les fuites ?

M. CAPELLET.

Ah, fi j'avois pu prévoir en effet !..

BENVOGLIO.

Madame votre époufe femble reprendre fes efprits...

Mad. CAPELLET (après avoir pouffé un profond foupir, ouvre les yeux)

Ah, ma fille !.. ma fille !.. (elle s'é-vanouit de nouveau)

M. CAPELLET.

Malheureufe mere !.. J'aurai commis deux meurtres à la fois !.. Sa douleur la tuera... Que vais-je devenir ?..

BENVOGLIO (aux Domefliques qui fe tiennent à l'entrée)

Mes amis, conduifez votre maîtreffe dans fon appartement. (à M. Capellet) Il ne faut pas l'expofer davantage à ce terrible fpectacle. Un nouvel accident pourroit la faire mourir. (les domefliques

Je mettent en devoir de transporter Madame Capellet qui revient à elle)

Mad. CAPELLET.

Où me traînez-vous ? Où me traînez-vous ? Vous voulez m'arracher à Julie ? Jamais... jamais... (*elle court à Julie, se jette sur elle & la couvre de ses baisers*) Ah, Julie ! Julie ! mon cher, mon seul enfant... (*elle tombe sans connoissance*)

BENVOGLIO (*aux Domestiques*)

Dépéchez vous avant qu'elle revienne à elle. (*on l'emporte*)

M. CAPELLET.

Ah, Benvoglio !

BENVOGLIO.

N'ajoutez pas à vos douleurs par vos tristes réflexions. Ce qui est fait est fait. Soumettez-vous aux ordres de la Providence.

M. CAPELLET.

O Benvoglio !.. vous ne connoissez pas la perte que je fais ! Vous ne connoissez pas toutes les perfections de Julie ! Vous ne

favez pas à quel point elle étoit néceffaire à mon bonheur !

Benvoglio.

Pardonnez-moi, Monfieur, je fais tout
ce que valoit Julie. Je la chériffois
comme ma propre fille. Mais il faut
nous faire une raifon... Vous la retrou-
verez un jour...

M. Capellet.

Allez donner cette confolation à fa
vertueufe mere : elle n'eft pas faite pour
un monftre comme moi...

Benvoglio.

Si j'ofois vous donner un confeil d'a-
mi , je vous dirois d'éloigner ce trifte
objet, & d'ordonner les préparatifs...

M. Capellet.

Vous voulez que je me fépare de ma
Julie ! Non, non : il faut qu'elle revienne
à la vie, ou que je meure avec elle !

Benvoglio.

La raifon & la Religion nous prefcrivent des devoirs qu'il ne vous eft pas
permis de négliger. Songez donc que fi

l'ame de Julie plâne inviſiblement autour
de nous, elle n'auroit pas même de re os
dans le ſein de la mort, en voyant qu'elle
eſt la cauſe de votre déſeſpoir. Cet ange
de lumiere vous ordonne de vivre & de
donner à ſa dépouille mortelle un repos...

M. CAPELLET.

Un repos dont nous l'avons privée
pendant ſa vie ! Oui, vous avez raiſon.
Elle doit ſouhaiter de paſſer de la maiſon
de la perſécution & de la haine, dans
celle du calme & de la paix. Elle ſera plus
tranquille dans les horreurs du tombeau,
au milieu de la pourriture & des vers,
qu'elle n'a été chez moi. Mais je ne ſuis
pas en état de lui rendre ce triſte office.
Chargez-vous-en, Benvoglio. Vous avez
plus eu les ſentimens d'un pere pour elle,
que moi.

BENVOGLIO.

Que n'ai-je à remplir à ſon égard un
miniſtere moins pénible !

M. Capellet.

Je veux qu'on lui faſſe les funérailles
les plus magniſiques. Je lui ferai dire
mille meſſes : j'expierai mes fureurs par
les pénitences les plus rigoureuſes : je
lui ferai dreſſer dans la ſépulture de nos
peres le plus ſuperbe mauſolée par les
mains des plus grands artiſtes. Mais,
pour le moment, il faut l'enterrer avec
le moins de bruit qu'il ſera poſſible. La
pompe & l'éclat ſembleroient au public
un outrage à ma douleur. . . . Quoique
j'aie moins de raiſon qu'un autre de craindre le jugement du public, puiſque le
juge intérieur me condamne plus ſévére-
ment que lui, il faut le reſpecter. . . Ma
Julie ! je te quitte pour jamais ! Ta mere
oſeroit t'embraſſer, mais moi ! . .

(Il ſort)

SCENE VII.

BENVOGLIO, *feul.*

VOILA l'hiftoire du cœur humain!..
De l'excès de l'orgueil & de la confiance,
il tombe dans la baffeffe & dans l'accablement... Que je fouffre de ne pouvoir
fans me trahir, procurer quelque confolation à la déplorable mere de Julie!..
Mais avec le temps le chagrin qu'elle
éprouve à préfent, fera remplacé par la
joie...J'éprouve moi-même un trouble,
une inquiétude... Ah, que je voudrois
n'avoir jamais pris part à cette aventure!..

SCENE VIII.

BENVOGLIO, LAURE.

BENVOGLIO.

VENEZ, ma chere Laure, je fais que
vous étiez fort attachée à Julie. On m'a

chargé de lui rendre les derniers devoirs,
& vous m'aiderez dans ce trifte office.

LAURE.

Je vous en remercie.... volontiers,
très-volontiers, Monfieur... Dieu fait
combien je l'aimois.... Je la pleurerai
toute ma vie...

BENVOGLIO.

Elle le méritoit... Cependant, Laure !
il faut que je vous faffe une confidence.
Je fuis très-curieux de connoître les
caufes de cette mort fi fubite, & je voudrois ouvrir le corps dans le caveau dès
la pointe du jour.

LAURE.

Oh, faites, faites, Monfieur le Médecin... Vous trouverez certainement
dans fon cœur un autre nom que celui
de Thébaldo... un nom que vous & moi
connoiffons mieux...

BENVOGLIO (*un peu effrayé*)
Eft-ce qu'un autre...

LAURE.

Allez, allez, ne vous déguifez pas ;

Monfieur Benvoglio! la nuit passée, j'ai été préfente aux adieux...

BENVOGLIO.

Cela eſt vrai , & je me rappelle...; Mais au nom de Dieu, ma chere Laure!.. (*à part*) Pourroit elle...

LAURE.

Soyez tranquille. J'ai le même intérêt que vous à cacher à mes maîtres de quoi il s'agit. Ne me puniroient-ils pas de ne les avoir pas avertis ? On m'accuferoit à préfent de la mort de Julie comme on m'accufoit auparavant de fa réfiſtance. Non, non, ce fecret fera enfeveli avec moi. Julie n'ignoroit pas que je fais me taire.

BENVOGLIO.

Vous avez raifon , Laure ; & fi rien venoit à tranfpirer , nos bonnes inten-tions feroient certainement mal récom-penfées... Je voulois donc vous prier, ma chere Laure, de faire en forte qu'on ne cloue pas le cercueil qui renfermera le corps de Julie... Nous verrons au

moins... & je vous en donnerai des nouvelles...

L A U R E.

Voilà qui suffit : j'y aurai attention.
Je suis moi-même aussi curieuse que vous
de savoir ce qui a pu tuer ce pauvre enfant.

B E N V O G L I O.

Ne nous arrêtons pas davantage : il ne
reste pas trop de temps pour disposer les
choses nécessaires...

L A U R E.

Quel triste office !... O Julie ! ma
bonne Julie.

(*La toile se baisse*)

Fin du quatrieme Acte.

ACTE V.

(Le Théâtre repréfente un Cimetiere. D'un côté eſt le mur dans lequel eſt pratiquée la porte par laquelle on entre dans le Cimetiere, & à côté de la porte il y a une brêche dans le mur par laquelle on peut monter. Dans le fond du Cimetiere eſt une arcade)

SCENE PREMIERE.

ROMEO, PIETRO, *avec une lanterne ſourde & un levier.*

PIETRO.

Au nom de Dieu, mon bon maître, mon cher maître, dites-moi donc ce que vous venez chercher ici? Si j'avois pu prévoir ce qui arrive, je me ſerois bien gardé

gardé de vous apprendre la mort de Julie, & encore moins l'endroit où elle eſt enterrée. Je croyois que ſachant qu'elle ne vivoit plus, vous prendriez le parti de fuir loin de Vérone...

ROMEO.

Ah! que dis-tu là?.. Il faut que je ſois où elle eſt!.. vivante ou morte!.. Barbare, ingrat & perfide envers elle, c'eſt moi qui l'ai tuée!.. Ne devois-je pas depuis long-temps l'arracher à la rage de ſon indigne pere? Ne devois-je pas prévoir les funeſtes effets?.. Combien de fois cette tendre & plaintive épouſe a-t-elle demandé à ſuivre ſon époux? Ce fut encore ſon dernier vœu dans nos derniers adieux!.. Et je l'ai abandonnée!.. Ah, puiſſent ces tombeaux t'engloutir à jamais, époux lâche & perfide! Pourquoi l'as-tu abandonnée? (*il ſe frappe la poitrine avec fureur*)

PIETRO.

Pour Dieu, mon cher maître...

ROMEO.

O Julie ! Julie ! étoit-ce donc là que
devoient aboutir nos derniers adieux que
ta tendreſſe te faiſoit prolonger d'une
maniere ſi touchante ? Tu ne voulois
plus reſter ſans moi dans la maiſon de
ton pere. Fille trop généreuſe, hélas,
tes ſouhaits ne ſont que trop accomplis !
Mais contre quel ſéjour l'as-tu changée ?
O pardonne, pardonne, fille céleſte,
femme de mon ame, pardonne-moi !
Moi ſeul je méritois de ſouffrir ! J'avoue
mon crime ; & puiſque la douleur
n'eſt pas encore aſſez forte pour m'ôter
la vie, que...

PIETRO.

O mon maître ! ſoyez ſenſible aux larmes, aux prieres d'un ſerviteur fidele.
Laiſſez-vous attendrir ! Songez que vous
êtes le fils unique, la ſeule conſolation
d'un pere qui vous chérit...

ROMEO.

Fils unique ?.. Julie auſſi n'étoit-elle
pas la fille unique d'un pere qui avoit

bien plus de raifons de la chérir ? L'honneur & le modele de fon fexe ! Et n'eft-elle
pas morte?.. Pour qui veux-tu donc que
je vive ? Pour qui ? puifque Julie n'eft
plus !

PIETRO.

Vous me faites frémir ! C'eft donc
dire, Monfieur, que vous voulez...

ROMEO.

Je veux... je ne veux rien de toi..;
De quoi t'inquietes - tu ?.. Non, rien
de toi, fi ce n'eft...

PIETRO.

Oh, n'exigez rien de moi, rien !.;
J'aime mieux cent fois que vous m'ôtiez
la vie... Je fais bien ce que je vais faire...

ROMEO.

Quoi ? Quoi, Pietro?

PIETRO.

Je vais appeller la garde qui eft au coin
du mur de l'églife...

ROMEO.

Si tu ofois...

PIETRO.

Quoi, Monfieur, je vous verrai prêt.,
je n'ofe le dire... Le fuicide eft un crime,
& j'en ferois complice, fi je le permet-
tois en pouvant l'empêcher. O mon maître, le meilleur des maîtres, ayez pitié
de moi, je vous aime ! oh, je vous
aime!..

ROMEO.

Tu es une bonne créature ! Raffure-
toi, mon pauvre Pietro ; tu n'as rien à
craindre.

PIETRO.

Revenez donc avec moi. Quittez ces
affreufes demeures de la mort. Minuit
va fonner : c'eft le temps où les efprits
viennent errer parmi les tombeaux. Je
n'en crois rien ; mais cependant on ne
doit pas troubler le repos des morts.
Que faifons-nous ici ? (*pendant tout ce
temps, Romeo refte immobile, les regards
fixés contre terre*) Monfieur, laiffez repofer la malheureufe Julie dans fa tombe...

Vous ne l'éveillerez pas du sommeil de la mort...

R O M E O.

Je ne le sais que trop !.. & voilà justement ce qu'il y a d'affreux, de terrible...

P I E T R O.

Allons, Monsieur, venez...

R O M E O.

J'y consens, Pietro... mais... il faut auparavant que tu me fasses un plaisir...

P I E T R O.

Vous êtes mon maître : qu'ordonnez-vous ?

R O M E O.

Je voudrois voir encore une fois ma divine Julie, ma Julie que j'ai tant aimée & que j'aimerai éternellement... seulement une fois encore lui dire un dernier adieu, & puis... & puis partir sur le champ avec toi pour Mantoue, & delà errer à l'aventure jusqu'au bout du monde...

O iij

PIETRO.

De quel spectacle voulez-vous repaître
vos yeux? Un corps pâle, livide & glacé...
Avez-vous jamais vu un cadavre?.. C'est
un objet affreux ! Ce n'est plus la belle
& la tendre Julie qui hier vous donnoit
encore des baisers pleins de flamme.
Elle ne vous entendra plus, ses yeux ne
vous verront plus ; sans sentiment, sans
ame... Ah ! mon cher maître !

ROMEO.

Elle sera tout ce que tu voudras ; mais
il faut que je la voie encore une fois... Si
tu ne veux pas, va-t'en, laisse-moi, tu
n'aimes plus Romeo...

PIETRO.

Je ne vous aimerois plus ! Qu'exigez-
vous de moi ?

ROMEO.

De m'aider à ouvrir le lieu où repose
le corps de Julie.

PIETRO.

Me promettez-vous qu'après...

ROMEO.

Oui, Pietro, tout, tout ce que tu voudras.

PIETRO.

Me donnerez-vous votre épée?

ROMEO.

Mon épée? Oui.

PIETRO.

Si vous me la donnez...

ROMEO.

Tiens. (*il lui donne son épée*) Eh bien !

PIETRO.

Me voilà tranquille... Mais, cependant...

ROMEO.

Finis, ou crains ma colere...

PIETRO.

Vous avez tort de chercher à augmenter votre douleur...

ROMEO.

Dépêchons...

PIETRO.

Vous le voulez absolument ? Allons ! tirez un côté de la porte à vous tandis que je mettrai le levier entre les deux battans. *(ils s'approchent de la voûte qui est au fond du Cimetiere , Romeo tire fortement la porte, & Pietro la fait sauter)* Elle n'étoit pas auſſi difficile à ouvrir que je l'aurois cru...

ROMEO.

L'amour eſt venu à mon ſecours... A préſent, donne-moi la lanterne. Tu n'as plus rien à faire ici. Va faire le guet du côté de l'avenue pour qu'on ne vienne pas me troubler... Je t'appellerai quand j'aurai beſoin de toi.

PIETRO *(à part)*

Tant mieux; car je n'ai pas envie d'être préſent à cet entretien. Le cœur me ſaignercit ſi j'étois témoin de la douleur & du déſeſpoir de mon pauvre maître... Grâces au Ciel ! je tiens ſon épée.

(Il ſort par la brêche du mur)

SCENE II.

ROMEO, *seul*, &, *dans la suite*, PIETRO.

(*L'ouverture du caveau permet d'en voir l'intérieur. Il y a sur les côtés plusieurs cercueils rangés, dont quelques-uns paroissent être très-vieux, mais dans le fond il y en a deux encore neufs, dont l'un est celui de Thébaldo, & l'autre celui de Julie*)

ROMEO (*s'arrête, & regarde autour de lui, d'un air effaré*)

CETTE voûte pleine d'horreur, est donc le séjour de ma Julie... de ma Julie pour qui la terre entiere me paroissoit une demeure trop vile ? Quel asyle effroyable ! C'est celui qui nous attend tous.... & ce sera bientôt le mien.... Julie, Julie, où te chercherai-je ?... Deux cercueils tout neufs ?.. Ah ! l'un

O v

eſt ſans doute celui de Thébaldo......
O Thébaldo, Thébaldo, que tu es cruellement vengé!.. Non, je ne méritois
pas cette punition... Ma faute eſt invo-
lontaire, elle eſt ton propre crime... Tu
me punis plus durement, car maintenant ta mort eſt la cauſe de la mienne...
Mais que ce ſoit ici le terme de nos ini-
mitiés. La mort va nous réconcilier...
Nous habiterons en paix ſous cette voûte
funebre; nos os ſe méleront paiſiblement
à côté de ceux de Julie, quoique cependant je ſouhaiterois... Mais que tardé-
je?.. Julie m'appelle!.. Ah, ce cercueil
doit être le ſien... mon cœur me le dit...
Saute! ſaute! couverture envieuſe qui me
la cache encore! (*il enleve le deſſus du cercueil, apperçoit Julie, & recule quelques
pas*) O Dieu! (*il ſe jette à terre à côté
d'elle, baiſe ſes mains ſans pouvoir pro-
férer une parole. Il exprime ſa douleur
par tous les mouvemens & les ſignes qui
la caractériſent ; enfin il s'écrie en verſant
un torrent de larmes*) Oh!.. (*en ſan-*

glottant) Larmes bien venues... coulez, coulez ! puiſſe ma vie couler avec vous... Julie, Julie ! mon épouſe ; ma bien aimée... Eſt - ce toi ? Oui, c'eſt toi ! Elle ſemble encore me ſourire.... On la croiroit plongée dans un ſommeil agréable... Oh, ſi tu dors, ma Julie, éveille-toi... éveille-toi... viens, fuis avec ton époux... aucun événement ne nous ſéparera plus... Vois Romeo étendu à tes pieds, vois-le déchiré par la douleur, aies pitié de lui... O Julie, Julie, Julie ! tu ne m'entends pas... tu es inſenſible à mes maux... Peux-tu ſans compaſſion me voir réduit au déſeſpoir ?.. Peux-tu me voir mourir ?.. Toi pour qui la moindre ſéparation étoit plus terrible que la mort même... Malheureuſe ſéparation !.. ah, c'eſt elle qui t'a coûté la vie ; c'eſt elle qui a arraché ton ame céleſte de ton beau corps, qui t'a couchée dans la pouſſiere du tombeau, qui t'a rendue la proie de la corruption & des vers !.. Quelle horreur !.. Et je fuirois… & je ferois affez lâche pour te laiffer feule ici… je t'oublierois?.. Non, je veux mourir avec toi… je veux t'embraffer encore… & rendre mon dernier foupir entre tes bras… Viens, breuvage délicieux qui dois me réunir à elle… La terre n'étoit pas digne de voir le fpectacle d'un amour auffi pur, auffi vrai que le nôtre… Viens. (*il tire de fa poche une phiole : dans l'inftant il entend Pietro qui s'étoit approché doucement pour voir ce qu'il faifoit.*) Dépêchons-nous ! (*Pietro s'apperçoit qu'il porte quelque chofe à fa bouche ; il accourt & lui faifit le bras*)

SCENE III.

ROMEO, PIETRO.

PIETRO.

O MON cher maître, qu'avez-vous là ?
Que faites-vous ?

ROMEO (*jette la phiole*)

C'en eft fait !

PIETRO.

Quoi ? Quoi ?

ROMEO.

Je viens d'avaler une liqueur pour ranimer mes forces.

PIETRO.

Pour ranimer... Je crains... D'où
avez-vous cette eau ?

ROMEO.

Un Moine du couvent où nous allâmes
après l'accident arrivé à mon cheval,
m'en a fait préfent. Si tu le revois, tu
le remercieras de ma part.

PIETRO.

Si elle opère le miracle d'adoucir votre chagrin, sûrement je l'en remercierai... Mais...

ROMEO.

Elle fera bien plus... Vois-tu ici ma Julie, la plus belle, la plus digne de toutes les femmes, la vois-tu?

PIETRO.

Hélas! Hélas!

ROMEO.

Sais-tu combien je l'aimois?

PIETRO.

Que trop pour votre bonheur & pour votre repos!

ROMEO.

Tu fais donc aussi que je ne puis vivre sans elle?

PIETRO.

Et pourquoi pas? Il est raisonnable de regretter les personnes qu'on a chéries, mais il ne l'est pas de se tuer pour cela.

ROMEO.

Un corps peut-il vivre fans ame?

PIETRO.

Non. Mais...

ROMEO.

Julie n'étoit-elle pas mon ame ? Ne vivoit-elle pas en moi? Ne vivois-je pas en elle? Eh bien, cette boiffon nous réunit, va nous réunir pour jamais.

PIÉTRO.

Oh, Monfieur, feroit-ce donc du poifon...

ROMEO.

Du poifon ? Si c'en étoit, il me conferveroit la vie...

PIETRO.

Grand Dieu ! qu'avez-vous fait ? Un pareil crime... Et moi, malheureux, ai-je pu être affez imprudent pour ne pas fentir qu'indépendamment de votre épée...

ROMEO.

Si c'eft un crime, que Dieu ait pitié de moi felon fa miféricorde infinie...

PIETRO.

O mon maître, mon cher maître, je cours vîte....

ROMEO.

Arrête ! Où vas-tu ? Ne pleure pas. (*il lui prend la main*) Je t'ai toujours regardé comme un ami fidele ; je t'aime, & j'efpere qu'au moment de ma mort, tu ne me refuferas pas tes fervices...

PIETRO.

Ah, Monfieur, laiffez - moi aller... laiffez - moi aller... pour l'amour de Dieu...

ROMEO.

J'ai encore une commiffion à te donner. Tiens, tu remettras cette lettre à mon pere. Elle contient le récit de ma trifte aventure, & quelques difpofitions relatives à mes domeftiques. Tu n'y es pas oublié, mon bon Pietro !

PIETRO.

Je ne prétends rien, je ne veux rien ! Vivez & aimez-moi...

R O M E O.

Mais fur-tout une priere inftante, que mon pere veuille bien me faire inhumer ici fous une même tombe à côté de Julie...

P I E T R O.

Oh, Monfieur ! lâchez-moi , je vous en conjure...

R, O M E O.

Je fais que mon pere m'aime trop pour me rien refufer.

P I E T R O.

Pauvre malheureux pere !

R O M E O.

Adieu ! Je n'en puis plus... Je fens les approches de la mort... Le poifon commence à fe glifler peu-à-peu dans tous mes membres... Bientôt il parviendra aux fources de la vie... Quelle heure eft-il ? (*il regarde à fa montre*) Onze heures & demie... Dans une demi-heure... Tu peux partir à préfent...

PIETRO (*s'en allant.*)

Je vole à son pere. Ah, s'il y avoit moyen de le secourir !

SCENE IV.

ROMEO, JULIE.

RETOURNONS à ma chere Julie ! (*il court à son cercueil, met un genou en terre, de sa main gauche il tient la droite de Julie, & il passe sa droite sous son cou*) C'est ici que je veux attendre la mort à côté de toi... O Julie, Julie ! Que ton nom me fortifie... & m'éclaire dans cette obscurité... à la derniere secousse de la mort... (*il tient la main de Julie serrée contre sa bouche... & fait un mouvement de frayeur*) Ciel ! est-ce une illusion, ou mon amour échauffe t-il le corps de Julie ?.. Sa main glacée semble reprendre de la chaleur... (*il saisit sa main qu'il tâte & regarde avec attention*) Son pouls bat !.. Un, deux, trois !.. Seroit-il

poſſible , ou bien n'eſt-ce qu'un ſonge
flatteur ? .. O que le ſentiment que j'é-
prouve en cè moment eſt à la fois doux
& terrible ! .. (*elle pouſſe un profond*
ſoupir , Romeo ſe leve bruſquement , & la
regarde fixement ; elle ouvre les yeux
& , après un autre ſoupir , elle dit :)

JULIE.

Romeo ! ..

ROMEO.

Julie ! .. Eſt-il poſſible ? ... Vis-tu ,
ou...

JULIE (*en ſe relevant.*)

Oh, te voilà , objet chéri de mon ame !
(*elle ſe jette à ſon cou*) O bonheur !
ô bonheur ! Que mon ſommeil étoit
agité ! Je ne te voyois que parmi des
ſpectres horribles. Quelle joie ! Ce moment vaut mieux mille fois que tous les
chagrins, tous les tourmens que j'ai ſouf-
ferts à cauſe de toi ! .. Je te retrouve
donc à mon réveil, & même avant Benvoglio ? .. Que je bénis Benvoglio ! ..
Quel ami généreux ! .. (*Romeo, dans une*

*forte de délire , exprime alternativement
fa joie & fa douleur)* Mais , cher époux!
pourquoi tardons - nous à quitter cette
effroyable demeure ?.. Viens... fortons-
en vîte... éloignons-nous de Vérone :
fi Benvoglio ne nous trouve pas ici,
il fe doutera bien de ce qui s'eft paffé..

R O M E O (*l'embraffe.*)

O toi, la vie de ma vie, toi, la portion
la plus chere de moi - même ! quelle
joie ! quel raviflement !.. Je ne puis exprimer... Tu vis encore ? Tu n'es pas
morte ? Je te tiens dans mes bras ?..
O Julie...

J U L I E.

Ton étonnement m'en donne !.. Benvoglio ne t'a-t-il pas inftruit qu'au moyen
d'un breuvage affoupiffant...

R O M E O.

Je ne fais rien, rien de Benvoglio...

J U L I E.

Ni du mariage auquel on vouloit me
forcer hier avec le Comte de Lodrona,
& dont il m'a déliv1é...

ROMEO.

Rien , rien de tout cela.

JULIE.

Comment donc es-tu venu ici ? Mais
qu'importe comment ? Je te poffede , je
te ferre entre mes bras pour n'être plus
féparée de toi... Ne perdons point de
temps... Viens, fuyons... Je fuis pleine
d'un effroi... Sans toi la terreur m'auroit
déjà tuée... Tu auras le temps de m'apprendre...

ROMEO (*jettant fur elle des regards*
douloureux.)

Ah , Julie !

JULIE.

Tu foupires , cher époux ! Qu'as-tu ?
Que manque-t-il à notre félicité ?

ROMEO.

O époufe adorée !.. ne me demande
pas... quitte-moi... quitte-moi... là-haut,,
là-haut...

JULIE,

Que dis-tu ?.. Doutes-tu encore que
je fois en vie ?

Romeo.

Ah ! y a-t-il jamais eu un raviffement...
& un tourment pareil au mien ?.. Julie,
Julie !.. il faut que je demeure ici... il
faut...

Julie (*donne du pied contre la phiole,*
la ramaffe)

Ah ! qu'eft-ce ? (*elle la regarde avec*
effroi, commence à trembler, & fixe Romeo)
Romeo !..

Romeo.

Tu fais tout...

Julie. (*en jettant des cris aigus*)
Cruel...

Romeo.

Epargne-moi ce nom ! accufe le Ciel !
accufe la fortune ennemie ! Moment le
plus heureux & le plus affreux de ma vie
tu me rends la moitié de moi-même, &
tu m'enleves l'autre lorfqu'elle commence
à m'etre précieufe... J'allois mourir avec
toi, ma chere Julie, quand je te croyois
morte, & la chofe étoit en mon pou-

voir !.. Mais tu vis !.. Ah, fi je pouvois
vivre avec toi !.. Mais c'eft ce que je
ne puis pas... Pietro que je t'avois envoyé
m'a apporté l'affreufe nouvelle de ta
mort... J'ai couru ici... pour... mourir avec toi... Tu reprends la vie, tu
vis... & moi... c'en eft fait.

Julie.

O Dieu ! Dieu ! Dieu ! aies pitié de
nous !.. Faut-il que le jour me foit rendu
pour être le témoin & la victime de ce
qu'il y eut jamais de plus terrible fur la
terre !.. Revivre pour mourir une fe-
conde fois... pour mourir mille fois...
pour mourir dans Romeo... Ciel, élé-
mens, écrafez-moi,.. Terre, engloutis-
moi... Abominable Benvoglio, tu nous
a trahis, perfide !.. (*elle fe jette au cou
de Romeo*) O toi, ma vie, mon tout,
toi qui meurs pour moi, la mort ne nous
féparera pas.... non.... je fais mourir
auffi... Je me fuis déjà familiarifée avec
les horreurs du tombeau... Mourir dans

tes bras doit être moins affreux que de
mourir fans toi...

ROMEO.

Non, Julie ! il faut que tu vives ! Je
vois à préfent mon crime ! Pietro me
l'avoit bien dit ! Si j'avois eu plus de
confiance en la Providence, je ferois
fauvé & heureux... tu ferois heureufe
aufli... Que mon exemple t'effraie...
Mourir dans les bras de ma chere Julie...
quel bonheur !.. Ta bouche recueillera
mon dernier foupir... tes mains fermeront mes yeux... Tu le fais... ce n'eft
que dans cet efpoir que je mourrai content... que le tombeau deviendra pour
moi le féjour de la paix.... Ne pleure
pas, divine Julie, ne pleure pas... Mon
ame dégagée de fa dépouille mortelle te
fuivra par-tout... Je fens...

JULIE.

Miféricorde ! miféricorde !..

ROMEO.

Les forces m'abandonnent....... mes
yeux... s'obfcurciffent... Cependant...

je

je vois encore.... ta célefte beauté. ...
Ah !.. ah !.. je meurs. ..

> (*Il tombe, Julie fe jette à genoux à côté*
> *de lui , & le foutient*)

SCENE V.

LES ACTEURS PRÉCÉDENS,

BENVOGLIO (*arrive par la porte*
de côté, qui eſt pratiquée ſur la ſcene
& qui donne entrée dans le cimetiere.
Il tient une lanterne d'une main, & la
clef du caveau de l'autre. Il s'apperçoit,
de loin, que la porte de ce caveau eſt
déjà ouverte; il en eſt frappé.)

BENVOGLIO.

Ah !! qu'eſt-ce ?.. Sans doute que Romeo
eſt déjà ici...

JULIE. (*qui entend ſa voix*)

Ha, Benvoglio !.. approche, traître !.;
viens... regarde ce que tu as fait !..

BENVOGLIO.

N'ai-je pas tenu parole ?

JULIE.

Regarde , te dis-je , fcélérat ! Que ce que tu vois te réponde!.. (*elle lui montre Romeo*) Là... (*elle lui montre la phiole*) Et là...

BENVOGLIO.

Dieu ! que vois-je ?.. Quelque mal-heureufe erreur... Je vole chercher du fecours... (*il veut s'en aller*)

ROMEO.

En vain , Benvoglio... en vain... Je fens que je vais mourir... Reftez auprès de Julie...

BENVOGLIO.

Je jure par tout ce qu'il y a de facré, qu'au moment où je fuis forti de chez le pere de Julie, j'ai dépêché fur le champ le plus fûr de mes domeftiques avec une lettre pour Romeo, Je lui ai dit de pren-dre la route de Mantoue, & j'ai été dans la plus grande furprife qu'il ne fût pas encore de retour...

ROMEO (*qui r'ouvre les yeux, très-
foible, & ramassant toutes ses forces*)

Je vois... que c'est... le sort... qui
l'a voulu ainsi... Erreurs de toutes parts...
sans dessein... sans la faute de personne...
Une malheureuse chûte... de cheval...
Une fausse nouvelle de Pietro... touchant
la mort de Julie... J'ai volé ici... pour...
pour mourir avec elle... J'ai été trop
pressé.... de prendre le breuvage....
mortel... elle vit... (*il pleure*) & je
veux qu'elle vive... Benvoglio... je ne
saurois mourir... que... que vous ne
m'ayiez... promis... (*il retombe*) Ah!
Julie...

JULIE.

Il meurt! il meurt!... Romeo! Romeo! Romeo! (*après avoir crié encore
plusieurs fois son nom, elle tombe sur son
corps sans sentiment. Quand Benvoglio
a fait tous ses efforts pour la faire revenir à elle, elle leve les yeux*) Retire-
toi, cruel! laisse-moi! laisse-moi!...
Que m'importe la vie sans Romeo? Je

ne peux pas vivre. ... je ne veux pas
vivre... fans Romeo ! (*elle fe précipite
de nouveau fur fon corps & l'arrofe de
fes larmes*) O toi , le centre de toutes
mes affections, de toutes mes efpérances...
cher époux , fource du bonheur de ma
vie. .. & maintenant celle de tout mon
malheur... le fil de tes jours eft coupé...
& c'eft toi qui l'as coupé... & c'eft moi...
moi qui en fuis la caufe ! Tu venois mourir
dans les bras de celle que tu aimois le
plus... qui t'aimoit le plus auffi... plus
que le monde entier... que pere... mere...
ami... que tout !.. Tu venois ici pour
exhaler ton dernier foupir à côté de
Julie... pour mêler tes cendres à celles
de ta Julie.... Ah , croyois-tu qu'elle
feroit la premiere à te pleurer ?.. Où
es-tu maintenant ?.. Tu n'es plus avec
moi... mais tu y es encore, tu ne peux
pas t'en féparer ! Tu m'entends, tu me
vois, ton ame chérie plane devant mes
yeux. Je la vois ! je l'entends : tu m'ap-
pelles, tu es furpris que je tarde à te

rejoindre... Ne crains rien. Je te fuis, je te fuis; la mort la plus cruelle l'eſt bien moins que la vie ſans toi... ſans toi ! Je te fuis, je te fuis ! .. Mon ame brûle de partir avec la tienne, de s'y unir pour ne plus s'en ſéparer... Je ne cherche qu'un inſtru-ment... Ah, pourquoi ne m'as-tu rien laiſſé de ce breuvage funeſte ? .. Cruel Romeo, tu ne m'en as rien laiſſé ! (*elle va de côté & d'autre en déſpérée, comme cherchant des moyens de ſe détruire*)

BENVOGLIO.

Au nom de Dieu, ma chere Julie, ma fille, mon amie, mon amour... oui, vous ſerez ma fille chérie, la fille de mon cœur ; je vous tiendrai lieu de pere par ma tendreſſe & par mes ſoins... Quittez ces noires penſées.... Venez avec moi. J'aimois Romeo comme un fils , vous le ſavez. J'ai riſqué ma vie & mon bonheur pour faire le vôtre, pour vous unir, pour com-bler tous vos vœux... Conſervez-vous pour moi ; que votre vie ſoit la récompenſe de tout ce que j'ai fait pour vous ! Si mon fang pouvoit rappeller Romeo à la vie, je le ferois couler avec joie. Mais tout eft inutile... Soumettons-nous. Dieu l'a voulu ainfi. Oui, mon enfant, fongez-y bien, c'eft Dieu qui l'a voulu. La fageffe humaine peut-elle rien contre lui ? Je croyois avoir raffemblé tout ce que la prudence & la prévoyance font capables de faire... & cependant tout a manqué... Vivez, ma chere Julie, vivez, je vous en conjure... Si vous avez hor-reur de la maifon paternelle, je vous conduirai où vous voudrez, fût - ce au bout de l'univers... Nous parlerons en-femble de l'infortuné Romeo. (*Tandis que Benvoglio la fuit toujours des yeux, & qu'elle rejette, en fecouant la tête & par d'autres fignes de défefpoir, toute efpece de confolation, elle rencontre l'épée que Pietro avoit jettée d'effroi à la vue de fon maître mourant*)

JULIE.

'Ah ! fois la bienvenue !'

BENVOGLIO (*veut la faifir*)

Que tenez-vous ? Donnez, au nom de Dieu, donnez...

(*Julie fe débarraffe de lui, arrache le fourreau, & fe jette fur l'epée*)

BENVOGLIO.

O malheur !

JULIE.

Bien ajufté !.. Bien ajufté !.. (*elle grince un peu les dents*) Tais-toi, nature rebelle !.. Allons, mon ame... fuis celle de Romeo... Ah, ah, ah, ah... Dieu, aies pitié de moi. (*elle meurt*)

BENVOGLIO.

Je fuis prêt à mourir moi-même de crainte & d'effroi !.. Infortunés que j'ai tant chéris !... Et qui eft caufe de leur mort ?.. O (1) Benvoglio, Benvoglio...

_____

(1) Conformément à la remarque qu'on a faite dans l'avertiffement, après ces mots *ô Benvoglio, Benvoglio*, dans les dernieres repréfentations fur le Théâtre de Koch on a fini la piece par ces paroles *ô Benvoglio, Benvoglio que deviendras- tu? Que deviendrez-vous, malheureux peres &*

pourquoi as-tu attifé un feu.... Mais
qui vient en ces lieux ?

SCENE VI.

BENVOGLIO, *le vieux* MONTEC-
CHIO, PIETRO (*qui foutient
Montecchio pendant qu'il traverfe le
cimetiere*)

MONTECCHIO.

Où eft mon malheureux fils ?

PIETRO (*avec effroi*)

Je ne fais.... je vois une perfonne
debout dans le caveau... Ce ne fauroit
être Romeo... Non, il étoit trop foible...

MONTECCHIO.

Qui que ce foit, conduis-moi vers
lui... Conduis-moi. (*ils s'approchent,*

---

meres ! *Funeftes fuites d'une haine implacable !
O puiffiez-vous l'enfevelir éternellement dans le
tombeau de vos enfans chéris !*

Pietro en tremblant. Benvoglio veut les
éviter. Montecchio lui barre le passage.
Benvoglio le reconnoit)

BENVOGLIO (à part)

Je fuis perdu!.. Montecchio!.. Ciel!
que venez-vous chercher ici? Fuyez, je vous
en conjure par tout ce qu'il y a au monde.
Epargnez - vous le fpectacle le plus affreux...

MONTECCHIO.

O Benvoglio, avez-vous fauvé mon
fils ?

BENVOGLIO.

Votre fils ?

MONTECCHIO.

Ne diffimulez rien, cela eft inutile...
Pietro m'a tout appris... Une lettre de
mon fils... Où eft-il ? Où eft-il ?

BENVOGLIO.

Pere infortuné ! voyez en moi un criminel... Je me foumets à tous les châtimens... quelque innocent que je fois.
Mes intentions étoient bonnes... Je voulois réunir deux cœurs que l'amour avoit

unis... Julie alloit être sacrifiée par son impitoyable pere au Comte de Lodrona... Je lui ai donné un breuvage soporatif..On l'a crue morte ; on l'a transportée ici... J'ai dépêché un exprès à Romeo pour l'avertir du lieu où étoit Julie, & pour l'enlever. L'exprès s'est trompé de chemin. Romeo a appris par Pietro cette prétendue mort. Il est venu ici, & avant le réveil de Julie il a pris du poison...

MONTECCHIO.

Qu'entends-je ?.. Il est donc vrai ?.. O mon cher Romeo !

BENVOGLIO.

Julie s'est éveillée, elle l'a trouvé mourant, & n'a pas voulu lui survivre...

MONTECCHIO.

Quel événement, ô mon Dieu !..; Mon fils... mon fils unique !.. Conduisez-moi où il est, que je meure avec lui...

SCENE VIII.

LES ACTEURS PRÉCÉDENS,

M. CAPELLET (*avec la Garde &* *quelques Domestiques.*)

M. CAPELLET (*à la Garde*)

VOUS avez entendu, dites-vous, du monde aller & venir dans la sépulture des Capellets ? Sans doute c'est quelque scélérat qui veut dépouiller le corps de ma fille... Cela n'est que trop vrai ! Je vois quelqu'un. (*il court l'épée à la main vers le caveau. Benvoglio qui l'apperçoit se jette au-devant de lui. Cependant Montecchio , un genou en terre , est à côté de son fils qu'il arrose de ses larmes*)

BENVOGLIO (*à Capellet, dont il a faisi le bras*)

Arrêtez ! Qu'allez-vous faire, Monsieur Capellet ?

M. CAPELLET.

Qu'est-ce donc qui se passe ici ? Etes-

vous un voleur ? Qui font ceux qui font
avec vous ?

BENVOGLIO.

Je vous en conjure ; pour votre repos
& votre bonheur..... n'en demandez
pas davantage ! Retournez chez vous,
& craignez de vous rendre plus malheureux que vous n'êtes...

M. CAPELLET.

Quoi ! je ne verrai pas... Vous êtes
un traître !.. Dites-moi fur le champ
que veulent ces gens dans mon tombeau... ou... (*Montecchio, qui entend
la difpute, fe releve avec l'aide de Pietro
& approche tout tremblant*) Montecchio!...
mon plus grand ennemi !..

MONTECCHIO.

O plût au Ciel, Capellet, que nous
ne l'ayions jamais été ! ou que nous
ayions eu un cœur capable de réconciliation...

M. CAPELLET.

Quoi? Téméraire !.. Que fais-tu ici ?..
Ton indigne fils a tué mon neveu, viens-

tu ajouter à ſon forfait ? Viéns-tu fouler
aux pieds les cendres de Thébaldo, ou
le corps de ma fille ?..

M O N T E C C H I O.

Soyez content, Capellet, vous êtes
vengé. Je n'ai plus de fils... comme vous
n'avez plus de fille...

M. C A P E L L E T.

Ah, monſtre ! ſeroit-ce toi qui m'en
aurois privé ?..

M O N T E C C H I O.

Je donnerois mon ſang pour lui rendre la vie. Je la regarderois comme ma
fille chérie, s'il étoit poſſible...

M. C A P E L L E T.

Va, perfide ! on ne m'en impoſe pas
par une bonté feinte. Toi, ton fils,
toute ta maiſon, tout ce qui a une goutte
de ton ſang déteſté...

M O N T E C C H I O.

Ecoutez-moi, Capellet !.. Notre plus
grand ennemi, alors qu'il ſupplie, mérite d'être écouté... Venez... voyez...
& puis... & puis ... Ah ! liſez cette lettre...

M. CAPELLET.

Que vais-je voir ?.. Le malheureux Thébaldo égorgé par la main des Montecchio... ma fille infortunée. (*il va avec Montecchio qui lui montre le corps de son fils*)

MONTECCHIO.

Comtemplez ces tristes objets... Voilà mon fils... voilà votre fille...

M. CAPELLET.

Julie qui nage dans son sang !.. Ciel ! que vois-je ?.. (*son épée lui tombe des mains*)

MONTECCHIO.

Maintenant lisez cette lettre... Apprenez l'événement le plus terrible... &, tandis que nous pleurerons ensemble la mort de nos malheureux enfans... détestons notre haine implacable qui les a mis au tombeau... O Capellet ! que nous pouvions être heureux !

(*M. Capellet prend la Lettre, & tandis qu'il la lit, Benvoglio tire à part Mon-*

tecchio, & lui dit, à demi-voix :)

BENVOGLIO.

O Montecchio ! vous en qui la nature
a mis une ame douce & fenfible ! vous
connoiffez la violence de Capellet, je
fuis perdu, & il m'égorgera à vos yeux
fi vous lui révélez la malheureufe hiftoire
du foporatif... (*Montecchio fait connoître
fon confentement en lui ferrant la main*)

M. CAPELLET (*en lifant*)

Voilà qui eft étonnant... inconcevable...;
Benvoglio, Benvoglio !.. je ne fais où
j'en fuis..... Montecchio, voilà votre
lettre !.. A préfent je découvre la caufe
de l'obftination de ma fille... Mais hors
de fon cercueil... mais le fang... mais le
fang tout récent ?..

BENVOGLIO.

Je mérite les plus grands châtimens,
Monfieur : je vois que Romo vous inftruit par fa lettre que j'ai facilité fes liaifons
fecretes avec Julie; mais alors elle étoit
déjà fi près du défefpoir, que la compaffion & la pitié...

M. CAPELLET.

Ce n'eſt pas-là ce que je veux ſavoir pour le moment : je veux ſavoir pour-quoi Julie nage dans ſon ſang...

BENVOGLIO.

Nous l'avons crue morte... elle ne l'étoit pas.

M. CAPELLET.

Julie n'étoit pas morte ?

BENVOGLIO.

Apparemment que la circulation in-terrompue tout-à-coup & l'épuiſement total des eſprits vitaux, l'ont miſe dans un état ſemblable à la mort. Romeo en ayant appris la nouvelle, eſt accouru ici pour s'enſevelir avec elle. Il a pris du poiſon : ſon fidele domeſtique que voilà, qui s'en apperçut, n'a rien eu de plus preſſé que de venir me chercher pour lui porter du ſecours. Il étoit trop tard. Julie ſur ces entrefaites s'eſt éveillée... a vu ſon amant mourant ; elle s'eſt ſaiſie de ſon épée, & s'en eſt ôté la vie...

M. Capellet.

Quel événement ! Il eſt affreux ! terrible !.. Tu es puniſſable, Benvoglio !..
Il y a là-dedans des choſes où je ne vois
pas trop clair... Je me conſulterai ſur
ce que j'aurai à faire... Mais...

Montecchio.

Capellet ! j'ai une grâce à vous demander ! Ce qui eſt fait eſt irrévocable ! Mais, accordez - moi cette
priere !.. Je vous offre en reconnoiſſance tous mes biens, mon amitié...
tout !.. & ſi vous ne pouvez être ſatis-
fait que par la haine... le reſte de ma
déplorable vie...Donnez à Romeo une
place dans ce tombeau à côté de votre
Julie... c'eſt ſa derniere demande, &
quand je mourrai...

M. Capellet.

Montecchio ! il faudroit que je fuſſe
un barbare ſi votre malheur ne me tou-
choit pas comme le mien vous touche !..
J'y conſens... Que le tombeau de nos

enfans foit auffi celui de notre inimitié...
Que de malheurs, que de chagrins cuifans nous pouvions nous épargner & à nos
maifons !.. J'ai été un homme dur...
inflexible... j'en ai du regret... pardonnez-
le-moi...

M O N T E C C H I O.

La mort de nos malheureux enfans a
au moins produit un bon effet... Que le
Ciel vous béniffe. (*il l'embraffe*) Que
ce trifte événement réuniffe nos familles
pour pleurer éternellement mon cher Romeo & votre chere Julie !

Fin du cinquieme & dernier Acte.

CODRUS,

TRAGÉDIE,

EN CINQ ACTES.

Par M. le Baron de CRONEGK.

ACTEURS.

CODRUS, Roi d'Athênes.

ARTANDRE, Roi des Doriens.

ELISINDE, Princeffe du fang de Théfée.

MÉDON, fon Fils.

PHILAIDE, Princeffe du fang de Théfée.

NILÉUS, Confident de Codrus.

CLÉANTE
LICAS } Confidens d'Artandre.

Suite d'Athéniens & de Doriens.

La Scene eft à Athênes, dans le Palais de Codrus.

AVERTISSEMENT.

Des gens de lettres de Leipſick, dans la vue d'exciter l'émulation de leurs compatriotes, imaginerent, il y a environ trente ans, de ſe cotiſer entr'eux & de faire, du produit de cette eſpece de ſouſcription, un prix qui ſeroit adjugé à l'auteur de la meilleure tragédie. Ce projet annoncé dans les papiers publics, fit éclorre une quantité de tragédies qui ne devoient pas être d'un ordre bien ſupérieur, ſi on en juge par celle de Codrus, à laquelle les Souſcripteurs chargés de l'examen, donnerent la préférence. Cette pré-

férence lui acquit une grande célébrité; mais ceux qui la prônerent,
se garderent bien de dire qu'au jugement des personnes qui lui avoient
adjugé le prix, elle n'avoit que le
mérite d'être la moins mauvaise.
M. le Baron de Cronegk s'étoit si
peu fait illusion sur sa tragédie, qu'il
ne voulut pas même être connu;
mais étant mort à la fleur de son
âge, dans le temps qu'on examinoit
sa piece, les amis à qui il avoit
confié son secret, se crurent dis-
pensés de le garder, & c'est par-là
qu'on a su qu'il en étoit l'auteur.

La réputation de cette tragédie
est parvenue jusqu'en France, où
les gens de lettres, qui ne l'ont

pas lue, la suppofent la meilleure
qu'ait produit l'Allemagne, à raifon
du bruit qu'elle a fait. Sans vouloir
déprimer ni la piece, ni ceux qui
en ont exagéré les beautés, nous
avancerons que nous fommes fort
éloignés d'en avoir l'opinion qu'on
s'eft efforcé d'en donner : nous ne
la faifons même entrer dans notre
collection, que pour mettre les
lecteurs françois en état de la juger
par eux-mêmes, & de la comparer
avec d'autres qui ont eu moins de
célébrité, mais qui tiendront mieux
leur place dans notre théâtre allemand que nous nous propofons de
continuer auffi long-temps que le
public le recevra favorablemnet.

Nous croyons devoir avertir que la traduction de Codrus n'eſt pas notre ouvrage , & que nous n'y avons fait aucuns changemens. Elle nous a été communiquée par un amateur qui s'eſt fait un mérite de la traduire ſervilement ; & nous nous faiſons une loi de la donner telle que nous l'avons reçue.

CODRUS;

CODRUS,
TRAGÉDIE.

ACTE PREMIER.

SCENE PREMIERE.

ELISINDE, PHILAÏDE.

ELISINDE.

NE cefferez-vous donc jamais de verfer des larmes ? La trifte Philaïde fera-t-elle livrée à une affliction éternelle ? Je refpecte votre douleur, mais elle doit avoir un terme. Vous gémiffez en vain, Médon n'eft plus. Les Dieux n'exaucent point les vœux formés par le défefpoir, & les

Mânes ne fauroient s'échapper de l'Empire des Ombres. Votre cœur noble & fenfible porte trop loin la conftance : cette vertu pouffée à l'excès ceffe d'être une vertu. Vous n'êtes pas la feule qui ayiez perdu & le bonheur & le repos. Les mortels font nés pour gémir, ils n'ont de reffource que dans leur courage. Tout eft obfcurité pour nous, tout eft lumiere pour les Dieux ; & le premier devoir des humains eft de fouffrir avec conftance. Mais il eft temps aujourd'hui de rendre grâces aux Immortels. La vie a fon terme & la douleur fes bornes. Il eft trop vrai, grands Dieux ! vous m'avez ravi le repos & la félicité, & cependant je vous offre les vœux de ma reconnoiffance. C'eft votre pouvoir qui conferve ma patrie & vous. Vous gémiffez encore ? Vous, deftinée à Codrus, vous pleurez ? Ce jour qui porte la joie dans tous les cœurs eft pour vous un jour de deuil ! Vous foupirez quand la paix nous eft rendue ! Votre patrie eft remplie d'al-

légreſſe, & vous êtes en proie à la douleur !

PHILAÏDE.

Cruelle ! & vous la condamnez, ma
douleur ?... Eſt-ce ainſi que vous me
conſolez ? Eliſinde penſe-t-elle à celui
que je pleure ? Votre courage va trop
loin, votre vertu n'eſt qu'inſenſibilité.
Quelle joie la paix peut-elle m'inſpirer ?
La paix... non... mon cœur n'en connoît plus. Le tombeau qui renferme
votre fils, c'eſt-là où gît ma paix &
l'objet de mes vœux. Médon, c'eſt toi
qui le premier poſſédas ce cœur : & c'eſt
toi, cher Médon, qu'on prétend me faire
oublier ? Une juſte colere ne trouble-
t-elle pas ton repos ? Hélas ! & c'eſt ta
mere, elle-méme, qui veut m'y engager ?

ELISINDE.

Ne renouvellez pas en moi des mouvemens à peine calmés ; tendre amie,
la nature eſt bien plus forte que l'amour.
C'eſt en vain que je rappelle le courage

& la raison. Mon esprit est ferme, mon cœur cede au destin. Je veux prendre de la raison la patience & la consolation, quoique mes larmes prouvent assez que la douleur & la tendresse sont encore maîtresses de mon cœur. Tandis que mon ame est livrée à la plus cruelle douleur, croyez - vous que j'oublie la mort de Médon ? O mon fils ! quand sera-ce que les Dieux me permettront de te revoir un jour sur les rives du Léthé ? O mon fils, en te voyant égaler dans ta premiere jeunesse *la valeur prématurée* de Thésée, que mon esprit se perdoit dans de flatteuses illusions, & quel avenir heureux ne se peignoit-il point ! Je croyois te voir échauffé par le courage & le combat, couvert d'une noble poussiere & du sang de plus d'un héros, chargé des armes que ton bras auroit enlevées aux ennemis, & sortir victorieux d'une bataille sanglante, au bruit des acclamations de ta patrie, protégée par ta valeur. La troupe de nos

vierges chantoit tes exploits, & nouoit
des couronnes de fleurs pour toi, je cou-
rois à ta rencontre, & mes mains, con-
duites par la joie, prenoient le casque
de ta tête, & l'épée de ton côté. Je
contemplois avec une fierté tranquille
les autres meres. Nul autre jeune guerrier n'avoit égalé tes actions. Mais, hélas! mon songe s'est évanoui. Tu es mort,
rien ne reste. J'ai vu tomber tout-à-coup
l'édifice de mon bonheur. Est-ce là la
consolation de ma vieillesse? Est-ce là le
prix de mes tendres soins & de mes espérances? O Médon! ô mon fils!

PHILAÏDE.

Madame, vous pleurez! je trouve en
vous la mere de mon amant. Le sentiment & la douleur triomphent de la farouche magnanimité. Venez, éloignons-
nous de la pompe orgueilleuse de ce
monde, où nous ne verrons plus Médon.
Unissons nos chagrins & notre fortune;
fuyons dans un désert, & mêlons y nos
larmes; là où la nature gémit avec nous

& femble regretter Médon, où les pas
téméraires des mortels n'oferoient nous
troubler. C'eft-là où nous pourrons nous
livrer tout entieres à notre douleur, ne
parler que de lui, ne penfer qu'à lui,
jufqu'à ce qu'ayant confumé le refte de
notre vie dans les pleurs, une même
tombe puiffe nous réunir tous les trois.

.E L I S I N D E.

C'eft ainfi que vaincue par le chagrin
& la douleur, vous vous fentez affez
forte pour chercher la mort ! Ayez plutôt le courage de vivre. La mort eft le
défir de la foibleffe, car elle termine fes
maux. La vertu feule peut vivre dans
le malheur. Vous voyez que je fuis toujours la même mere remplie de tendreffe,
mon chagrin eft fans bornes ; mais tous
mes fentimens obéiffent au pouvoir
bien plus grand de la vertu. C'eft elle
qui triomphe de tout. Nous ne vivons
point pour nous, mais pour la patrie.
Vous êtes le fang de Théfée, c'eft à vous
à monter fur le thrône ; & fi vous aimez

mon fils, à vous montrer digne de lui.
Vous l'aimiez, il vous aimoit, j'y con-
fentis; le feul Codrus, ou lui, pouvoit
mériter votre main; mon fils parce qu'il
defcendoit, ainfi que vous, de Théfée,
& Codrus, parce que fa valeur gouverne
la patrie. Mais lorfque le Sénat d'Athènes,
avant que la guerre fût allumée, envoya
le jeune Médon à Thebes, il périt.
O Dieux! vous l'aviez ainfi réfolu. Il
tomba, fon noble fang fut répandu par des
affaffins. Le fort qui toujours nous donna
lieu de nous plaindre vous deftinoit le
thrône & à lui le tombeau.

P H I L A Ï D E.

Pourquoi le fort, fans ceffe irrité
contre nous, ne me deftina-t-il point
la tombe, & le thrône à Médon?

E L I S I N D E.

Tel fut l'arrêt des Dieux! Vous
connoiffez la tendreffe de mon cœur,
vous fûtes témoin de mon affliction, &
vous fentîtes ma douleur. Hélas! elle
étoit affez forte pour me ravir la vie.

Q iv

Cependant je vis, & j'ai peine à le croire.
Codrus vous aime aujourd'hui , & demande votre main. Votre pere , en mourant, nous ordonna de ferrer ces nœuds;
& maintenant la guerre fanglante , pendant laquelle les Doriens remplirent
Athènes de tant de foucis , eft calmée.
Cette fête fi fainte va s'accomplir par
vous : obéiffez à votre devoir , & cachez
votre chagrin. Penfez-vous que quand
même mon fils vivroit encore , fa tendreffe réfiftât à la vertu ? Son Roi vous
aime, il n'eft que fujet, quoique defcen-
dant de Théfée. Qui ne peut obéir eft
indigne de régner. Il fuiroit, n'en doutez
pas , pour ne pas vous ravir à Codrus,
ni vous priver du thrône. L'efprit fublime
de Codrus , qui foutient le peuple & la
patrie, qui eft trop grand pour fon état,
trop grand pour notre monde, le rend
digne de votre amour. Quel fujet peut
vous affliger déformais ? Quiconque ne
hait point la vertu , doit aimer notre
Roi.

P H I L A Ï D E.

Il mérite le respect bien plus que la
tendresse. Athènes & moi nous sommes
préts à mourir pour lui. Mais, hélas !
pardonnez, je ne saurois vivre pour lui.
Et quand même je serois prête à lui
donner ma main, que lui serviroit cette
main, lorsque mon cœur, toujours en
proie à l'affliction, ne soupire qu'après
la mort, & n'aime que Médon ?

E L I S I N D E.

Si notre espoir ne s'évanouit point
avec ce corps, si les restes de Médon
sont encore susceptibles de sentiment
dans le tombeau, croyez - moi, vous
troublez ses cendres par vos plaintes.
Il soupire, écoutez-le ; son ombre vous
conseille de remplir avec fermeté le devoir d'une sujette, la volonté d'un pere,
& les décrets des Dieux. Donnez-moi
la consolation de voir notre thrône occupé
par un rejetton de Thésée. C'est par vous
seule, tendre amie, que ce but peut
s'atteindre. Ah ! si la tombe & les té-

nebres de la mort t'environnent, ô fils chéri ! ô Médon ! espoir d'Athènes, dernier reste du sang de Thésée ; puisque enfin le Ciel, enviant à la terre ton noble courage, te reçut avec joie, daigne du haut de l'Olympe jetter sur nous tes regards; console ce cœur que tu as aimé; que Philaïde fasse le bonheur de Codrus ; tu approuves ces nœuds: je sais que même après ta mort tu chéris ta patrie.

PHILAÏDE.

Tu l'exiges donc, sort rigoureux ?.. Que mon cœur se révolte !.. Je vais trouver Codrus & lui jurer d'être à lui. Le devoir, la patrie & vous, le demandez. Oui, je suis à lui, je lui donne ma main, mon cœur n'est plus à moi. Ah, Médon !.. Mais qui vient?.. C'est le Roi... Fuyons, & dérobons à ses regards la derniere de mes larmes.

SCÈNE II.

CODRUS, NILÉUS, ELISINDE.

CODRUS.

VOUS êtes troublée, Madame, & Philaïde fuit ; elle s'éloigne toute conf- ternée à mon approche ! Parlez ! pour- quoi m'évite-t-elle ? Mon aspect peut-il l'effrayer ? Quel malheur sa fuite peut- elle me préfager ? Que mon fort est cruel, que l'éclat de la couronne est un pefant fardeau, s'il peut effaroucher l'amitié & intimider la confiance, si Philaïde s'unit à moi par contrainte & ne trouve point fon bonheur dans le mien ! Princeffe, n'avez-vous pas vu que fes yeux baignés de larmes m'annonçoient en fuyant fon chagrin ? Ma tendreffe pourroit-elle être la fource de fes maux, & notre union prochaine la caufe de fa douleur ? Suivez- la, Madame, & tâchez de découvrir ce

qui agite fon ame; faites-m'en un fincere
aveu. Peut-être pourrai-je l'arracher à
fon tourment. Je l'adore, il eft vrai ; fi
cependant elle ne fent pour moi aucun
tendre retour, mon cœur eft trop grand
pour l'affliger davantage, & pour caufer
fon malheur & le mien par un amour
obftiné. Je l'aime ; mais, fi fon cœur
porte d'autres chaînes, s'il brûle d'une
flamme étrangere, je la perdrai il eft vrai
avec un regret mortel, mais avec fermeté, & je la conduirai d'un front ferein
vers l'objet de fes vœux. L'amour ne
fera pas un tyran de Codrus, & tous
les cœurs feront libres où il régnera.

ELISINDE.

Et qui pourroit, Seigneur, entendre
parler de votre grandeur d'ame fans en
être touché ? Qui peut vous voir fans
vous payer le tribut de fes hommages?
Que la vertu eft belle & rare fur le thrône!
Puifle le cœur de Philaïde être la récompenfe de votre magnanimité ! Je me hâte
de la fuivre. Délivrée de chagrins, elle

féchera fes larmes , & va bientôt vous recevoir comme époux.

SCENE III.
CODRUS, NILÉUS.

NILÉUS.

PHILAÏDE ne fuit que par un mouvement de cette pudeur aimable, qui orne fi bien la tendre jeuneſſe. Elle n'en eſt pas moins touchée de votre mérite, Seigneur ; montrez - nous un front plus calme, & conſacrez ce jour ſi beau tout entier à la joie.

CODRUS.

Je l'aime, tu le ſais ; la foibleſſe eſt la compagne éternelle de l'amour , & mon cœur trop touché ſuit les traces de Philaïde. Je ſerois cependant trop heureux, ſi la tendreſſe ſeule étoit la cauſe de mes tourmens... Mais ce cœur eſt agité par un autre chagrin encore, dont j'ignore la cauſe, qui me prive du repos

& de l'efpérance , en m'infpirant une
crainte fecrete. Eft - ce preffentiment ?
Eft-ce illufion ? Mes larmes tombent malgré moi ; c'eft en vain que je cherche
à fermer mon ame aux foucis , un noir
chagrin me fuit par-tout , & m'infpire
l'épouvante. Athènes & moi, nous fommes à la veille de quelque grand événement, je le crains & avec raifon. Dieux,
qui gouvernez ce monde ! que votre volonté fe développe plus clairement à nos
yeux. Si ce grand jour doit voir l'ac-
compliffement du préfage , Dieux , que
votre courroux tombe fur moi , mais
protégez Athènes.

N I L É U S.

Quoi, Seigneur ! vous qu'Athènes vit
toujours femblable à vous-même , que
la douleur n'a jamais pu accabler, êtes-
vous encore Codrus ? Nul accident finiftre ne femble nous menacer , & je
vois trembler celui qui ne trembla jamais!

C O D R U S.

Ne crois pas, Niléus, que je fois
atteint d'une crainte chimérique, & qu'un
fantôme me féduife. Je fais qu'un efprit
foible eft toujours rempli d'inquiétudes,
d'ardeur & d'impatience ; qu'il eft fier,
lorfqu'il doit trembler, & craintif lorfqu'il n'a rien à craindre. Le fage conferve fa tranquillité, fupporte fa fortune,
& n'eft point abattu par le malheur. Il
ne s'endort jamais dans la fécurité, ni
ne perd tout efpoir ; il refte toujours
grand par foi-même, je le fais, & jamais
tu ne me vis frémir d'une morne crainte :
mais maintenant l'univers entier femble
vouloir s'écrouler fur moi. Les humains
font le jouet d'une puiffance inconnue.
L'image de la derniere nuit m'effraie encore toujours. Athènes repofoit, les foucis des humains étoient endormis, moi-
même j'étois enfeveli dans un léger &
tranquille fommeil, quand un fonge m'é-
pouvanta. Je vis Athènes toute remplie

de Barbares, confumée par des flammes dévorantes; je vis nos jeunes gens errans dans des rues défertes, difperfés par la crainte, s'enfuir, tomber, & expirer; le temple de Pallas en proie à la flamme irritée; je vis ce palais couvert de décombres & de pouffiere; l'enfant à la mammelle égorgé par des mains féroces, & tourner en mourant fes innocens regards vers le ciel; la troupe facrée des Vierges & des Prêtreffes couroit éplorée, le fein découvert & les cheveux épars : elles cherchoient en vain à fe cacher devant le fer homicide, & leurs ames pures s'envoloient irritées & en foupirant. Là je vis les vieillards privés d'armes & de force; leurs têtes vénérables s'abaiffoient dans la pouffiere enfanglantée. Je le vis avec effroi; je vis tomber les murs, je vis Pallas elle-même me faire figne du milieu des flammes. Je me précipitai courageufement dans fon temple embrâfé. La Déeffe mè tendit la main, & m'attira vers elle. Soudain l'éclat des flammes difparut, &

mon fonge fe diffipa. Il ne me refta que ma frayeur.

N I L É U S.

O Pallas ! daigne nous garantir des effets du préfage effrayant !

C O D R U S.

Arbas n'eft-il pas encore revenu , lui à qui j'ordonnai de confulter à Delphes l'Oracle d'Apollon ? Je l'attends en vain.

N I L É U S.

Artandre eft battu , & la Dorie, qui ne demande maintenant que la paix, laiffe tous les chemins libres. Perfonne ne fait cependant encore qu'Arbas foit effective-ment arrivé.

C O D R U S.

Où peut-il donc refter ? Peut-être que la nuit de l'incertitude , qui tourmente mon ame, difparoîtra. Peut-être que par ce décret des Dieux Athènes apprend l'arrêt de fon fort.

N I L É U S.

Athènes ne doit plus craindre les Do-riens , & notre derniere victoire diffipe

toute crainte. Artandre même défire de
vous voir ici, Seigneur, fous les aufpices
de la paix, & tout prêt à figner le traité.

Codrus.

Oui, je dois lui parler aujourd'hui en
ces lieux. Un Roi eft trop grand pour
violer fa foi. Je ne crains rien de fa part,
& je condamne le foupçon qui fouvent
malgré moi-même me rend quelquefois
douteux encore. Le foupçon eft l'effet
de la crainte, & n'appartient qu'aux tyrans. Je cherche à bannir cette image de
mon ame. Mais, dis-moi, ce héros dont
la valeur faifoit fuir dans le dernier combat les Doriens, ne s'eft-il pas fait connoître encore ?

Niléus.

Trois jours font écoulés, & l'on n'entend rien de lui. Artandre fut fait pri-
fonnier. Le falaire de fa tyrannie étoit
déjà tout prêt; mais, comme on dit, ce
héros lui rendit la liberté. Voilà tout ce
que je fais.

UN SOLDAT.

Pardonnez fi mon devoir vous impor-
tune. Un étranger demande à vous entretenir.

CODRUS.

Ah, fi c'étoit lui-même ! Qu'il vienne !
Quelle récompenfe Athènes pourroit-elle
lui deftiner ?

SCENE IV.

CODRUS, NILÉUS, MÉDON.

CODRUS.

EST-CE le fils d'Elifinde ? Un fonge
ne me féduit-il point ? Un Dieu vous
a-t-il peut-être rendu la vie, pour la défenfe
de la patrie ? Eft-ce vous, ô Médon ! mon
œil ne me trompe-t-il pas ?

MÉDON.

Non, c'eft Médon lui-même qui vous
parle ; c'eft le fils d'Elifinde, qui honore
fon Roi, auquel une joie noble & pure
apprend aujourd'hui à verfer des larmes

précieuses. Je fus jusqu'ici le jouet de la fortune inconstante : la puissance des Dieux me ramena trop tard. Pourquoi, Seigneur, pourquoi Médon n'a-t il pu vous accompagner dans la mélée , & combattre pour sa patrie & son Roi ? Pourquoi étois-je éloigné & retournai-je si tard, que je ne pus cueillir que des restes de lauriers ?

C O D R U S.

Je bénis les Dieux qui nous rendent Médon. Ce sont eux qui veillent sur les jours des vrais héros. Ce sont eux dont la puissance vous a garanti du trépas, qui ont fortifié votre bras , & dirigé vos coups victorieux. Les preuves que vous donnâtes de votre valeur, annoncent le reste du sang héroïque de Thésée. Embrassez moi. Vous êtes le même héros qui dans la derniere bataille a dompté l'orgueil d'Artandre.

M É D O N.

Ce que j'ai fait n'est rien pour la patrie & pour mon Roi ; assez peut-être pour mon bras , mais trop peu pour mon cœur,

C O D R U S,

Quel pouvoir divin vous rend donc au monde ? Nous avons long - temps pleuré votre mort,

M É D O N,

Un bonheur inefpéré m'arracha au danger & me conferva cette vie , que je dois un jour facrifier d'une maniere plus noble à ma patrie. Vous favez qu'Athènes, avant que la guerre fût allumée , m'envoya à Thebes avec une fuite peu nombreufe. Nous avancions hardiment fans crainte de dangers. Mais tout-à-coup nous fûmes environnés par des troupes nombreufes d'ennemis. Ils me laifferent bleffé & les miens morts fur la place. J'étois étendu fans connoiffance. Un hafard heureux amena des bergers dans la forêt où l'ennemi m'avoit traîné. D'une main compatiffante ils panferent mes plaies. Leurs foins fideles & humains prolongerent le cours de ma foible vie,

J'ouvris les yeux, je les tournai vers
la voûte étoilée, & je priai les Dieux
de m'accorder une mort plus glorieufe.
Ils exaucerent mes vœux; on m'emporta,
& j'arrivai à Thebes dans un habillement
inconnu. Là, je fentis que la puiſſance
des Dieux ᴐe gouvernoit; je remarquai
que mes priᴄ᷄ ᷄s émurent le peuple Thé-
bain. Une armée de Boétiens courageux
partit avec moi. Ils me fuivent, & arriveront ici dans peu de jours. J'ai prévenu l'armée, impᴄᴛient de revoir ces
murs, où l'on regrᴄttoit la mort de
Médon. J'ignore quel feᴄret pouvoit nous
charmer dans ces lieux, où nous avons
vu pour la premiere fois la clarté du
jour. L'air femble y être plus doux &
le foleil plus brillant, un verd plus riant
peint les campagnes qui nous font fi connues. Celui qu'Athènes vit naître meurt
avec joie pour Athènes. Plein d'allégreſſe, il faut que je voie aujourd'hui la
fête de la paix. Je la célébrerai avec toute
la ville, quoique prêt pour la guerre.

Une paix eſt plus précieuſe qu'un grand nombre de victoires.

C O D R U S,

C'eſt ainſi que penſe un véritable hé‑ros ! La ſoif de la gloire & du ſang enflamme ſouvent des cœurs peu élevés ; c'eſt plutôt férocité que valeur. Ce cou‑rage farouche qui n'honore rien que les armes eſt uniquement toléré par le Ciel pour châtier les mortels. Celui‑là eſt un vrai héros qui procure le repos aux peuples ; il eſt au‑deſſus d'un Prince ; car il eſt vertueux. Mais les plus grands cœurs ſont les plus tendres… Eliſinde vous attend aves les ſentimens les plus vifs de l'amour maternel. Je ſors ; mais je la vois venir. Princeſſe, approchez, re‑cevez votre fils, la gloire d'Athènes, il vit. Abandonnez‑vous à vos tranſports. Je vous laiſſe. Soyez contens, & rendez l'une & l'autre grâces aux Dieux.

SCENE V.

ELISINDE, MÉDON.

ELISINDE.

Ou fuis-je ? Puis-je refpirer encore ?
O Médon ! eft-ce vous que je vois ?
Oui, c'eft lui-même. O Dieux !.. C'eft
lui.... Embraffe-moi !.., O Médon !
ô mon fils !

MÉDON.

O Dieux ! Elifindè ! elle chancelle..;
ne me la raviffez point au moment que
je la revois. Princeffe ! méritai-je tant
d'amour ?

ELISINDE.

C'eft toi, tu vis. C'eft-là tout ce que
j'ai défiré ! Dieux immortels, prenez
maintenant ma vie, une joie trop prompte
& trop grande fuccede à mon affliction.
Dieux, qui avez été témoins de ma douleur, à peine aurois-je hafardé de vous

prier

prier. Mon fils, quoi, vous vivez encore !

MÉDON.

Mon bonheur m'a arraché aux ténebres de la mort qui s'approchoit déjà de moi. Peut-être le deſtin veut-il que mon bras ſerve déſormais les Dieux & ma patrie.

ELISINDE.

Par quelle voie échappâtes-vous à la mort ? De quel Dieu puiſſant Médon obtint-il des ſecours ? Athènes vous croyoit déjà la victime de la fureur de uelque ennemi. Vos gens furent trou-és morts… Vous êtes du ſang de Thé-ée. Vous n'aurez pas conſervé la vie ar des baſſeſſes !

MÉDON.

Non, Eliſinde, non. Prêt à la rendre, otre fils n'a point flétri la gloire de nos ïeux. Non !.. Mais pardonnez, Madame, mon tendre déſir vous interrompt ; ardonnez au ſentiment le plus violent le plus vertueux !.. Philaïde vit-elle ? onge-t-elle encore à mon amour ? Où

héât. Allem. de Junker. T. IV. R

eſt-elle?.. La mort l'a-t-elle ravie?
Pourroit-elle m'être infidele? Je tremble! vous pâliſſez! vous vous taiſez...
Ne me chachez point ce que je dois
craindre. Hélas! la puiſſance des Dieux
ne m'arracha-t-elle du tombeau que pour
me faire trouver une mort plus cruelle?
Découvrez-moi mon ſort, mon cœur eſt
rempli d'alarmes.

ELISINDE.

Elle vit... Mais quel lieu vous cacha
juſqu'ici? N'avez-vous jamais perdu de
vue les objets confiés à vos ſoins & à
votre fidélité? Arrivâtes-vous à Thebes
& en revenez-vous ſeul?

MÉDON.

Oui, j'arrivai à Thebes... Pourquoi
le deſtin ne me ferma-t-il pas plutôt la
paupiere pour jamais? Ah, Madame,
parlez, faites-moi ſavoir mon ſort!
Que votre fils & ſa douleur vous tou-
chent! Elle vit, & ne m'aime point!
Eſt-ce-là le prix de ma fidélité? Elle ne
m'aime plus! C'eſt ce que m'annonce

votre silence. Votre pitié vous fait différer l'aveu de mon malheur. A qui me sacrifie-t-elle ? Parlez !

E L I S I N D E.

Médon, as-tu du courage ?

M É D O N.

Dieux ! quelle question ! . . Parlez ; mon sang répandu doit-il vous convaincre que je ne le profane point, que je suis encore votre fils, que je ne crains point la mort ? Qui est-ce qui peut nuire à ma gloire par quelque lâche calomnie ?

E L I S I N D E.

Un grand guerrier n'est pas toujours un grand homme. On peut risquer sa vie par ambition ou par orgueil ; mais il faut plus de courage pour supporter le malheur. La vraie valeur est souvent la moins connue. Son siege est dans le cœur, & non dans notre bras. Dis, as-tu assez de fermeté pour m'écouter tranquillement ?

M É D O N.

J'y suis tout prêt.

ELISINDE.

Mais qui s'approche, pour troubler
notre entretien ? Venez...

UN GARDE.

Princesse, Philaïde arrive.

ELISINDE (à Médon)

Demeurez ici, je vous quitte.

MÉDON.

Quoi ! vient-elle ? elle-même ?

ELISINDE.

Vous me suivez ? Attendez-moi ici.

MÉDON.

O Ciel! Comment ? Je ne la verrai
donc pas ? Dieux ! quel fort !..

ELISINDE.

Restez, Prince, vous ne pouvez la
voir encore...

MÉDON.

Ma douleur ne sauroit donc...

ELISINDE.

Est-ce-là le courage de Médon ?

MÉDON.

Pardonnez, cruelle, à la fureur d'un

amour trahi. Je ne me connois plus.
Les maux que j'endure...

ELISINDE.

Es-tu encore Médon ? Suis-je encore
Elisinde ? Mes ordres ont - ils encore
quelque empire sur toi ? As-tu encore
le même cœur dans ton sein ? Obéis,
& demeure ici... Que sa douleur me
cause de tourmens !

(*Elle sort*)

MÉDON. (*seul*)

Le bonheur des humains ne peut donc
durer qu'un instant ! Dieux protecteurs
de ces lieux, & vous, murs paternels,
que mon ame fut ravie en vous revoyant !
Hélas ! la plus vive douleur étoit trop
proche de ma joie ! Pourquoi le sort
conserva-t-il mes jours infortunés ? Je
les aurois terminés moins douleureuse-
ment dans le combat. L'état de l'incertitude est trop violent ! Découvrez-moi
du moins ce que je dois regretter.

R iij

O Dieux ! le plus tendre de tous les
fentimens ne fauroit - il vous toucher?
Raviffez-moi ma gloire & mon bonheur,
mais épargnez mon amour.

Fin du premier Acte.

ACTE II.

SCENE PREMIERE.

ELISINDE, MÉDON.

ELISINDE.

Mon fils, vous connoissez maintenant
votre sort. Je vous plains; mais un héros,
dans le malheur même, doit exciter l'admiration & non pas les plaintes. Il n'y
succombe jamais. Il sent sa douleur, mais
il sait la vaincre. Obéissez à votre devoir.
Tout Athènes fait éclater sa joie de
voir le digne sang de Thésée sur notre
thrône. Vous savez que je vous chéris,
que j'aime Philaïde. Elle vous étoit des-
tinée. Le malheur vous sépare. Soumettez-
vous au destin. Votre chagrin me touche :

mais la victoire n'est jamais sans combat, & la carriere de la vertu est remplie de travaux & de peines. Vous êtes sujet: rendez-vous digne du rang de Souverain,

MÉDON.

O, que ce devoir est difficile ! Mon cœur peut combattre, mais non pas triompher. La vie & le bonheur des mortels dépendent des Dieux seuls. Ils ont remis leur pouvoir aux Rois. Ceux-ci regnent sur nous. Ils sont trop souvent les arbitres du plaisir ou de la douleur des humains, mais jamais de notre cœur, qui toujours est entraîné par un penchant inconnu. Nul Dieu, nul Souverain ne domine sur notre amour. Je suis prêt à donner ma vie pour mon Roi ; vous savez à quel point je lui fus toujours fidele. Mais je ne pourrai jamais vaincre ma passion. Rien n'est capable de me séparer de Philaïde. Pardonnez, plaignez vous-même votre fils infortuné. Si Philaïde m'aime, elle fera peu de cas d'un thrône, & sera heureuse avez moi, en me restant fidelle.

E L I S I N D E.

Elle n'en fera pas moins blamable, en fe laiffant éblouir par le préjugé, en fuyant la vertu, qui nous enfeigne de réfifter à l'amour, lorfqu'il bleffe le devoir. Vous auffi, Médon, vous, le héros d'Athènes, couronné cent fois par la victoire, voulez-vous perdre le plus beau de tous les triomphes, l'empire fur vous-même ? Le devoir de Philaïde vous ravit fon cœur. Son pere en mourant lui ordonna cet hymen. Vous voudriez qu'elle combattît, ainfi que vous, la vertu, & vous cherchez encore à accufer le Ciel de votre infortune ! Peut-être eft-elle affez foible pour fe donner à vous & pour vous fuivre dans votre fuite : elle eft femme & elle aime. Vous devriez avoir plus de force, & montrer, par votre exemple, qu'aucun malheur n'eft capable de dompter un cœur qui penfe noblement. La fermeté eft un devoir pour vous. Je ne condamne point l'amour, mais je veux qu'il cede au devoir. Rappellez vos fens,

R v

ô mon fils ! Ne détruisez point l'espérance que nous avons conçue de vous.
Soyez encore une fois Médon. La raison & la sagesse triomphent des passions,
& la douleur même que ressent la vertu,
en se faisant violence, embellit sa victoire.

MÉDON.

Mon cœur est beaucoup trop foible
pour l'austérité de vos leçons. Je sens
tout mon tort, mais c'est pour augmenter
mon tourment. Dieux ! daignez me gui-
der, mon malheur vient de vous. Mon
ame incertaine succombe sous ce coup.
Vous pouvez peut-être me donner le
courage de la perdre, mais non pas celui de survivre à cette perte. Les forces
manquent à mon cœur attendri. La mort
me délivrera.

ELISINDE.

Meurs, & sois vertueux ! c'est le but de
la vie. Reconnoissez, mon fils, mon amour
& ma tendresse pour ces mêmes sentimens
qui vous paroissent cruels aujourd'hui.

Mon cœur maternel soupire en secret
quand vous pleurez , & partage votre
douleur. Je souffre plus que vous. Ah,
que je rendrois avec joie ma vie au Ciel,
si par-là je pouvois vous voir heureux !
Mais lorsque la vertu parle , elle fait
taire mon chagrin ; je puis vous voir
mourir si la vertu l'exige. Une mort glo-
rieuse est bien préférable à une vie flétrie
par la moindre tache. Soyez courageux,
mon fils ; la timidité seule succombe à la
douleur. Parlez ! .. à quoi voulez-vous
vous résoudre ?

MÉDON.

A être digne de vous. Je ne sais quel
esprit, qui anime chacune de vos paroles,
élève, en vous écoutant, mon cœur , &
lui inspire une nouvelle fierté ! Tel que
la voix des Dieux, votre discours pénetre
mon cœur étonné, & y réveille la vertu. Je
sens un noble feu s'allumer dans mon sein.
Je vais fuir Athènes, moi-même & Philaïde. Je l'aimerai toujours, mais triste
& solitaire , loin d'elle & d'Athènes.

R vj

Codrus la possédera. J'y consens; je pars!
Ma vie n'est pas d'un assez grand prix;
pour mon Roi & ma patrie, je la donne
volontiers.

ELISINDE.

Vois, Thésée, son courage! Il est l'objet
de ma gloire, de celle d'Athènes & ton
digne sang! Embrassez-moi, mon fils;
votre éloignement m'attriste, mais vous
apprendrez de moi à renoncer au bonheur que l'on estime le plus. Soyez heureux loin moi.

MÉDON.

Je ne demande plus de vous qu'une
seule & derniere faveur. Conduisez encore une fois mes pas vers la triste Philaïde; &, quand bientôt mon ame lassée
par des tourmens continuels en sera délivrée & abandonnera ce corps, portez-
lui alors de vos mains compatissantes,
les tristes restes de Médon; remettez-lui
en pleurant mes cendres, & ne vous
opposez point aux larmes qu'elle répan-
dra peut-être pour appaiser mes mânes.

Je partirai d'ici avant la fin du jour.
Laiſſez-moi voir Philaïde pour la derniere fois, & entendre de ſa bouche un
éternel adieu.

ELISINDE.

Votre foibleſſe ne détruira-t-elle point
un ſi noble projet ? Etes-vous aſſez fort
pour ſoutenir cet adieu ? Je vous défen-
dis tantôt de la voir encore, je craignois
votre douleur. Elle ſait que Médon eſt
vivant, elle pleure, mais elle ne ſauroit
réſiſter au deſtin. Elle eſt maintenant pro-
miſe à Codrus. Je l'attends ici... Vous
pleurez ! Soyez mon fils. Je la vois déjà
qui s'approche. Fuyez ſi la force vous
manque. C'eſt le moment où il faut dé-
ployer toute votre fermeté.

MÉDON.

Ma douleur eſt trop grande pour que
je puiſſe pleurer maintenant. O vertu !
raffermis mon cœur contre cet aſpect !
O patrie ! pardonne à ce reſte de foibleſſe !
pardonne à l'impétuoſité du ſang qui coule
dans mes veines : pardonne aux vœux indiſ-

crets que forment mes tranquilles soupirs!
empêche au moins qu'une larme de foiblesse
ne mouille ma paupiere, tandis que mon
cœur essuie un combat si violent. Hélas !
j'affligerois Philaïde par ma douleur méme.
Je ne suis point assez foible pour aimer
en elle mon propre bonheur. Le sien faisoit l'objet de tous mes vœux. Je n'estime pas ma vie, mais la sienne m'est ines-
timable.

ELISINDE.

Je me sens touchée par ce noble courage. Je partage votre tourment ; & je
pleure à la fois de douleur & de joie.

SCENE II.
PHILAIDE, ELISINDE, MÉDON.

PHILAÏDE.

CHER Médon ! est-ce vous que je vois ?
Un sort propice ramene-t-il le héros que
mon cœur ne cesse d'aimer ? Moment
fortuné, quoique mêlé d'amertume ! Nul

revers n'a pu arracher votre image de
mon ame. Le monde m'a paru trifte,
parce que je ne vous y croyois plus.
Vous vivez ! Une fimple erreur me fit
pleurer votre mort ! Ce n'eft que depuis
ce moment que je vois reluire le foleil, &
fleurir le printemps. Médon feul l'orne
& l'embellit. Combien, (*à Elifinde*) vous
le favez, combien n'ai-je pas fouftert ?
Elifinde même a combattu en vain mon
défefpoir. (*à Elifinde*) Le lui avez-vous
dit, Madame ? (*à Médon*) Mais quoi ?
Vous ne parlez point ? Vous pleurez ?
Une fombre douleur change vos traits ?
Juftes Dieux ! Hélas, il frémit ! Il craint
de me recevoir, & les larmes coulent
malgré lui de fes yeux !

MÉDON.

Quel bonheur pour moi de vous voir
encore une fois ! Vous m'aimez ; il fuffit,
je vais avec joie à la mort. L'arrêt du
Ciel ordonne de nous féparer encore ; les cœurs magnanimes font defti-
nés à fouffrir ici - bas. Le plus grand

bonheur des humains eſt d'être vertueux, & cependant ce bonheur devient ſouvent la ſource de nos tourmens. Alcide, Philoctete, & Théſée même étoient toujours errans, infortunés, enveloppés de dangers. Mais, au lieu d'un bonheur médiocre ſur la terre, la récompenſe de la vraie vertu les attendoit déjà dans l'Olympe. Nous auſſi nous ſommes deſtinés à marcher dans la même carriere, & à donner de l'éclat à la vertu par notre amour infortuné. Je vous reverrai, Philaïde, dans un meilleur monde. Puiſſe votre grandeur d'ame vous aider à ſouffrir ces adieux. Je ſuis mon devoir : vous ne me reverrez jamais. Une terre étrangere va couvrir les cendres de Médon. Vous êtes maintenant à Codrus, & il eſt digne de vous. Mais quand le deſtin vous déclare ſon épouſe, quand la pompe de la couronne ornera ce beau front, quand l'éclat qui ſéduit ſi ſouvent les Princes, vous environnera, quand dans un tumulte éblouiſſant vous ſerez livrée au plaiſir :

n'oubliez pas au moins que Médon vous
aima. Dites, oui, Médon m'aima plus que
sa vie : il m'a sacrifiée à la patrie & à son
devoir; nul mortel ne respire, dont l'a-
mour & les peines soient égales à celles
qu'il ressentit ; que la terre te couvre
doucement ! repose en paix, infortuné !
pour prix de ta fidélité, reçois encore
cette larme que je consacre à la douleur.

PHILAÏDE.

Seigneur, que dites-vous ? Etes-vous
aussi barbare que le sort ? Voulez-vous,
& pouvez-vous me fuir ? Cruel ! rappellez-vous le temps passé. Songez au
bonheur dont nous jouissions alors, à ce
que vous m'avez juré. Vous vivez donc,
hélas ! & vous êtes perdu pour moi ! Vous
n'êtes plus à Philaïde, & je vis encore !
Vous m'aimez, si je dois vous en croire,
& vous m'abandonnez ! Si votre tendresse
est sincere, rien ne sera plus capable de nous
séparer, & celle qui ne vivoit que pour
Médon, pourra mourir avec lui.

MÉDON.

Moi, je resterois ! je vous verrois dans d'autres bras ! Pourrois-je modérer ma jalouse ardeur ? Non, il ne me reste d'autre parti que de m'éloigner. Quand le Ciel nous sépare, vous apprendrez à me connoître. La vertu, l'honneur & le devoir l'emportent aujourd'hui sur vous & sur mon amour, mais la vie est beaucoup moins chere que vous. C'est la vertu qui m'ordonne de fuir.

PHILAÏDE.

Et c'est elle qui m'ordonne de mourir. Je ne puis obtenir la pitié & le secours des Dieux. Vous me fuyez, Médon, vous ! Rien ne me reste. Sort barbare ! ta colere est-elle enfin épuisée ? Ravis encore au monde, qui m'est odieux, cette ame depuis long-temps lasse d'y gémir. Tu triomphes... (*Elle tombe dans les bras d'Elisinde*)

MÉDON (*se jettant à ses pieds*)

Philaïde !

Eʟɪsɪɴᴅᴇ.

Trifte tendrefſe , que vous coûtez de tourmens! Monfils, montrez de la fermeté!

Mᴇ́ᴅᴏ·ɴ.

Elle pleure , & je dois montrer de la fermeté ! Non , je ne puis réſiſter plus long-temps à la douleur ! (à *Philaïde*) Vous me verrez mourir ici à vos pieds. Retenez ſeulement vos larmes. Votre douleur triomphe de mon courage. Je racheterois volontiers vos pleurs de mon fang. O déſeſpoir ! O tendreſſe !

Pʜɪʟᴀïᴅᴇ,

Je dois donc vous perdre , Médon ? Nos tourmens ne ſauroient donc fléchir le Ciel ? (*elle releve Médon*)

Eʟɪsɪɴᴅᴇ.

Couple infortuné ! que le fort femble avoir choiſi pour ſurmonter courageu-fement les plus violentes douleurs de l'amour , puiſſent vos ames ne point ſuccomber ſous le poids du malheur ! Triomphez de vous-mêmes pour vain-cre la colere des Dieux. Levez-vous ,

mon fils; votre douleur & votre amour
ferviront encore à donner à la poftérité
un exemple de grandeur d'ame. Et vous
que le fort a choifie pour monter fur le
thrône, ne vivez, en régnant, que pour
affifter la vertu. Songez que vous y fûtes
deftinée : ce fera votre plus grande confolation. Etouffez ces mouvemens qui
vous ôtent le courage. Ne prolongez point
ces triftes momens d'un éternel adieu.
Vos délais augmentent vos douleurs. Je
vous regarde avec fermeté, mais je fouffre
plus que vous. Verfer des larmes eft un
foulagement, mais je me le refufe.

PHILAÏDE.

A combien de tourmens mon cœur
étoit-il donc deftiné !

MÉDON.

Le fort devoit-il féparer deux cœurs
comme les nôtres ?

PHILAÏDE.

Je ne vous verrois plus ?

MÉDON.

Je vous perds pour toujours ? Mais

une prompte mort me délivrera des maux que j'endure.

P H I L A Ï D E.

Et moi... fi ma douleur ne peut terminer plutôt mes jours, je vous promets de ne pas vous furvivre.

E L I S I N D E.

Il eft temps de vous féparer. Codrus va fe rendre en ces lieux. Phorbas en ce moment lui annonce le décret des Dieux. Je l'ai vu arriver. Les tourmens de vos cœurs augmentent par vos pleurs, & les irritent.

P H I L A Ï D E.

Cruelle ! n'abrégez point ces inftans fugitifs !

E L I S I N D E.

Ce n'eft pas moi qui lui ordonne de partir. C'eft le fort & la vertu qui lui difent, il eft temps de vous dire un éternel adieu.

M É D O N.

Je fuis ma dftinée. Je friffonne ! Quelle nuit couvre mes regards d'un voile épais?

Un froid mortel glace tout mon sang
dans mes veines.

ELISINDE.

Dieux immortels ! fortifiez-le dans ses
douleurs. Mon courage s'échappe ; mon
cœur se lasse de sa fermeté.

MÉDON.

O vous, tout mon bonheur , ô bonheur que je perds ! Ma chere Philaïde,
(*il lui baise la main*) vivez, soyez heureuse à jamais !

PHILAÏDE.

Oh Médon ! Oh destin !

MÉDON.

Hélas ! pourquoi votre Médon survit-
il à ce tendre regard !

ELISINDE (*embraffant Médon*)

Mon fils, adieu ! Reçois ces dernieres
marques de ma tendresse maternelle &
de ma profonde douleur. Si tu veux res-
sembler aux héros, apprends de Théfée
à dompter les tyrans : c'est de moi que
tu appris l'art de se vaincre soi-même.
Songe à moi, perſévere, & que ta vie glo-

rieufe ferve au monde d'exemple du vrai
héroïfme. Après avoir triomphé de chaque
paffion, cours à la victoire, fois guerrier, fois plus, fois vertueux ! Dieux,
fecondez fes efforts, conduifez fa jeuneffe.
Diminuez fes maux, il les fouffre par la
magnanimité ; & quand même vous n'ac-
corderiez pas à fon nom la gloire de
paffer à la poftérité, rendez-l'en du moins
digne. C'eft l'objet de mes vœux. Puiffe
la tranquille vertu être l'objet des fiens.
Mon fils, n'oubliez pas dans l'éloignement l'amour d'Elifinde... Adieu, rien
ne peut te retenir. Le temps eft déjà
paffé.

MÉDON.

Princeffe, adieu pour jamais.

PHILAÏDE.

Je meurs.

ELISINDE.

Fuyez, mon fils !

MÉDON.

Je fuis, mais daignez écouter ma derniere
priere. Secourez Philaïde, calmez fon

défefpoir ! Partons enfin. Celui-là peut braver tous les malheurs, qui n'a plus rien à fouhaiter qu'une mort glorieufe.

(*Il fort*)

SCENE III.
ELISINDE, PHILAIDE.

ELISINDE,

C'EN eft fait !.. Il fuit ! Oh que ne puis-je pleurer dans la folitude !.. Qu'il eft difficile, qu'il en coûte d'amertumes pour paroître intrépide aux autres, tandis que notre cœur fuccombe à la douleur ! (*à Philaïde*) Montrez de la fermeté ! Médon s'eft éloigné, la vertu a triomphé, elle doit remporter encore une plus belle victoire fur vous dans le temple...

PHILAÏDE (*fe réveillant tout-à-coup, & courant vers la couliffe par laquelle Médon eft forti*)

Eft-il forti ?.. O Médon ! vois-moi mourir. Cruel, reviens fur tes pas !

(*à*

(*à Elisinde qui l'arréte*) Laiſſez - moi,
Madame... Il eſt déja loin ! Vous me
retenez encore & ne pleurez pas ce fils!
Cœur dur & barbare!... Je cours au
temple. Là, vous me verrez à côté de
Codrus. Mais au même inſtant un poignard me délivrera des tourmens de la
vie, des douleurs de mon amour & de
vos regards.

ELISINDE.

Que vous me touchez ! Hélas ! je
ſouffre doublement en vous voyant ſouffrir !.. On ne triomphe pas du ſort par
les larmes, mais par la vertu. Je ne pleure
point...

PHILAÏDE.

Votre œil me fait voir le contraire,
& c'eſt en pleurant que vous me dites,
je ne pleure point. Pourquoi, lorſque la
douleur s'eſt emparée ſi fortement de
votre ame ...

ELISINDE.

O Ciel! reprenez vos ſens! Je vois
venir le Roi...

Théât. Allem. de Junker, T. IV. S

SCENE IV.

CODRUS, NILÉUS, ELISINDE, PHILAIDE.

CODRUS. (à *Philaïde*)

PRINCESSE, ce jour étoit deftiné à me rendre heureux ; déjà les flambeaux de l'hymen éclairent le temple ; déjà on entend retentir les chants d'allégrefle : cependant, oferois-je le dire , hélas! le Ciel paroît être contraire à mes vœux. De noirs preffentimens rempliffent mon cœur. Je fens des douleurs inconnues, & je crains pour Athènes. Une triftefle même augmente mes foucis. Je vois encore à regret fur votre front la douleur & le chagrin. Peut - être l'obfcurité de l'avenir fe dévoilera - t - elle en peu de jours, peut-être même aujourd'hui. Mais fongez, Madame, au tourment que fouffre mon amour , en différant d'un jour la fête de l'hymen,

PHILAÏDE.

Egalement · agitée de craintes & de
funeftes préfages , mon cœur , depuis
long - temps , ne fent qu'épouvante &
amertume. Je vois, Seigneur, que des
douleurs fecretes & des foucis cuifans vous 'occupent. Je fors pour réfléchir dans la folitude à mes maux.

(*Elle fort avec Elifinde*)

S C E N E V.
CODRUS, NILÉUS.

NILÉUS.

SEIGNEUR ! & c'eft vous-même qui
dites , ferrez les nœuds de l'hymen...
Quel malheur eft-ce donc qui vous menace ainfi que la patrie ? Le rapport de
Phorbas vous effrayeroit-il ? Seroit-ce
le décret des Dieux qui caufe vos foucis ?

CODRUS.

Ne crains rien, Niléus, Athènes va

triompher. L'arrêt du Ciel le promet ;
& vous n'avez rien à redouter. Mais je
dois me taire encore fur le refte de fa
volonté ; peut-être la verrez-vous accomplie en ce jour. Je commence déjà à
comprendre le fens de mon funefte fonge,
mais mon œil ne peut pénétrer encore à
travers la nuit du deftin. J'ignore pourquoi... Cependant, je fuis fatisfait, j'en
fais affez, & mon cœur a déjà tout décidé.
Le falut d'Athènes eft entre mes mains,
Tel eft l'arrêt des Dieux.

NILÉUS,

Si notre bonheur dépend de vous,
Seigneur, nous n'avons plus rien à craindre. Mais, au lieu d'une joie fereine,
votre cœur me paroît rempli de la plus
fombre douleur. Encore un coup, pourquoi différez-vous l'heureux moment?

CODRUS.

Je ne fouffre point, ami, je rends grâce
au deftin. Quoique foible en apparence,
quoique je femble fouffrir, mon ame eft
libre, & je fens la tranquille fatisfaction

par laquelle les vertus élevent un grand
cœur... Mais, pourquoi Artandre n'eft-
il pas dans Athènes ? Je devois le voir
aujourd'hui dans ces lieux. Que le peuple
foit prêt à le recevoir. Je m'empreffe, en
attendant, à aller au temple de Pallas.
Peut-être trouverai-je le repos aux pieds
de fes autels. La Providence a environné
la carriere de notre vie d'un épais nuage
& de ténebres facrées. Semblables à ceux
qui font privés de la lumiere, nous errons,
mais un pouvoir inconnu gouverne tous
nos pas. Après avoir paffé nos années
dans un fonge continuel, le temps nous
ramene vers nos aïeux. Nous fommes ce
qu'ils étoient, & nous deviendrons ce
qu'ils font. Une mémoire glorieufe eft
tout ce qui refte de nous. Pour elle, le
fage fe rend maître du fort. La vertu
feule peut, à travers de ces ténebres,
nous conduire par des chemins fûrs à
l'immortalité.

Fin du fecond Acte.

S iij

ACTE III.

SCENE PREMIERE.

CODRUS, NILÉUS.

CODRUS.

QUOI ! Médon eſt parti ſoudainement
& en ſecret d'Athènes ? Tout conſterné
il s'eſt enfui d'ici ? Tes yeux l'ont vu,
dis-tu ?

NILÉUS.

Oui, Seigneur, je l'ai vu ſortir de ce
palais. Le déſeſpoir étoit peint ſur ſon
front. Il a paſſé par la porte voiſine, &
a tourné ſouvent ſes triſtes regards vers
le palais & vers Athènes.

CODRUS.

Il s'eſt éloigné ſans me découvrir ſon

chagrin! Pourquoi Médon veut-il se dé-
rober à ma vue? Pourquoi mon ami me
fuit-il, tandis que chacun de mes sujets
peut s'attendre à mon secours, ou du
moins à ma pitié?

NILÉUS.

Seigneur, je vois Philaïde qui s'avance
de loin.

CODRUS.

Elle s'avance d'un air rêveur. Le désespoir semble conduire ses pas. Il me paroît qu'elle pleure, & parle tout bas.
Enfoncée dans une profonde méditation
elle ne nous apperçoit pas encore.

SCENE II.

CODRUS, NILÉUS, PHILAÏDE.

PHILAÏDE (*dans une profonde rêverie*)

C'EST ici, oui, c'est ici que je l'ai vu
pour la derniere fois. O Médon!.....
Seigneur, pardonnez... (*elle voit Codrus,
s'effraye, & veut sortir*)

S iv

CODRUS.

Quoi, Madame, vous vous preſſez de
ſortir en me voyant ! Quelle douleur
vous agite ? Pourquoi votre cœur trop
timide me la cache-t-il ? Ne puis-je donc
obtenir votre confiance ? Et pourquoi
cherchez - vous à m'éviter ? C'eſt votre
meilleur ami qui vous parle en ce moment. Ce qu'on dit à Codrus, n'eſt jamais ſu du Roi. Je ne vous parle point le
langage des amans. Je ne prétends point
exciter votre compaſſion par de tendres
plaintes. Mais donnez votre confiance à
votre ami. Quand même vous ne m'ai-
meriez pas, j'exige de vous cette marque
d'amitié. Une douleur ſecrete vous tourmente, ainſi qu'Eliſinde ; je ne puis en
pénétrer la cauſe, mais vous pouvez m'en
faire l'aveu ſans nulle crainte... Et Médon, Médon conduit par ſon déſeſpoir,
s'enfuit d'Athènes ?

PHILAÏDE.

Seigneur, Médon parti... Pardonnez,
hélas ! oſerois-je le découvrir ?

CODRUS.

Vous pleurez, c'eſt en vain que vous
voulez cacher vos larmes. Continuez !

PHILAÏDE.

Pardonnez, Seigneur, ſi mon aveu
vous afflige. Pardonnez, vous le voulez
ainſi. Il s'eſt éloigné... parce qu'il m'aime.
(*elle ſe jette aux pieds de Codrus*) Pardonnez & accuſez-en le deſtin qui gouverne tout ! Je vous l'aurois découvert
depuis long-temps, ſi la crainte ne m'eût
arrêtée. L'amour nous avoit unis dès
notre premiere aurore ; notre ſort, notre
innocence & notre tendreſſe furent nos
liens.

CODRUS.

Vous l'aimez ? Il vous adore ? Pourquoi m'en fîtes-vous myſtere ? Pourquoi me permîtes-vous de me tromper
ſi ſouvent moi-même ? Princeſſe, levez-
vous, croyez que votre douleur me
touche. Je veux vous voir heureuſe, &
Codrus ne force point de cœurs. Mais

continuez, quel motif fait partir le jeune
Médon ?

P H I L A Ï D E.

Il s'éloigne pour ne pas me priver du
thrône, pour ne pas ravir Philaïde à Codrus. C'est par magnanimité qu'il se précipite volontairement dans le malheur. Son
désespoir l'emporte , il va chercher la
mort. Pardonnez, Seigneur... mes larmes s'échappent malgré mes efforts. Il
est éloigné, son amour ne sauroit troubler
votre repos. Je ne le verrai plus....
Mon cœur vous respecte. Si je ne sens
point un retour de tendresse, Seigneur,
daignez me plaindre : mon malheur le
veut ainsi... Le choix des sentimens ne
dépend pas de nos cœurs, & un pouvoir
inconnu les force tous à aimer. La sagesse peut dompter l'amour ; mais elle
n'en sauroit triompher entièrement. Celui - ci au contraire peut vaincre tout,
hors la gloire & le devoir. Par les conseils
d'Elisinde... le fidele Médon s'éloigne
pour céder à son Roi...

CODRUS (*à Niléus*)

Va, cherche à l'atteindre ! Fais courir les gardes après lui ! Qu'on tâche de le ramener. (*Niléus fort*) Je puis le voir heureux ; je rends grâces au Ciel qui m'accorde encore le pouvoir de récompenser la vertu. Elisinde même ne veut pas favoriser l'amour de Médon ! Ce fidele ami, dans l'ardeur de la jeunesse, fuit, & m'abandonne ce qu'il aime ! Ah ! si un sujet me montre un pareil exemple, que ne doit pas faire un Roi ? Comment pourrai-je le récompenser dignement ? Un homme vertueux s'éleve au-dessus des Rois. Je le sens, une noble émulation s'empare de mon cœur. Egalons au moins Médon en générosité.

SCENE III.

PHILAIDE, CODRUS, ELISINDE,

CODRUS (*à Elifinde*)

PRINCESSE, approchez ; j'ai fujet
de me plaindre. Vous ordonnez à Médon de s'éloigner , fans m'en avertir?
Dans les belles ames, la vertu va quelquefois trop loin ; en voulant s'élever
au fublime , elle devient févérité. Rien
ne pouvoit bleffer ce cœur plus fenfi-
blement. Un bonheur qui caufe le tourment d'autrui ne pourra jamais me charmer. Par moi, aucun fujet ne fera malheureux. Et quel fujet encore ? Votre
fils ! Son chagrin n'a-t-il pu toucher
votre cœur ? Il m'auroit attendri. Heureufement que le Ciel me l'a fait favoir
à temps ; je l'en bénis, & votre fils revient aujourd'hui. (*à Philaïde*) Soyez,
Madame , la récompenfe de la vertu
Que l'amour faffe votre bonheur !

E L I S I N D E.

La magnanimité peut-elle s'élever plus
haut chez les mortels ?

P H I L A Ï D E.

L'étonnement... la reconnoiffance...
m'empêchent de parler. (*elle veut fe jetter
à fes pieds, il l'en empêche*) Se peut-il,
Seigneur ? Mon Roi, l'image parfaite
des Dieux ! Mon cœur n'a pas la force
de foutenir les fentimens qui l'animent...
Je perds l'ufage de la parole... Non...
Pourquoi ne puis-je, ainfi que Médon,
donner ma vie pour mon Roi ? Pourquoi
ma main eft-elle trop foible pour le fecon-
der ? J'irois, pour le fauver, courageu-
fement à la mort. L'excès de la joie,
la furprife m'abat. Seigneur, vous nous
rendez en même - temps la vie à tous
deux.

E L I S I N D E.

Et moi, ce que j'entends ne fauroit
me furprendre. L'action la plus héroïque
eft digne de mon Roi. Codrus feul en
étoit capable. C'eft le plaifir des Dieux

de faire le bonheur des mortels : ils
n'accordent ce plaiſir qu'à ces Roisſi rares
qui, pour ſe rendre égaux aux Immortels , rendent leurs ſujets heureux par
leur humanité, & qui, étant grands par
eux-mêmes, enviſagent avec dédain la
vanité des couronnes.

CODRUS.

Soyez heureux , ſoyez contens , &
rendez grâces aux Dieux. C'eſt la récompenſe que je demande & le bonheur
où j'aſpire.

SCENE IV.

ELISINDE, PHILAIDE, CODRUS,
NILÉUS.

NILÉUS.

JE fais ſuivre Médon par divers chemins.
Mais, Seigneur, mes yeux ont déjà vu
Artandre dans Athènes, qui, en ſignant
le traité, s'eſt propoſé de vous voir ; il

s'avance vers le palais, & ſon cortege eſt grand.

E L I S I N D E.

Venez, Philaïde, venez implorer avec moi le Ciel, qu'il daigne maintenant affer-mir la paix.

S C E N E V.

CODRUS, NILÉUS.

N I L É U S.

De quel noble courage, Seigneur, donnez-vous ici les marques ? Quoi, vous perdez volontairement tout ce que vous aimiez ?

C O D R U S.

La raiſon ſoumet quelquefois les gran-des ames : mais les louanges mêmes qui font leur récompenſe, ne ſervent ſouvent qu'à renouveller les douleurs. Ne me rappelle ni pertes, ni chagrins, & ne trouble plus la tranquillité de mon cœur par des éloges. Je rends grâces aux Dieux qui, au dernier période de ma vie, m'ont encore procuré l'occasion de faire du bien. Mais Artandre va venir. Suis-moi, Niléus, allons à sa rencontre.

NILÉUS.

Pardonnez, le voici déjà qui s'avance.

___

SCENE VI.

CODRUS, NILÉUS, ARTANDRE, LICAS, *Suite de Doriens.*

ARTANDRE.

JE bénis mon destin, qui accorde à mes désirs la satisfaction de revoir Codrus, en qualité d'ami, dans Athènes. Depuis votre derniere victoire, c'étoit l'objet de tous nos vœux, & ce grand jour va certaine-ment terminer la guerre.

CODRUS.

Si la valeur d'Artandre, lassée par de si longues querelles, nous donne des té-moignages d'amitié, nous verrons fleurir une paix éternelle. Les citoyens d'A

thènes pourront déformais recevoir avec
joie les Doriens comme amis dans leurs
murs. Le berger peut maintenant mener
paître ſes troupeaux en ſûreté dans les
champs ; aucun bruit guerrier ne trou-
blera plus ſes tranquilles plaiſirs. Nos
bois & nos vallons ne retentiront plus
de lugubres gémiſſemens , & l'Iliſſe ne
coulera plus enſanglanté à travers nos
champs.

ARTANDRE.

C'eſt de la paix que je ſouhaiterois encore vous entretenir tout ſeul.

CODRUS.

Niléus, laiſſe-nous.

ARTANDRE (*bas à Licas*)

Hâtez-vous , amis , d'éclater ! notre
deſſein réuſſit juſqu'ici. Prenez bien garde
à tout. (*haut*) Sors, Licas. (*Niléus,
Licas & la ſuite ſortent*)

CODRUS.

Nous ſommes ſeuls.

ARTANDRE.

Je rends grâces aux Dieux, qui me

permettent maintenant de voir Codrus
feul fous les doux aufpices de l'amitié.
Le fort de la guerre, vous le favez,
Seigneur, qui dernièrement nous aban-
donna, s'eft déclaré pour Athènes ; mais
fi la guerre continue, ce bonheur peut
encore changer. L'iffuc de la guerre eft
dans les mains d'un aveugle deftin ; &
maintenant que la paix eft arrêtée entre
nous, il y va de l'intérêt d'Athènes de
la confirmer au plutôt. Je n'exige plus
qu'une légere faveur, que mon peuple
défire, & qu'il vous damande par ma
bouche avant de conclure le traité. Vous
pouvez l'accorder. C'eft beaucoup pour
les Doriens, & peu pour Athènes. Il eft
infiniment plus facile de répandre le fang
que j'exige, que de fe réfoudre à la guerre,
& au meurtre. Je fais que Codrus ne fauroit nous le refufer. Car qu'importe un
fujet, quand il s'agit du falut public ?
Qu'importe une femme timide, quand
elle perd pour fon Roi une vie, qui n'eft
d'aucun prix pour l'Etat ?

C O D R U S.

Que dites-vous, Seigneur ?.. Quel eſt
e ſang ? Je conſens à vos déſirs , ſi le
orien n'exige que le mien. Je le ré-
ândrai volontiers, pour procurer la paix
`Athènes ; mais nul de mes ſujets ne
mourra pour l'amour de moi. Le Ciel
me les a confiés , non pour verſer leur
ſang impunément , non pour les faire
ſervir , par la violence & l'eſclavage, à
mon orgueil ; non , mais il me donna
à mes ſujets pour être leur protecteur.
Ne croyez pas que la vengeance céleſte
reſte toujours ſuſpendue : elle redemande
aux Princes le ſang des citoyens , aucun
mortel n'eſt vil aux yeux du Ciel. Pour
lui, le ſujet eſt égal à ſon Roi. Artandre !
ſa juſtice diſpenſe à chacun ce qu'il a mérité. Les tyrans reſſentent ſes châtimens
& trembl. .. ſur le thrône.

A R T A N D R E.

Mon peuple veut ſon ſang. Il faut
qu'Athènes ſe déclare.

CODRUS.

Dis-moi donc, quel fang fa fureur prétend elle répandre ? S'il eſt coupable, je le ferai verſer. Je le fais à regret, j'aimerois à pardonner. Mais quand la nature & le devoir défendent de l'abſoudre, la clémence même devient alors un crime. Si la juſtice veut la mort du coupable, celui qui le laiſſe impuni le rend lui-même digne de ſon châtiment. C'eſt ainſi que Jupiter ne nous punit jamais que par un mouvement de haine & de colere, & qu'il ne prend que tard en main ſes-foudres vengereſſes.

ARTANDRE.

Vous ſavez que le ſang de Théſée, déjà du vivant de Thimoſte, s'eſt efforcé de nuire au peuple Dorien. Le reſte de ce ſang vit encore aujourd'hui dans Athènes. Mon peuple le demande. Voulez-vous que le ſalut d'Athènes dépende de nouveau d'une guerre incertaine, tandis que vous voyez ce moyen pour l'en délivrer d'abord ? Donnez-moi, donnez

mon peuple ce fang odieux ; la paix
era durable à ce prix. Si votre fenfibi-
ité répugne à voir couler le fang, aban-
onnez-le-moi, je me fens plus de cou-
age. Je vous épargnerai la peine de le
épandre. Jupiter ne lancera pas d'abord
u haut des cieux fur moi fes carreaux,
ranquille dans l'Olympe, il eft éloigné
de nous. Les vils humains font pour
moi fur la terre. Je fuis leur Jupiter.
Vous pouvez maintenant vous déterminer. Si vous prétendez les fauver, je
romps le traité. Ne vous confiez pas trop
fur votre derniere victoire : fuivez mes
confeils. Vous vous taifez ! Que choi-
fiffez-vous ?

CODRUS.

La guerre. Codrus n'achete point la
paix par la honte & la cruauté. Non, les
combats décideront de notre falut mutuel. Je verferai volontiers mon fang
dans une guerre auffi jufte. Pour exercer
le meurtre & la tyrannie, Codrus n'a
point de courage ; il ne veut point ac-

quérir de gloire par la férocité, mais il a affez de fermeté pour mourir pour fon peuple. Quiconque ne refpecte pas les Immortels, n'aime jamais fa patrie. Le fort de la guerre ne dépend point d'un aveugle deftin ; les Dieux le conduifent du haut de l'Empirée, & ils ont coutume d'affifter la vertu. Craignez - les, Artandre !.. Vous m'avez entendu, vous favez ma réfolution. Que la paix foit rompue ! Allez fignaler votre courage ! Marchez dans la carriere de l'honneur ! Mourez pour votre patrie, je mourrai pour la mienne.

A R T A N D R E.

Quoi, tu choifis la guerre ! Sufpends ta fureur impuiffante ! Fais taire ton orgueil, & je te pardonne. L'obéiffance feule pourra fauver ta vie. Tu m'accableras en vain de reproches & nommeras ma prudence du nom d'infidélité. Mais dis ce que tu voudras ; c'eft le privilege de la foibleffe. Je puis, quand je le vou-

rai , voir à mes pieds la tête du fier
odrus. Je n'ai qu'à dire un mot.

C O D R U S.

Tu prétends être un Roi , & tu menaces de violer la foi donnée !.. Mais,
quel bruit affreux, quels cris aigus frap-
pent mon oreille ! (*on entend le bruit
des armes*)

A R T A N D R E (*tirant l'épée*)

Je triomphe ! Gardes !

C O D R U S (*tirant l'épée*)

Comment ! Arrêtez !

SCENE VII.

ARTANDRE, CODRUS, NILÉUS, LICAS, CLÉANTE, SUITE DE DORIENS. (tous l'épée à la main)

NILÉUS (qui se défend contre Licas & la garde)

TRAHISON ! Mon Roi, songez à vous sauver ! (on le désarme)

CODRUS

Tyran ! (Cléante lui arrête le bras, & on le désarme)

ARTANDRE.

C'est en vain. Fier ennemi, tu peux attendre la fin de ta vie ! Tout est-il fait, Cléante ? Suis-je maître d'Athènes ?

CLÉANTE.

On combat encore, mais presque tout succombe. Ta troupe courageuse, qui dès le commencement est arrivée avec moi, a pris promptement possession des portes,

portes, & a frayé par-là le chemin au reste de l'armée qui étoit toute prête. L'ennemi surpris ne fait qu'une foible résistance.

ARTANDRE (à *Codrus*)

Que devient maintenant ton orgueil ? Pourquoi les Dieux ne se présentent-ils point ? D'où vient qu'on n'entend pas gronder le tonnerre pour sauver Athènes?.. Qu'on leur donne des fers.... Artandre triomphe par sa ruse. Oublie ce que tu étois, & ne songe qu'à ce que tu es maintenant. (*On enchaîne Codrus & Niléus*)

CODRUS.

Quoique chargé de fers, je suis encore Roi... Je me trouve vaincu par ton lâche artifice, mais c'est à ta honte. Je reste ce que je fus, même sans sceptre & sans couronne, tandis que tu n'es qu'esclave sur un thrône profané.

ARTANDRE.

Téméraire ! ne crains-tu pas ce que tu as mérité ? Réfléchis aux suites d'un

difcours audacieux. Méconnois - tu ton
fort ? Athènes eft foûs mon joug , & tu
n'es plus fon Roi.

C o d r̀ u s.

Mais je fûis encore Codrus.

A r t a n d r e.

Il faut permettre à la foibleſſe une
audace inutile.

C o d r u s.

Tu peux me ravir la vie, mais non pas
ma vertu.

A r t a n d r e (*aux Gardes*)

Veillez fur lui. (à *Cléante* & *Licas*)
Venez, amis , & montrez votre valeur.
Répandez courageufement avec moi le
fang des mutinés. Nous triomphons;
c'eft ainſi qu'il faut féduire les efprits
foibles , les enfans par les yeux , & les
hommes par les fermens. Suivez-moi,
& montrez à mes côtés la colere qui vous
anime. De tout ce qui s'oppofe à moi,
rien ne vivra dans Athènes. Des torrens
de fang feront déborder l'Iliſſe , & fes

ondes enfanglantées porteront à la mer
la nouvelle de notre victoire.

(Il fort avec Cléante & Licas)

SCENE VIII.

CODRUS, NILÉUS, GARDES.

CODRUS.

NILÉUS, le fort qui me met dans les
fers n'a point encore ému ce cœur tranquille. Mais fi je dois voir mon Athènes
vaincue, moi-même dans l'impuiffance
de la fauver, & toi chargé de chaînes, mon
cœur fenfible laiffe alors un libre cours à fa
douleur, & la grandeur d'ame n'arrête
point les larmes de l'humanité. Etre témoin
de la douleur de mes fujets, des maux
de mes amis; avoir perdu la liberté de
les fecourir : voilà ce qui effraye mon
courage, c'eft-là un véritable tourment.
Etre ferme à l'afpect d'un pareil malheur ne feroit que montrer un cœur in-

senfible. Que les Dieux puniffent un Roi qui peut voir ou entendre les foupirs, les fouffrances & les prieres de fes fujets, fans en être touché ! Ne défefpere pas cependant, Niléus ; prends courage ! Athènes va être délivrée par le fang d'un feul humain. Le Ciel lui-même le promet. Le fort va changer. Il enverra du fecours lorfque tout autre efpoir nous manquera. Raffure-toi, Niléus, & fais des vœux au Ciel. Pardonne à ton ami, qui ne peut te protéger. Adieu ! embraffe-moi. Si rien ne peut te fauver, meurs comme l'ami de Codrus, & apprends de moi à mourir.

N i l é u s.

Vivez, mon Roi, vivez ! Nul danger ne m'effraye. Vous fortifiez mon foible cœur, & je vais fans effroi à la mort. Si telle eft la volonté du Ciel, il peut nous fauver encore. L'infortune ne fauroit m'abattre ; mais lorfque je vois mes

chaînes, je fens mon ame fuccomber, &
mon courage vaincu.

CODRUS.

Je ne fens point ces chaînes , & mon
cœur eft libre ; il fuffit... je ne fuis pas
vaincu. Le bras eft enchaîné , l'efprit n'a
point de lien. Adieu. J'ai vu le terme
de tous mes maux. Nous jouirons bientôt , Athènes & moi , d'un retour de
repos. Le Ciel eft jufte , il récompenfe
la vertu. Elle gît , il eft vrai , quelquefois dans la pouffiere , tandis que le vice
eft fur le thrône ; mais la vengeance célefte attend enfin celui-ci. Elle fufpend
quelque temps fes châtimens , elle retient
fes coups , mais elle ne fommeille pas toujours. Artandre eft vainqueur en ce moment ; cependant tu l'as vu inquiet , in-
terdit , confondu. Crois - tu qu'il foit
heureux & moins infortuné ? Il tremble
fur le thrône , & je fuis libre dans les
fers. L'inquiétude habite dans fon cœur
& la paix dans le mien. O Dieux ! c'eft

vous que j'implore , protégez Philaïde !
que votre colere ne tombe que fur moi !
puniffez la fureur des tyrans ; vengez-moi
& vengez Athènes !

Fin du troifieme Acte.

ACTE IV.

SCENE PREMIERE.

ELISINDE, PHILAIDE,

ELISINDE.

Venez, il n'eſt plus temps maintenant d'implorer le Ciel ! allons courageuſement au-devant du trépas. L'intrépidité inſpire ſouvent le reſpect aux
barbares mêmes. Si tout autre ſecours
nous manque, la mort pourra nous délivrer. Nous ſommes entourées. J'ai vu
des troupes ſanglantes de ſoldats effré-
nés, ſemblables à des tigres furieux,
courir dans toutes les rues. Où ſommes-
nous réduites ! aucun Dieu ne nous pro-

tege. Dans ce palais même tout eſt environné de gardes. J'ai vu le peuple d'A-
thènes... la poſtérité le croira-t-elle?..
plier le genou devant ces mêmes Barbares qui nous raviſſent la liberté. Nul
chef ne conduit les nôtres, l'épée tombe
de leurs mains ; la moindre partie ſait
encore une foible réſiſtance. Athènes !
Athènes eſt détruite... Puis-je ſurvivre?
Soumettrai-je ma liberté aux chaînes de
l'eſclavage? Non, je mourrai libre...Voyez
ce fer ! il ſert de bouclier à notre gloire,
il finit nos tourmens. (*elle tire un poignard*)
Si l'audace de notre ennemi ne redoute
point la colere des Dieux, un courageux
effort nous délivrera l'une après l'autre.

PHILAÏDE.

Oui, faites ce généreux effort ſans différer. Tâchons de nous ſouſtraire à la fureur, avant qu'on nous en raviſſe le pouvoir. O Médon , reçois mes adieux !..
Les derniers momens de ma vie ſont
encore à toi,.. Dieux , ne le ramenez
point. Nos douleurs lui ſont encore in-

connues. Qu'il vive & qu'il me venge,
ainfi que la patrie ! Je ne crains point
ma mort, mais je tremble pour les chagrins de Médon ; après mon trépas, je
vivrai encore dans fon cœur. Ah ! fi
quelque jour la victoire le couronne, &
qu'au milieu des chants de triomphe il
paffe près du tombeau de Philaïde, je le
vois qui s'arrête, touché par un tendre
fouvenir, & qui donne encore une larme
à ma mort. C'eft-là tout ce que je défire… Et vous, compagne de mes malheurs, vivez, embraffez-moi, & frappez
maintenant.

ELISINDE.

Il n'eft pas temps encore de mourir…
Attendez votre fort. C'eft un dernier remede qui refte toujours à la vertu. Le Ciel
opere fouvent en un inftant les plus grandes
révolutions , & les Dieux ont mis un
terme certain à nos jours. C'eft les irriter que de violer leurs loix, de rompre
leur ordre. Ne croyez point que je cherche à vous infpirer la timidité. La vertu

T v

supporte ses maux aussi long-temps qu'elle peut. Souvent une noble & prompte mort forme sa plus grande récompense. Ce n'est que par un coupable empresse-ment qu'on va trop au-devant du trépas ; ni la bouillante colere, ni le préjugé ne doivent nous y conduire. Montrez de la fermeté ! Ne craignez rien, reposez-vous sur mon courage ! Je vis encore ! Point d'affront ne déshonore le sang de Thésée ! Peut-être le tyran voudra-t-il nous don-ner la mort ; mais nous ne craignons rien, dès qu'il ne faut que mourir.

P H I L A ï D E.

On vient ! Un bruit affreux qui se fait entendre...

SCENE II.

ARTANDRE, CLÉANTE, ELISINDE, PHILAIDE, SUITE DE DORIENS.

ARTANDRE.

C'est donc-là le feul refte du fang de Théfée ! Allez amener Codrus, qu'il plaigne leur malheur ! (*aux gardes*) Chargez-les de fers.

ELISINDE (*aux Gardes*)

Arrêtez ! Moi, porter des chaînes ? Tyran, donnez-nous la mort, mais non pas l'efclavage !

ARTANDRE.

Je confens à vos défirs. Laiffez-leur, en attendant, la liberté. Un guerrier n'a pas à craindre d'auffi débiles mains. Leur mort prochaine va les délivrer plus promptement encore. L'orgueil la mé- prife dans l'éloignement, mais de près

T vj

on en connoît l'horreur, l'on tremble à son approche.

Elisinde.

Tes menaces ne m'intimident point ; c'est à toi-même de trembler. Le Ciel est prêt à te frapper ; ses foudres vengeresses ne sauroient être éloignées.

Artandre.

Je puis vous prédire votre mort avec plus de certitude. Je permets au Ciel de vous sauver, s'il le peut. Vous me bravez en vain ; mais que peut votre foiblesse ?

Elisinde.

...... Te méprifer.

SCENE III.

LES ACTEURS PRÉCÉDENS,
CODRUS.

ARTANDRE.

APPROCHE, & vois, pour la derniere fois, l'objet de tes amours ! N'es-tu pas encore réfolu d'implorer ma clémence ? Regarde ici tes amis : leur mort te paroiſſoit un trop grand ſacrifice pour obtenir la paix. Maintenant, tu mourras avec eux.

CODRUS.

Tyran ! ceſſe tes vaines menaces. Qui fait mourir courageuſement, ne craint aucun péril. Je ſuis prêt à mourir ; (à *Philaïde*) mais je ne puis voir couler vos larmes d'un œil tranquille. Le malheur qui vous accable, & qui menace encore Athènes, Princeſſe, c'eſt-là ce qui rend mon trépas amer. Je vous aimai ; mais cet amour infortuné céda

non fans douleur, à un plus noble fentiment. Mes vœux & mes efforts tendoient
à vous rendre heureufe. Le deftin veut
encore me priver de cette joie. J'ai vu
votre chagrin , je fuis retenu dans les
fers ; cependant , le fort ne peut me
vaincre entièrement. J'efpere toujours.
Peut-être que ma mort vous délivrera.
Je fuis prêt à la fubir.

ARTANDRE (à *Cléante*)

Préparez fon fupplice. Je défire de voir
fi rien n'effraye fon courage , & fi l'approche de la mort ne l'intimidera point.
Mais Licas vient à nous.

SCENE IV.

LES ACTEURS PRÉCÉDENS,
LICAS, MÉDON (*enchaîné*)

LICAS.

SEIGNEUR, vos gardes ont arrêté
ce jeune Athénien que vous voyez ici,
près des portes de la ville & l'ont re-
connu pour ennemi.

ELISINDE (*à part*)

O mon fils ! dans quel temps te vois-je
revenir !

PHILAÏDE.

Jufte Ciel !

MÉDON.

Quel fort affreux ! Suis-je d'Athènes ?
Faut-il que je voie Artandre dans ces
lieux, & Codrus dans les fers ? N'eft-ce
point un fonge qui m'égare ?

ARTANDRE.

Quoi, c'eft vous, Seigneur ? Souffrez
cet embraffement. (*aux gardes*) Déta-

chez ces liens. C'eſt lui dont la pitié me
ſauva la vie lorſque , dans le dernier
combat, le malheur m'approcha ſi près
de la mort.

E L I S I N D E.

O Médon ! quelle main épargne cette
noble vie ! La reconnoiſſance eſt - elle
donc la vertu des tyrans ?

P H I L A ï D E.

O Médon ! vous êtes libre ! je meurs
ſans regret.

M ɛ D O N (*dégagé de ſes chaînes*)

L'étonnement me rend immobile, &
mon cœur eſt ſaiſi d'épouvante.

A R T A N D R E.

Nᴇ craignez rien de moi ; vous me
donnâtes la vie, je vous rendrai la vôtre
avec joie. Attendez plus encore de ma
reconnoiſſance.

M É D O N.

N'attendez rien de ma gratitude, quoique vous m'ayiez rendu la liberté. Artandre, je ſuis libre, mais Codrus eſt dans
les fers: vous opprimez ma patrie, & vous

voulez fauver ma vie ! (*on lui rend fon épée*) Mon cœur étonné & pénétré de douleur ne fait pas encore à quel ufage il doit employer cette épée.

A R T A N D R E.

Conduifez tous les trois à la mort.

M É D O N.

Que dis-tu ?.. Philaïde ? le Roi... (*aux gardes*) Arrêtez !

C O D R U S (*à Médon*)

Je meurs contens ; je vais au trépas. Adieu ! Prenez foin d'Athènes ! (*il veut fortir avec les gardes*)

E L I S I N D E (*embraffant Médon*)

Adieu, mon fils, vengez-moi. (*elle veut fortir avec Codrus*)

M É D O N.

Non, je vous accompagne. (*à Artandre*) Tyran, que tardes-tu ? Arrache-moi la vie. Reprends ce glaive que tu viens de me donner. (*il jette à fes pieds l'épée.*) Avant que ma jufte colere puniffe

ta barbarie, j'ai mérité la mort pour t'a-
voir tantôt épargné. Je vais expirer avec
eux. (à *Philaïde*) Je puis renoncer au
monde, mais non pas vous quitter après
vous avoir revue. Princesse, le destin
me ramene fort à propos dans ces lieux.
Vous ne viviez pas pour moi, mais je
puis mourir avec vous ! (à *Artandre*)
Tyran, n'arrête plus tes coups !

ARTANDRE (*après avoir rêvé quelque
temps*)

Tu hâtes ta perte, tu braves ma puissance, & je te plains. L'amour en est
cause ; restez ici, & écoutez. Je n'oublie point que tu me donnas la vie : je
te rends en échange une vie avec la tienne.
Tu aimes, tu es plein de valeur, tu ho-
nores ces trois personnes. Choisis parmi
elles quel sang tu veux sauver. L'objet
de ton choix sera libre à l'instant. Apprends à connoître ma grandeur d'ame
par ce trait de clémence. Je te donne
une heure encore pour y réfléchir.
Je sors, prends ta résolution. Et toi,

Cléante, cours annoncer cette grande action à tout le peuple. Répands auffi cette nouvelle parmi les mécontens; dis que la vie de Codrus dépend maintenant de fon fujet. (*à Médon*) Tu es frappé de ma bonté, & tu ne daignes pas feulement m'en rendre grâce ! Demeure ici, & hâte-toi de choifir! (*Artandre & Cléante fortent, Licas & les gardes reftent au fond du Théâtre*)

M É D O N.

Quel choix, jufte Ciel !

S C E N E V.

CODRUS, MÉDON, ELISINDE, PHILAIDE, LICAS, GARDES.

E L I S I N D E.

P A R quels chemins le Ciel conduit-il notre vie ? O Médon ! fais fervir ton chagrin à relever ton courage. Je ne te donne pas le nom de fils, car tu n'es plus à moi. Dans ce trifte inftant, il ne

t'eſt permis que d'être citoyen d'Athènes.
Fais taire tout autre ſentiment. Notre
vie n'eſt conſacrée qu'au ſalut public. Je
meurs encore contente, ſi Médon n'oublie point qu'il eſt du ſang de Théſée, du
ſang des héros qui protégerent autrefois
Athènes... Sauve - la de ſa perte. Tu
penſes...Tu gardes le ſilence ! tu pleures!
Que choiſis-tu ?

M É D O N.

De mourir. Le dernier des vœux de l'humanité, le dernier terme de l'eſpérance,
la mort eſt l'objet de mon choix...j'y cours
avec courage. Mais par où la méritai-je ?
Grands Dieux , quel crime peut avoir
enflammé votre colere ? N'avez - vous
donc plus de foudres pour vous venger ?
Envoyez-les ſur moi ! Que le ſein ouvert
de la terre ſoit le tombeau où j'aſpire de
deſcendre! Tonnez! Eclatez !Mais que dis-
je ?Hélas! mon courage eſt vaincu. Jamais
mortel ne ſentit des maux ſi cruels. Moi,
choiſir ? Chaque choix devient néceſ-
ſairement un forfait. Je ne puis opter

qu'entre le crime & la douleur. Mon
choix ne peut qu'outrager la nature ou
bleſſer le devoir. O Dieux ! eſt-ce ainſi
que vous protégez la vertu ?

C o d r u s.

Arrêtez, Médon, faites ce que la tendreſſe , le devoir & votre cœur vous
ordonnent ; mais n'outragez pas le Ciel.
La ſageſſe du deſtin voile à nos foibles
regards le ſort du monde & des héros.
Simple mortel ! inſtrument de ſa puiſſance ! adore celui qui te plaça ſur la
terre ! il t'en retirera à l'inſtant qu'il lui
plaira. Obéis ſans murmure ! Il regarde
d'un œil tranquille & indifférent l'audace
des méchans , parce qu'en un clin d'œil
il peut anéantir leurs coupables projets.
Qui êtes-vous pour demander compte au
Deſtin? Le déſeſpoir eſt tout auſſi honteux
que la baſſe timidité. Soyez ferme , &
vous verrez bientôt Athènes délivrée
de la guerre & de toute crainte rendre
grâces à la Providence. Je ſais que mon
ſang appaiſera la colere des Dieux, que

la paix & une gloire éternelle couron-
neront les cendres de Codrus. La grandeur d'ame d'une mere l'induit en erreur,
& son zele va trop loin. Ecoutez la voix
de la tendresse ; pour moi, je suis destiné
à la mort !

PHILAÏDE.

Que rien ne diminue votre courage!
L'amour ne sauroit conduire Médon au
crime. Obéissez à votre devoir , & dé-
tournez les yeux de mes douleurs. Me
croyez-vous incapable d'aller également
d'un pas tranquille à la mort ? Le vice
seul est timide ; mais celui qui vit dans
l'innocence peut expirer sans trouble &
sans crainte. Notre amour ne s'accrut point
par la foiblesse. Je vous aimai, Seigneur...
car vous étiez vertueux. Soyez encore
digne de cet amour ! Laissez-moi courir
au trépas. Mourante, vous me verrez
encore digne de vous. Vivez heureux,
plaignez-moi, & n'oubliez pas la fidélité
avec laquelle je vous ai aimé... Mais
suivez votre devoir ; sacrifiez-lui , & au

peuple d'Athènes, les plus tendres fentimens du cœur, & ne donnez qu'une
larme à l'amour le plus infortuné.

M É D O N.

O vertu ! qui rend mon cœur encore
plus irréfolu, à quoi puis-je me déterminer ? Sort cruel ! où m'as-tu conduit ?
Hélas ! chaque fentiment fi noble ne fert
qu'à en détruire un autre ; le devoir,
la vertu & la nature concourent à augmenter mon tourment.

E L I S I N D E.

Avant qu'une éternelle nuit ferme ma
paupiere, avant que la fureur du tyran
répande mon fang, je fouhaiterois de
m'entretenir feule avec mon fils. (à Codrus) Pardonnez, Seigneur. (à Licas)
Confentez-vous à mes défirs ?

L I C A S.

Rien ne s'oppofe à vos vœux. (aux
gardes) Emmenez-les tous deux.

C O D R U S (à Elifinde)

Ainfi le fort d'Athènes dépend de ce
feul & trifte moment ! Vos confeils,

hélas ! peuvent, peut-être malgré vous, caufer la ruine de la patrie ! Je dois mourir pour elle. (*il regarde Licas*) Il n'eſt pas temps encore de vous en dire plus. Adieu ! (*il fort avec une partie des gardes*)

PHILAÏDE (*à Médon*)

Prince ! foyez encore vainqueur dans ce dernier combat : choifiſſez en héros ! Je m'éloigne, mais je retournerai bien-tôt, pour paſſer avec vous les derniers inſtans de ma vie. Quelque cruel que foit le deſtin, je le bénis encore de ce qu'il adoucit ma mort. J'étois à vous, je meurs à vous. Une plus longue carriere pour-roit-elle me donner plus de gloire & de bonheur ? (*elle fort*)

SCENE VI.

SCENE VI.

ELISINDE, MÉDON, LICAS,
& une partie des Gardes au fond du Théâtre.

MÉDON.

Elle fuit ; & me laisse ici confus & désespéré. Elle voudroit que mon courage l'abandonnât à la mort ! mais une ame si noble subira-t-elle déjà le trépas ? Dieux, votre image n'ornera-t elle pas plus long-temps cet univers ?

ELISINDE.

Mon fils , reprenez votre courage , & m'écoutez tranquillement. Tout ce qui m'attache encore à ce monde, c'est vous seul. J'ai vécu assez long-temps , je puis mourir en paix. Et qu'est ce que la mort ? Est-il donc si terrible de quitter la vie ? Qu'est-ce qui nous arrête ici bas ? Depuis quand la vertu trouva-t-elle la récompense sur la terre ? La mort en elle-

même ne fauroit exciter la terreur :
c'eft notre timidité feule qui tremble à
fon approche. Les maux & les foucis
de la vieilleffe font plus terribles qu'elle.
Son appareil épouvante, mais elle-même
n'eft pas cruelle. Laiffez moi, mon cher fils,
obtenir la derniere confolation, & fi vous
m'aimez encore, voyez-moi mourir courageufement.

MÉDON.

Vous voir mourir, moi? Quel ordre cruel!
Non, je n'y puis confentir. Ma mort
appaifera bien plutôt le deftin, & délivrera mon ame des tourmens qu'elle endure. C'eft-là ce que j'ai choifi, c'eft le
feul choix qu'il m'eft permis de faire.

ELISINDE.

Les momens font précieux. Mon fils,
écoutez - moi plus tranquillement. Ma
vie ne fauroit être déformais utile à la
patrie. Je la donne volontiers pour fauver Codrus. O Médon ! c'eft lui feul,

qui peut-être délivrera Athènes ; au lieu
que l'efpérance même s'évanouira avec
fa mort. Si vous aimez la patrie , fi la
gloire peut vous toucher , faites voir
le courage que la vertu emploie pour
exalter les mortels. C'eft par-là qu'A-
thènes fera délivrée. Je mourrai, & Codrus vivra. Ne fuivez point les attraits
de l'amour trompeur. Votre cœur eft trop
grand. Vous ne préférerez point une vaine
tendreffe à votre patrie. La gloire vous
confolera de la perte de votre bonheur,
& la vertu vous refte. Sacrifier fa fortune
au falut du public , eft le devoir des héros. Ah ! fi vous réfiftez encore , fi votre
foibleffe combat encore , fachez que le
devoir de la reconnoiffance parle en faveur de votre Roi. Ses ordres vous rap-
pellerent dès qu'il apprit votre fuite.
Votre maître , votre Roi vous céda Philaïde. Il fe vainquit foi-même en vous
la donnant. Apprenez de lui à l'imiter.
Ne lui cédez point la victoire dans un
combat de générofité.

M é d o n.

Expliquez - vous , Madame. Quoi !
Codrus me donna Philaïde ?

E l i s i n d e.

Oui, c'eſt vous en dire aſſez. Vous
pouvez maintenant vous déterminer. Le
moment du choix s'approche... Recon-
noiſſez vos devoirs. Cherchez à relever
votre courage. Soyez encore tel que
vous étiez, lorſque votre grandeur d'ame
vous arracha des bras de Philaïde. Vous
êtes toujours le ſang de Théſée. Adieu !
Prenez une noble réſolution. Si vous
obtenez cette victoire , j'irai avec joie
au trépas, & je mourrai tranquillement.
Je vous laiſſe ſeul. Vous ne m'affligeâtes
jamais. Dans les derniers inſtans que le
deſtin m'accorde encore , ne forcez pas
votre mere à verſer des larmes : faites
que , fortifiée par votre courage , elle
puiſſe d'un front calme & d'un pas aſſuré,
s'en aller vers les rives du Léthée , &,
fiere de ſon fils, y voir ſans rougir l'ombre de Théſée. (*elle ſort*)

SCENE VII.

MÉDON, *seul* (*Licas & les Gardes au fond du Théâtre*)

DEVOIRS cruels ! ceſſez de m'agiter ; mon cœur eſt trop foible pour réſiſter aux combats qui s'élevent au-dedans de moi. Le Ciel qui cauſe mes tourmens, eſt ſeul capable de les calmer. Donnez un inſtant de repos à mon ame accablée ! Ah, que ne peut-elle quitter entièrement ce corps fragile ! Ah, que ne puis-je expirer avant de choiſir ! La nature & le devoir m'ordonnent de ſauver une mere, tandis que l'amour & la tendreſſe parlent pour Philaïde. Mon Roi a donné pour moi tout ce qu'il chériſſoit le plus !.. Les devoirs ſont trop multipliés. Je n'ai qu'une vie ! J'irois volontiers pour chacun d'eux à une mort certaine ! Je ſouffrirois volontiers pour chacun d'eux l'effet des menaces d'Artandre ! Mais non !

je viens d'être condamné à la vie : je dois
en immoler deux pour en sauver un.
Barbares ! qui me donnâtes le jour,
parlez, à quoi m'avez-vous encore destiné ? Ne nous avez-vous doués d'une
ame libre & généreuse , que pour na-
vrer plus cruellement notre cœur
amolli ? Mais non, vous êtes trop grands
pour vous complaire à nos malheurs,
& vous ne nous avez donné l'être que
pour nous rendre heureux. Ah ! s'il est
ainsi , pourquoi se tourmenter soi-même?
Ne pourrai-je faire mon bonheur en
choisissant Philaïde ? Ne pourrai-je, éloigné
du monde & d'Athènes, dans un hameau
solitaire, inconnu à la postérité, vivre sans
grandeur, mais fortuné ? Nos jours coule-
roient dans un printemps continuel. Mais,
que dis-je ? Etre heureux sans vertu ?
Pensée qui m'effraie ! Quand même la
vengeance & les châtimens seroient supen-
dus, si rien n'excitoit mes remords , mon
cœur ne me feroit-il point de reproches?
Coupable Médon ! l'image pâle & san-

glante de ta mere, l'ombre de Codrus ne fe préfenteront-elles point à tes yeux, dans ces mêmes hameaux ? Echapperas-tu à l'horreur & à la malédiction de ta patrie ? Sors de mon cœur, penfée effroyable ! C'eft flotter trop long-temps dans le doute. Je veux qu'une réfolution courageufe efface ma faute. Comment un fi coupable fouhait a-t-il pu s'élever dans l'ame de Médon ? Ne force point ton foible cœur à fe haïr foi-même. Apprends au moins à mourir vertueux. (*après avoir rêvé quelques inftans*) Quelle lumiere célefte remplit tout-à-coup mon efprit ? Oui, Médon, ton choix eft déterminé. Cours & confacre à la patrie les reftes de ta vie ; va délivrer à la fois ta mere & Codrus. Oui, je vais trouver inceffamment le tyran. Mais qui vois-je arriver ?

S C E N E V I I I.

PHILAIDE, MÉDON (*Licas, & une partie des Gardes, au fond du Théâtre*)

P H I L A Ï D E.

JE viens vous foutenir ! Le combat que vouséprouvez doit toucher tous les cœurs! Si vous m'aimez en effet, apprenez à me perdre. Faites ce que le devoir ordonne, Vous y étiez préparé; il n'y a pas long-temps que vous me fuyez, ainſi qu'A-thènes.

M É D O N.

Et quel Dieu vous a donné le courage qui vous manquoit tantôt ?

P H I L A Ï D E.

J'étois deſtinée à vivre alors, & à vivre fans vous. Je puis être plus tranquille maintenant. Je ſais qu'une mort plus noble terminera tous mes maux. Ne croyez pas, Seigneur, que quand même

votre cœur me fauveroit par foibleffe ,
j'éviterois le trépas. Non, je n'en mourrois pas moins aujourd'hui ; & , irritée
contre vous, je vengerois de ma propre
main votre devoir & la patrie.

MÉDON.

O vertu , qui ranime mon cœur d'un
nouveau courage ! O colere, qui releve
vos charmes d'un nouvel éclat ! Ah !
quand la raifon & la vertu parlent par
l'organe d'une telle bouche , que d'attraits la vertu n'a-t-elle point alors !
Dieux ! fi chaque cœur pouvoit fentir
ce que j'éprouve, l'amour même con-
duiroit tous les humains à la vertu. Ceffez , Madame , vos reproches & vos
plaintes ; Médon, que vous aimez, fera
digne de vous ! Mon choix va rendre
la liberté à Codrus , & ma propre mort
confervera la vie d'Elifinde. Pour moi,
le même tombeau m'enfermera avec vous.
Pardonnez le facrifice que je fais au devoir de mon bonheur & de ma vie. Il
ne me refte plus rien à confacrer à la

tendreſſe. Je ne ſais que mourir avec vous, au lieu de vous délivrer.

P h i l a ï d e.

Vous, mourir.!.. vous, Médon, je verrois votre mort ? Non, vivez pour le bonheur du monde...Vivez pour Athènes... Vivez pour honorer ma mémoire.

M é d o n.

Ah, ne révoquez point ces leçons magnanimes que vous m'avez données tantôt. Je meurs content, puiſque je meurs avec vous, & que notre vertu triomphe. Je n'ai vécu que pour vous, la mort ne nous ſéparera point, nos feux brûleront encore au royaume des morts. Nos cendres ſeront reſpectées dans les ſiecles à venir... Cette même douleur qui vous arrache maintenant des larmes, en fera peut‑être encore répandre à la poſtérité. Tous les cœurs généreux n'entendront point le récit de nos malheurs ſans donner quelques regrets à notre triste sort. Mais quoi, vous paroissez émue, Madame, vous pleurez !..

PHILAÏDE.

Oui... je pleure. Ma mort ne me fait point souffrir, & je ne suis touchée que de la vôtre.

MÉDON.

La mort n'a plus pour moi d'amertume. Mes jours n'étoient consacrés qu'à vous, & ensuite à Athènes. Peut-être le Ciel prend-il encore pitié de notre patrie. Souffrez que je vous embrasse pour la premiere & la derniere fois. C'est ainsi que nous irons d'un même pas au-devant de la mort, c'est ainsi que mon dernier regard verra encore le vôtre. (*ils s'embrassent*) C'est ainsi que nous parcourrons ensemble les sombres & tranquilles forêts de l'Elisée. Les héros des siecles passés nous environneront, & notre mort excitera leurs louanges, ainsi que leur envie. Là, nul sort ne

pourra nous féparer. Un autre trépas
n'éteindra plus nos tendres fentimens.
La mort même eft vaincue, ô amour!
par ta puiffance.

Fin du quatrieme Acte.

ACTE V.

SCENE PREMIERE.

ARTANDRE, CLÉANTE.

ARTANDRE.

LE terme eſt expiré : il faut qu'il ſe déclare. Mais ne pouvois-je pas croire quelle ſeroit ſa réſolution ? Il aime, & l'amour fait taire toute autre paſſion. Le devoir, la vertu & la raiſon ſont ſans force. C'eſt-là ce que j'ai prévu, & c'eſt ce qui m'a engagé à lui laiſſer la liberté du choix. Crois-tu que la reconnoiſſance, la vertu des ames foibles, m'y ait porté ? L'apparence extérieure fait, ou le tyran, ou le héros. L'on nomme vertueux celui qui connoît l'art de feindre, & coupable celui qui l'ignore. Le peuple imbécille eſt fait pour être toujours trompé. Qu'il eſt aiſé d'éblouir Athènes par une ma-

gnanimité affectée ! Les Athéniens cependant, quoique vaincus, ne paroiſſent pas
encore calmés. Ils aiment toujours Codrus, & doivent me haïr ſecrétement.
Ce penchant que j'ai montré tantôt à la
reconnoiſſance, me gagnera peut - être
inſenſiblement tous les cœurs. Ce même
peuple, auquel je fus odieux, m'adorera
enfin. Un ſeul ſoupçon trouble encore
mon repos : d'où vient qu'on nomme
celui qui me rendit la vie du nom de
Médon ? La tombe n'enferme-t-elle pas
depuis long-temps le fils d'Æliſinde ? Je
lui ai fait donner la mort. On le laiſſa
étendue & ſans vie ſur le chemin de
Thèbes. C'étoit l'ennemi le plus formi-
dable qui menaçoit ma puiſſance. Mais
pourquoi faut-il que je cherche un artifice
pour faire mourir ce jeune Athénien, à
qui je donnai le liberté du choix ? Je
commence à le craindre. Mon cœur ſe
reprochera-t-il juſqu'au dehors importun
de la vertu ? Il m'eſt ſuſpect, & tout
alarme les Rois. Mais le voici qui vient...

SCENE II.

MÉDON, ARTANDRE, CLÉANTE, LICAS, GARDES.

ARTANDRE (*s'affeyant*)

ENFIN vous voici. Découvrez votre choix !

MÉDON.

Oui, ma réfolution eft prife; mais, avant de la découvrir, permettez à mon courage de vous faire cette derniere queftion: Votre colere, Prince fuperbe, pourfuit le fang de Théfée, mais votre fureur ne tombe que fur un fexe foible & timide. Il eft encore un Prince vivant, de ce même fang, que vous avez plus à craindre ; fon courage eft affez grand pour délivrer Athènes. Je remettrai encore, avant la nuit, entre vos mains ce Prince, le plus grand de vos ennemis, fi vous confentez à ma priere, fi vous me jurez

folemnellement de m'accorder la vie d'E-
lifinde pour prix du fang de Médon.

A R T A N D R E.

De Médon ?.. Eft-il vivant encore !..
Oui, je vous le jure... Parlez, en quel
lieu eft Médon ?

M É D O N.

Il eft ici.

A R T A N D R E.

Quoi, c'eft vous ?

M É D O N.

Moi-même.

A R T A N D R E.

Téméraire ! quelle rage te féduit ? Tu
viens chercher toi-même la mort, &
braver ma bonté. Tu vis ? Par quel ftra-
tagême as-tu pu échapper à la mort ?

M É D O N.

Remplis tes promeffes , & ceffe tes
menaces. Celui qui meurt par fon propre
choix, a banni toute crainte, & fe rit
des tyrans. Donne la liberté à mon Roi,
voilà ce que j'ai choifi. Tu dois encore

cette même liberté à Elifinde. Je viens me mettre à fa place dans les fers.

A R T A N D R E.

Tu le veux, infenfé! rien ne peut t'en délivrer. Qu'on le charge de chaînes... Mais, dis-moi, par quelle fureur ton choix extravagant répand-t-il le fang de Philaïde? Tu l'aimes, & tu veux qu'elle meure pour obtenir la liberté de ton Roi! Ton courage n'eft qu'orgueil & ta vertu démence.

MÉDON. (*que l'on veut enchaîner*)

Si j'étois Dorien, je ne l'eufle point fait. J'étends volontiers ces mains libres à tes chaînes, maintiens ta parole donnée. Ne perds point de temps; fais mettre l'un & l'autre en liberté.

ARTANDRE (*aux Gardes*)

Donnez-lui des fers. Son téméraire cœur va bientôt fe repentir d'une fi grande aftion, & fon orgueil vaincu par les tourmens, regrettera de trouver cette mort qu'il vient chercher. Donnez; en atten-

dant, la liberté à Codrus & à Elifinde,
Conduifez-les ici. (*Cléante fort*)

MÉDON.

Il fuffit ; fois fidele à tes promeffes,
Je vais avec joie à la mort, & je puis
te la pardonner. La flamme de l'amour
diffipera l'obfcurité de la prifon. Qu'importe que mon bras foit enchaîné, tandis que mon ame eft libre ? Prêt à fubir
le trépas, fans peine & fans crainte, je
puis d'un œil de compaffion voir ton orgueil & tes foucis cuifans. (*il eft emmené*
par les gardes)

SCENE III.

ARTANDRE, LICAS.

ARTANDRE.

LE foleil, avant de finir fa carriere,
fera encore témoin de la mort d'un coupable & de ma vengeance. Je mets Codrus en liberté, mais il me refte encore des
moyens de me venger. Un prétexte fuffit

pour violer la foi & les engagemens. Je
crains encore le peuple, qui dans ſes em-
portemens, fait ſouvent le bien par mé-
chanceté, & le mal par vertu. Prépare
le ſupplice de Médon... Il ſubira la mort.
Va, Codrus s'avance avec Eliſinde.

S C E N E   I V.

ARTANDRE, CODRUS, ELISINDE.

C o d r u s.

Tyran ! eſt-ce par ton ordre qu'on
me rend la liberté ? Pourquoi es-tu fidéle
à tes promeſſes cette ſeule fois que Médon m'a choiſi ? Je ſuis encore redoutable, je puis encore venger Athènes :
que ma mort te délivre de cette inquiétude ! Je brave ta colere & ta tyrannie.
Il n'y a que mon trépas qui puiſſe te
mettre en ſûreté : ma vie eſt ta mort, ma
mort te conſerve la vie.

ARTANDRE.

Ton intrépidité cede donc enfin ? Tu
es en démence. Mon pouvoir a donc
fait sortir le cœur de Codrus de son assiette
tranquille !

ELISINDE.

Et moi !.. se peut-il ? Moi... je cede
au destin, tant mon courage m'abandonne
en ce triste moment. Je pleure... O nature, que ton pouvoir est grand ! O mon
fils ! à quoi m'as-tu réduite ? (à Artandre) Je sais que ma douleur ne sert qu'à
te réjouir. Vois mes larmes ; vois mon
humilité ! Triomphe, tyran ! Je viens implorer ta pitié. Epargne mon fils , &
donne-moi la mort ! Un aveugle choix
l'a engagé à se dévouer pour moi. Tu
veux le faire périr ? Toi ? Ne te fit-il
pas présent de la vie ? S'il est possible
que ton cœur puisse sentir les mouvemens
de l'humanité , & la reconnoissance toucher cette ame superbe, sauve au moins
mon fils !.. Tu ne parois pas ému encore, ma douleur n'a pu exciter l'hu-

manité dans ton cœur... Parle ! Veux-tu
me voir encore plus humilié ? (Pardonne,
ô Théſée !) Oui, tyran, tu le verras.
Sois témoin de mes larmes. Vois-moi...
Je reſpire à peine... Vois-moi à tes pieds.
(*elle ſe jette à ſes pieds*)

ARTANDRE.

Levez-vous, ſortez, vous le verrez
mourir.

ELISINDE (ſe levant)

Puiſque mes prieres n'ont pu te fléchir,
crains maintenant ma colere ! Un cœur
tel que le mien, s'il eſt pouſſé juſqu'à
l'abaiſſement, peut tout entreprendre.
Non, ne crois pas que je me ſois abaiſ-
ſée en vain juſqu'à te ſupplier. Si ta vie
t'eſt chere, épargne mon fils ! Je ne crains
point de crime, je ne veux que la mort,
mais je reſpire la vengeance. Tremble,
tyran ! Si tu n'es qu'avide de ſang, prends
le mien pour aſſouvir ta fureur ! mais ne
haſarde rien au-delà... Dieux, vous ne
vous preſſez donc point de le punir; vous
pouvez le voir & retenir vos foudres !

Que dis-je ?.. Ah mon fils , pardonne à
ma faute ! Veux-tu me voir une seconde
fois à tes genoux ? Sauve mon fils !
(*elle se jette à genoux*)

ARTANDRE.

Tu mourras avez lui ! Tes discours
audacieux & tes prieres ne peuvent mériter que la mort.

ELISINDE.

Tout est en vain !... Mon fils !...
(*elle se releve en fureur , & lui met un
poignard sur le sein*) Parle ! veux-tu le
délivrer ?

ARTANDRE.

Quoi ?

ELISINDE (*lui tenant toujours le
poignard sur le sein.*)

Garde-toi de parler... Jure-moi...
Meurs, traître... (*Artandre veut se lever
& se débarrasser de ses mains ; elle fait
un mouvement du poignard , & est sur le
point de le lui enfoncer dans le sein*)

CODRUS (*lui retient le bras & la défarme*)

Arrêtez !

ELISINDE.

Que faites-vous ?.. Codrus lui-même !
ô Ciel !

ARTANDRE.

Licas, Gardes, à moi !

SCENE V.

LES ACTEURS PRÉCÉDENS, LICAS, GARDES.

ARTANDRE.

PERFIDE ! tu reconnoîtras à ma vengeance fanglante qui tu viens d'offenfer. (*à Cléante*) Qu'on amene les prifonniers. Mourir n'eft fouvent pas difficile pour ceux qui font au défefpoir ; mais la mort de ton fils me vengera de toi. Un poignard percera fon cœur à tes yeux, & tachée de fon fang tu me verras vainqueur. Furieufe & mourante , tu

pourras en expirant blafphémer le Ciel.
Toi, Codrus, reçois mes remerciemens.
Ton courage m'a fauvé la vie. Ma recon-
noiflance te donne la liberté. Va, vis
libre; mais vis déformais loin d'Athènes,
& que l'Attique ne te revoie plus. Pour
te montrer encore plus ma gratitude, les
préfens...

C o d r u s.

La baffeffe fut toujours l'apanage des
tyrans. Epargne tes remerciemens. (*à*
Elifinde) Et vous, Madame, calmez
votre douleur! je fais qu'en peu d'inftans
vous pardonnerez volontiers...

SCENE VI.

CODRUS, ARTANDRE, ÉLISINDE,
MÉDON, PHILAIDE, LICAS,
GARDES.

MÉDON.

M'ATTEND-ON dans ces lieux pour
me donner la mort ? Celui qui la mérita
peut seul trembler à son approche ! J'ai
affez de courage pour la regarder en face.
Un noble trépas embellit toute la vie.
Mon cœur, en ce moment, goûte enfin
le repos après tous fes combats ; je meurs
volontiers à côté de Philaïde. Rien ne
trouble mon repos, mon ame s'envole
avec joie. L'efpérance d'un autre monde
me montre le port de la vertu, dans
un féjour que n'habite point Artandre,
où la douleur & les maux épargnent les
vertueux, où Théfée vivra avec nous.
Ce qui fait frémir le vice, fert de ré-

compenſe à la vertu... Mais je vois pleurer Eliſinde !

ELISINDE.

Me pardonneras - tu , mon fils , les
moyens que j'ai employés pour te délivrer , & qui maintenant excitent mes
regrets ? Le peux-tu croire ?.. Je parus
en ſuppliante.. Mais tu étois en danger...
Je me ſuis jettée à ſes pieds , pour l'implorer en ta faveur. Je vois que le Ciel
eſt irrité... Le déſeſpoir rend les cœurs
téméraires. Il a oſé me refuſer avec audace. Animée d'une noble colere , ma
main auroit déjà puni ce monſtre , mais
Codrus a retenu mon bras. Je vais t'accompagner à préſent. Je vaincrai courageuſement les horreurs du trépas. La timidité ſeule en fait une image effrayante ;
mais quiconque a vécu en héros , ſait
mourir en héros.

ARTANDRE.

Va , Licas , accompagner Codrus ,
conduis-le hors d'Athènes, & ne le quitte
point. Pour toi , Codrus , fuis loin de

ces murs, & laiſſe Athènes au vainqueur
qui y regne maintenant.

C O D R U S.

Je ſuis prêt à aller à la mort. (*il jette
ſa couronne aux pieds d'Artandre*) Vois
à tes pieds ce vain ornement. Ces lieux
où j'ai régné ne me reverront jamais.
Dieux protecteurs d'Athènes ! c'eſt vous
que j'implore. Enflammez mon ardeur,
fortifiez en ce moment Codrus ! Je ſens
vos feux dans mon ſein, je ſens de nouvelles forces. Vous conduiſez mes pas à
cette grande entrepriſe. Daignez accomplir
cette fois vos promeſſes. Je ſuis prêt à
ſuivre mon devoir & vos arrêts. (*à Médon*) Adieu, jeune héros, qui, animé
du courage de Théſée, êtes prêt à ſa-
crifier pour moi votre noble vie. Cette
action eſt trop héroïque. Jamais ſujet ne
fera pour ſon Roi ce que vous avez fait
pour moi. Je pars maintenant. Peut-être
mon exemple vous ſervira-t-il encore à en-
ſeigner à la poſtérité les devoirs des Rois.
Vivez ; (*il l'embraſſe*) mais, s'il le faut,

mourez comme vous avez vécu. Allez à cette immortalité qui faifait l'objet de votre courage. Lors même qu'au fommet de l'Olympe vous ferez près d'Alcide, n'oubliez pas de fecourir encore Athènes. (*à Elifinde*) Princefle, ne renoncez pas à toute efpérance. Souvent le fort change lorfqu'on le croit le moins. (*à Philaïde*) Et vous, Madame, confervez ce courage qui vous éleve. Adieu, fongez à moi, fi vous me furvivez... Je ne reverrai plus ces lieux... Il fuffit, fuivez-moi, & me conduifez hors d'Athènes. (*il fort, Licas le fuit*)

SCÈNE VII.

ARTANDRE, ÉLISINDE, PHILAIDE, MÉDON, GARDES.

ARTANDRE.

Amenez ce jeune Athénien ! Qu'immolé par la main des esclaves dans un chemin public, il quitte le monde & Athènes, & apportez-moi sa tête.

PHILAÏDE.

Tu ne dis rien de moi : je l'accompagne.

ELISINDE.

Mon fils !

ARTANDRE (aux Gardes en montrant Elisinde & Philaïde)

Réservez ces femmes. Elles pourroient émouvoir le peuple par leurs clameurs. Il ne s'excite que trop facilement à la pitié. Demeurez, vous serez témoins lorsqu'on me livrera sa tête.

P H I L A Ï D E.

Non, rien ne m'arrête. Non, je ne le quitte point. O Médon , veut-on nous féparer même en mourant !

M É D O N.

Peut-être la mort feule de Médon fuffira-t-elle ! Qui fait fi la colere des Dieux ne fera pas appaifée par mon fang ? Votre image chérie adoucit ma mort. Le dernier fon qui fortira de ma bouche expirante articulera votre nom.

P H I L A Ï D E.

'Artandre , ne nous fépare point dans notre trépas ! Sois humain cette feule fois ! Qu'un même coup, conduit par ta fureur, nous immole tous deux ! Donne-nous toi-même la mort ! Sois cruel par pitié !

E L I S I N D E.

Mon fils, la vraie douleur eft muette ! Mon fils , embraffe-moi pour la derniere fois ! Je retiens encore les larmes que le défefpoir & la tendreffe me feroient répandre. Elles te toucheroient, & il n'eft pas temps maintenant de pleurer. Il eſt temps de mourir. Meurs ! Le courage des ames intrépides force les Dieux à ſe repentir des maux qu'ils font ſouffrir à la vertu. Je te ſuis au trépas.

M É D O N.

Ah ! ſi vous voulez que je conſerve mon courage, ne pleurez point !

P H I L A Ï D E.

Non, Médon ne mourra point tout ſeul.

E L I S I N D E.

Mon cher fils !

M É D O N.

Princeſſe !.. Eliſinde !.. (à *Philaïde*) Voici les horreurs de la mort que je reſſens en ce moment : ce qui reſte encore n'eſt rien pour mon courage. C'eſt à vous, Dieux d'Athènes, que je conſacre mon ſang. Prêtez-moi des forces, s'il ſe peut ; protégez ces deux cœurs affligés, qui font la plus belle partie de moi-même, ma mere & mon amante ! Mon eſprit ſe détache de ſes liens. Le corps, qui ſe

retient encore, ne fera bientôt que cendres & poufliere. Les tourmens & le
monde difparoiffent déjà à mes yeux.
(*aux gardes*) Venez, vous apprendrez
à mourir. Un héros véritable ne meurt
jamais : il s'envole pour prendre fa place
dans la voûte étoilée. Otez-moi la vie, &
voyez mon trépas avec la même tranquillité, la même indifférence que je vais
le fouffrir ; & fi vous afpirez à m'égaler
en mourant, fachez que celui - là feul
meurt libre, qui vécut vertueux... Suivez-
moi...

Philaïde (*qui prefque évanouie, s'appuie fur Elifinde*)

O Médon !

Médon (*prêt à fortir, fe retourne, &
court vers elle*)

Hélas ! (*à part*) Sois intrépide, cœur
infortuné !.. Donnez-lui du fecours...
Adieu... C'étoit-là le dernier tourment
de la vie. (*il fort avec une partie des
gardes*)

SCENE VIII.

ARTANDRE, ÉLISINDE, PHILAIDE, GARDES, *ensuite* LICAS.

ÉLISINDE.

OUI, meurs ! Le dernier bonheur qu'obtiennent les héros, c'est de mourir pour la patrie & la vertu. Oui, mon fils, trop grand pour ce monde, va chercher la récompense qui t'attend dans un meilleur ! Et toi, tyran, ne me laisse pas du moins survivre long-temps à son trépas ; hâte-toi de me donner la mort de ta main.

LICAS (*pressé*)

Seigneur ! Codrus expire! Il veut vous voir avant sa mort. On l'amene.

ÉLISINDE.

Codrus aussi ? Il meurt ! Athènes étoit...

A r t a n d r e.

Il meurt! Quelle main lui donna donc
la mort ?

L i c a s.

Vous favez que je fuis forti du palais
avec lui. La colere enflammée par le
courage lui a fait doubler fes pas. Je me
fuis hâté de le fuivre, mais hélas ! trop
tard, & je n'ai pu l'atteindre. Dès qu'il
s'eft vu fans moi près des portes d'A-
thènes, il a fondu fur la garde. J'ai
vu qu'il a réufli à percer deux Doriens
de ce même poignard qu'il tenoit dans
fa main en vous quittant. Les gardes me
méconnoiffent ; je crie, mais en vain,
leur bras conduit par la vengeance lui
porte bientôt le coup mortel. Il tombe,
je le joins ; il demande à vous parler.
Les foldats qui le portent déplorent leur
erreur. Je cherchois vainement à prévenir ce malheur. Il femble braver la
mort d'un œil tranquille. Le peuple extafié
le voit avec étonnement, s'affemble autour de lui, & pouffe des fanglots. On

voit l'horifon fe couvrir d'une nuit obf-
cure : le tonnerre gronde, la terre tremble , & paroît vouloir s'entr'ouvrir. Il
femble que le Ciel veuille venger la mort
de Codrus. Mais voici qu'on l'amene.

SCÈNE IX.

LES ACTEURS PRÉCÉDENS,
CODRUS (*mourant, appuyé fur
les Gardes*)

ELISINDE (*allant au-devant de Codrus*)

Mon Roi !

CODRUS.
Ne pleurez point ! C'en eft fait,....
J'ai rempli mon devoir.

ARTANDRE.
On ne peut te garantir de ta propre
fureur ! Quelle rage !..

CODRUS.
Lis, & tu l'apprendras ! C'eft-là ce
que l'Oracle de Delphes vient de pro-

noncer. Lis... & tremble ! (*il donne une feuille à Artandre*, *& on le place fur un fauteuil*)

ARTANDRE.

De foibles menaces ne fauroient encore m'intimider. (*il lit*)

> « Quand verfé par la main d'ennemis furieux,
> L'augufte fang d'un Roi fera rougir la terre,
> Sa mort terminera les horreurs de la guerre,
> Et fes peuples alors feront victorieux ! »

Voilà donc ce qui t'a porté à chercher la mort : voilà ce qui t'a engagé à me conferver la vie, lorfque tantôt fa rage a levé le poignard fur moi ? (*il montre Elifinde*) Tu meurs, heureux dans ton erreur : tu crois que ta patrie va triompher maintenant. C'eft ton envie qui prétend m'enlever la gloire de mourir le premier. J'en fuis reconnoiffant. Peut-être Apollon n'accomplira-t-il pas fa promeffe ! (*on entend le tonnerre dans le lointain*) Mais quelle nuit obfcurcit ces lieux ? Jupiter prétend-t-il que les Princes mêmes doivent le redouter ?

N'entends - je pas le tonnerre gronder
dans le lointain ? La foudre éclate ! La
terre tremble ! Des cris lugubres rempliffent l'air ! On vient ! On accourt ! Un bruit
confus frappe mes oreilles & m'épouvante !
Je tremble ! .. Amis , fecourez-moi.

S C E N E X.

ARTANDRE, ELISINDE, PHILAIDE, CODRUS (mourant) LICAS, GARDES.

CLÉANTE (avec précipitation, une épée
nue à la main)

SEIGNEUR, tout eſt perdu ! Un peuple
inconnu pénetre dans la ville par la même
porte où la mort de Codrus a conſterné
les Athéniens La victoire les fuit. Venez,
fecourez-nous; venez relever le courage
des Doriens. Une terreur non accoutu-
mée a rempli tous les cœurs. Les Dieux
mêmes combattent pour nos ennemis.
Ils s'approchent du palais, rien n'arrête

leurs pas. Les Doriens fuient, & meurent
en fuyant. Ceux qui échappent au glaive,
tombent par la foudre. L'orage excite
en eux la crainte & la timidité. La plupart reſtent étendus ſur la pouſſiere. Beaucoup ſont diſperſés. On combat, on s'é-
gorge, on meurt, on veut ſe venger en
mourant ; on voit régner de tout côté
la nuit & la mort. Hélas ! je n'ai pas
le courage de tout exprimer. L'image
de tant d'horreurs a frappé auſſi mon cœur
d'angoiſſe. Je friſſonne ; l'ennemi s'avance ;
les gardes cedent déjà, & la mort de Médon eſt ſuivie d'une vengeance ſoudaine.
(*Artandre reſte immobile & conſterné*)

P h i l a ï d e.

La mort de Médon ?

E l i s i n d e (*d'une voix plaintive*)

Mon fils !.. (*courageuſement*) Le Ciel
protege Athènes !

C o d r u s.

Je verrai donc encore le décret des
Dieux accompli ! Je rends grâces au deſtin !

A R T A N D R E.

Ciel irrité ! triomphe ! mais ne crois
pas qu'Artandre fuccombe encore. Venez,
amis, venez mourir avez moi ! Souvent
le défefpoir arrache la victoire (*il tire
fon épée*) lorfqu'on n'efpere plus rien,
& que tout autre fecours nous manque.
Mourons enfemble, amis, mais faifons
couler le fang en mourant ! Les Dieux
me plongent dans l'abîme, ils veulent
que je périfle. Ils me redemandent le
fang des citoyens qui fut verfé pour moi.
Par une fureur plus grande encore, je
brave leur colere. Que ne puis-je vivre
encore pour mériter leur vengeance par
de plus infignes forfaits ! (*Artandre,
Licas, Cléante & les gardes fortent, ayant
leurs épées nues à la main*)

SCENE XI.

CODRUS (*mourant*) ELISINDE,
PHILAIDE.

ELISINDE.

Rendrai-je grâces au deftin? Plain-
drai-je mes malheurs? Ma patrie eft libre;
mais hélas! mon fils n'eft plus! Je fuis
interdite, confufe; mon cœur eft agité
par un trifte mélange de joie & de douleur.

PHILAÏDE.

Le mien eft vaincu par la douleur.
O Médon! quel fort cruel te fit courir
fi promptement à la mort? Peut-être
ferois-tu délivré dans un inftant. Malheureufe Athènes, à quoi te fervent tes
victoires, fi déformais dans les guerres,
tu te trouves abandonnée de ce héros,
fi Médon & Codrus tombent? Quel
Prince va régner? Quel héros pourra
combattre pour toi? Le cri de la vic-

toire n'arrêtera point mes plaintes ; je ne
veux plus rien entendre, ni de triomphe,
ni d'allégreſſe. Mon cœur, qui oublie ſa
patrie, la nature & la victoire, ne fait
aucun cas d'un monde où Médon n'eſt
plus.

CODRUS.

Suſpendez vos larmes, eſpérez, &
ſoumettez votre volonté au Ciel. Lui
ſeul peut calmer vos tourmens. Sa puiſſance opere ce qui nous paroît impoſſible.
J'ai ſuivi ſes arréts, & ſes deſſeins ſont accomplis. Ma mort approche !.. J'ignore
quel pouvoir ranime encore mes forces,
pour me donner le temps de voir les effets
du décret des Dieux, & pour être témoin de votre bonheur. Je puis encore
élever mes mains foibles & glacées vers
le Ciel. Je lui demande avec larmes, de
couronner ſans ceſſe ma patrie par la
victoire & le bonheur. Puiſſent ſes Princes
avoir toujours les ſentimens de Codrus !
Que jamais le vice ne profane le cœur
des citoyens ! Que la vieilleſſe brille par

le courage , & la jeuneſſe par la modération ! Elle s'élevera par des victoires,
mais plus encore par la vertu ! Je me
ſens affoiblir. Un pouvoir inconnu retient
encore dans les liens du corps mon eſprit,
qui d'ailleurs eſt prêt à quitter ce monde.

E l i s i n d e.

Exaucez ſes vœux , Dieux qui nous
protégez, & dont la puiſſance fait éclater
les foudres pour venger Athènes ! Qu'A-
thènes triomphe ! Et toi, cœur navré,
étouffe pour quelque temps ta trop juſte
douleur. O mon fils ! tu peux maintenant
du haut de l'Empirée contempler la victoire de ta patrie, & mes larmes. Tu es
dégagé de tous les attributs de l'humanité
& de toute foibleſſe, & libre de maux
& de tourmens, tu baiſſes tes regards
ſur moi. Inſpire-moi la grandeur d'ame
néceſſaire, pour ſupporter mon malheur,
& pour ne pas ſuccomber au milieu de l'allégreſſe publique. Ma tendreſſe t'élevera
un monument éternel. Les citoyens d'A-
thènes l'arroſeront de leurs larmes , nos

vierges l'orneront de fleurs ; on te con-
facrera des hymnes , mais ils feront fouvent interrompus par des pleurs. Tu feras
le génie tutélaire de ta patrie. Puiffe ton
efprit dans toutes nos guerres précéder
nos armées , & infpirer la terreur à tous
nos ennemis !

SCENE XII.

CODRUS, ÉLISINDE, PHI-LAIDE, MÉDON, NILÉUS, SUITE DE SOLDATS ARMÉS.

M É D O N.

Nous fommes libres & vainqueurs !
(*Elles courent l'une & l'autre au-devant
de lui, & le conduifent vers le fond du
Théâtre , où eft affis Codrus*)

P H I L A Ï D E.

C'eft lui ! Il eft vivant !

E L I S I N D E.

Mon fils !

PHILAÏDE.

O Médon ! quel bonheur !

CODRUS.

Approchez ! Quel Dieu vous rendit
à Athènes ?

MÉDON.

Dans quel état, Seigneur, mon œil
vous revoit-il ? Notre victoire ne peut
maintenant réjouir Athènes qu'à demi,
voyant tomber notre Roi. Seigneur, la
troupe des Thébains qui, comme je l'ai
dit, s'étoit approchée de nos murs, est
arrivée inopinément, conduits par une
puissance immortelle. Les ténebres qui
couvroient le ciel, le bruit effroyable,
excité par la tempête, les Dieux qui
avoient frappé de terreur le cœur des
ennemis ; tout leur permet de pénétrer
courageusement dans la ville, au moment
que les gardes, destinées à me conduire
à la mort, m'amenoient dans la place
publique. Le glaive étoit déjà levé,
lorsque tout-à-coup, celui qui devoit
m'immoler est atteint d'une fléche dé-

cochée de loin , & étendu mort fur la
poulliere. Elle partoit de la main de Niléus , qui , animé d'une noble ardeur ,
s'étoit dégagé de fes chaînes ; alors je
fus menacé du glaive meurtrier. On court
égaré, confus, on s'effraye , & l'on me
croit péri. C'eft alors que le peuple Thé-
bain commence à enfoncer courageufement. Ils vouloient venger ma mort fur
tous les ennemis. Je me montre enfin ,
nous fommes vainqueurs , tout tombe.
Artandre , qu'on retient encore enchaîné ,
attend la mort , & tremble dans les fers.
A la tempête , qui jufqu'alors nous avoit
aidés à vaincre , fuccede un calme doux
& tranquille. La nuit eft diffipée. Le Ciel
propice brille d'une férénité nouvelle.
(*l'éclair paroît , & l'on entend le tonnerre*
à gauche du Théâtre) Le tonnerre fe fait
entendre de nouveau ; mais d'un autre
côté, pour montrer la puiffance des Dieux,
& pour marque de leur faveur. La guerre
& nos maux font terminés à la fois. Les
Dieux font juftes; Athènes eft libre.

CODRUS.

Oui, c'en est fait!.. le tonnerre me l'annonce!.. Dieux! ce coup de foudre est le signal de vos bontés. Puisse t-il frapper le cœur de chaque Roi qui s'oublie dans la prospérité, & qui n'est point prêt à mourir pour ses sujets! Approchez-vous, Médon! vous seul êtes digne de régner à ma place. Que votre cœur ne s'égare jamais. Dans un rang élevé, la vertu est souvent en danger. Protégez ce peuple dont j'ai été le pere.

MÉDON.

Non, nul mortel n'est digne de régner après vous. Cette gloire est réservée aux Dieux seuls, dont la puissance vient d'opérer tout ceci. Puissent-ils désormais régner seuls sur Athènes! Cette ville, à qui la liberté vient d'être rendue, ne reconnoîtra plus de maîtres. Et quel nom pourroit-on nommer après celui de Codrus? Je vais couler mes jours comme citoyen d'Athènes, dans un paisible repos, & heureux par votre main... (*il se leve &*

donne la main à Philaïde) Ah! cherche
qui voudra le fardeau éclatant des couronnes; mes vœux se bornent à mourir
un jour ainsi que vous.

CODRUS.

C'est assez… Athènes est libre… &
j'ai rempli mes devoirs. Adieu… Embrassez-moi! Vivez heureux, & ne m'ou-
bliez-jamais! (*Médon & Elifinde l'embraf-
fent*) Ne m'élevez point de monumens si ce
n'est dans votre cœur! Je meurs heureux!
Je ne sens point de douleurs. (*à Philaïde*)
Vivez, Princesse, & goûtez le bonheur.
Vous pleurez, vous paroissez émue!
Dieux, dont la puissance gouverne les
mortels, dégagez maintenant mon ame
de ses liens!.. O que ces derniers ins-
tans sont doux! Je ne goûtai point de
semblable bonheur dans tout le cours
de ma vie. Qu'il est beau de mourir
lorsqu'on meurt pour la patrie! Adieu.
Mes forces s'épuisent… Venez fermer
doucement ma paupiere… La mort…

E L I S I N D E.

Il expire... Recevez-le, grands Dieux!
Son ame libre & dégagée monte au milieu de l'orage vers l'Olympe ! Ceſſez,
plaintes & regrets ! Sa mort mérite l'admiration beaucoup plus que les larmes.

Fin du cinquieme & dernier Acte.

www.ingramcontent.com/pod-product-compliance
Lightning Source LLC
Chambersburg PA
CBHW060750030726
47503CB00002B/227